너의
외로움을　천
　　　　천
　　　　히

나의
외로움에　기
　　　　대
　　　　봐

너의
외로움을 　천
　　　　　천
　　　　　히

　　　　　　나의
　　　　　　외로움에 　기
　　　　　　　　　　　대
　　　　　　　　　　　봐

클라라 베베르그 지음
심진하 옮김

그러나

내 인생의 장조과 단조, 사랑 들에게
그리고 내게 날개를 주신 어머니와 아버지께

프랙털(Fractal) : '조각난'이라는 뜻의 라틴어
프락투스(fractus)에서 유래한 말. 확대해보아
도 구조와 형태가 같은 것을 통칭하여 이르는
말. 비율과 무관하게 자기 유사성을 갖는다.

『노르웨이어 큰사전』

한국의 독자들께!

　제 소설이 한국어로 번역된다는 걸 알았을 때, 저는 제 소설이 고국에서 저 멀리 떨어진 곳에 사는 사람들을 만나게 된다는 것이 참 기뻤습니다. 어쩌면 지도에서 노르웨이와 한국 사이의 거리는 너무나 멀어 보일 수도 있고, 글자 모양도 전혀 다르지만, 우리들의 심장이 말하는 언어는 같습니다. 그리고 이 소설은 사랑에 대한 이야기입니다. 그러나 또한 외로움에 대한 이야기이기도 합니다. 인생이 완전히 무너져 내릴 때 삶의 의미와 맥락을 찾아가려는 노력에 대한 이야기이기도 합니다. 질병, 수학, 예술, 음악을 다루고 있기도 하고, 존재의 의미를 구하기 위해 예술을 사용하려는 시도에 관한 이야기이기도 합니다.

　제가 이 소설을 쓰기 시작했을 때, 저는 생의 어두운 시기를 겪고 있었습니다. 저는 수학 박사 학위를 마친 후 대학교에서 연구원으로 일하고 있었습니다. 그러다 건강상의 문제가 점차 심각해져서 직장도 그만두게 되었고 부모님이 사시는 고향으로 돌아가야 했습니다. 저는 부모님 댁 지하실의 방에 그저 가만히 누워서, 생이 끝나버렸다는 것과 여생은 이런 꼴에 불과할 것이라는 생각에 두려웠습니다. 온몸에 힘이 없는 상황일지라도 무언가 해낼 만한 것을 찾아야 했습니다. 스스로에게 일종의 희망이라도 주기 위해 매일 몇 줄의 문장을 쓰기로 결심했습니다. 이렇게 저는 점점더 많은 양의 작은 파편들을 모으게 되었지만 파편들은 서로 어울려 보이지 않았고 조화로운 맥락을 가진 이야기가 되지도 않았기에 결국 포기할 수밖에 없었습니다.

그때 저를 구한 것은 수학이었습니다. 혹은 글 쓰는 과정에서 글의 내용과 구성 방식에 수학을 사용해볼 수 있지 않을까 하는 아이디어였습니다. 저는 박사 과정에서 프랙털이라고 불리는 기하학적 도형에 대해 연구를 했습니다. 전형적인 프랙털은 대개 파편화되어 있고 작은 크기의 자기 복사본으로 만들어져 있어서, 같은 요소들이 다른 크기와 다른 각도에서 계속 새롭게 등장합니다. 소설도 같은 방식으로 쓸 수 있지 않을까 하는 생각이 들었습니다. 프랙털 구조 속에서 반복, 복사, 거울처럼 비추기 등을 통해 글의 파편들을 묶어내면서 하나의 온전한 모자이크를 구성하는 소설을 말이지요. 그래서 저는 소설에서 같은 이야기의 여러 복사본을 그려내기로 했습니다. 한 프랙털의 여러 복사본들이 약간의 변형을 지니지만 동일한 기본 토대를 가지는 일과 마찬가지로 두 개의 인생이 서로 엮어지고 서로를 거울처럼 비추는 이야기를. 소설에서 1800년대를 살았던 소피야 코발렙스카야와 현대를 사는 라켈 하브베르그, 두 명의 여성 수학자를 만나게 되실 겁니다. 저는 소피야의 삶과 라켈의 삶 모두에서 그들의 삶의 궤적을 따라 평행선처럼 같은 요소들이 소설의 전반에 걸쳐 겹쳐지게 하려고 노력했습니다. 때로는 장면들은 똑같은데 새로운 해석을 덧붙였습니다. 다른 경우에는 활자적인 부분의 평행입니다. 한 문장 혹은 전체 단락이 약간의 변형과 함께 반복되는 것이지요. 더불어 저는 서사와 시대를 넘나들며 반복되고 퍼져나가는 파편들로 한 생의 패턴을 드러내기 위해 프랙털 구조를 사용하려고 노력했습니다.

소설의 구조는 프랙털만큼 클래식 음악의 영향을 많이 받았다고 말할 수도 있겠습니다. 제게 글쓰기란 리듬과 울림으로 긴밀히 연결되어 있는 무언가입니다. 국지적인 면에서 문장의 흐름뿐 아니라 어떻게 테마들이 어우러지는가에 대한 부분까지요. 특히 동일한 테마가 약간의 변주와 함께 새롭게 등장하고, 변형되고, 도치되고, 조율되는 세자르 프랑크의 「바이올린과 피아노를 위한 소나타 A장조」에서 영감을 받았습니다. 이 곡에서 장조와 단조가 지속적으로 변환되는 방법에서도 영감을 받았습니다. 제 소설 역시 동일한 특징을 갖길 바랐습니다. 빛과 어둠이 동시에 존재하고, 이게 사랑에 대한 이야기인지 외로움에 대한 이야기인지 구별하는 게 어려울 정도로 서로 촘촘히 엮여 있기를 바랐습니다.

어느 독자분들은 눈치채실 수 있겠지만 주인공의 이름 라켈 하브베르그(Rakel Havberg)는 제 이름 클라라 베베르그(Klara Hveberg)

글자의 순열입니다. 저는 라켈이 제 어둠의 쌍둥이라고 생각합니다. 라켈은 기본적으로 제 삶과 많은 부분이 동일하고 같은 성격을 가지고 있습니다. 그러나 시간이 지나며 라켈은 제게서 해방되었고 제가 경험해보지 못한 일들을 경험했으며 현대를 살아가는 소피야 코발렙스카야의 복사본과 같은 존재가 되었습니다. 라켈은 저를 놀라게 하기 시작했고, 저는 그녀에 대한 통제력을 잃었습니다. 예를 들어 소피야 코발렙스카야는 미신적인 경고 같은 꿈들을 믿었는데, 갑자기 라켈 역시 행운의 숫자를 갖게 되고 어쩌면 실제로 존재하지 않는 것들의 패턴과 맥락을 보기 시작했습니다. 마침내 소설이 끝이 나고 제가 라켈을 놓아주어야만 하는 시간이 왔을 때, 저는 그녀와 말동무가 되어 지내던 시간이 그리웠습니다. 저 자신보다 더 최악의 일을 겪는 주인공은 굉장히 큰 위로가 되었으니까요. 그러나 저는 라켈이 세상 밖으로, 심지어 한국으로 여행을 떠나 새로운 사람들을 만나게 된다는 일이 참 기쁩니다. 한국에서 라켈이 말동무를 할 누군가를 찾아내고, 어쩌면 위로가 되어줄 수 있는 누군가를 만나게 되기를 소망합니다.

2020년 2월 19일
몰데에서
클라라 베베르그

아벨관은 12층이다. 계단 디딤판은 214개. 라켈은 모든 계단이 다 좋았다. 회전계단, 나선계단, ㄱ자계단, ㄷ자계단, ㄹ자계단, 돌음계단, 곧은계단, 자동계단. 라켈이 어릴 적엔 계단을 건반 삼아 놀곤 했다. 계단을 오르내릴 때 발로 노래를 연주하는 놀이였다. 올라갈 땐 「땅콩다람쥐」 동요를 연주하고, 내려올 땐 「지팡이를 든 아줌마」 동요를 연주했다. 계단이 길 때면 끝까지 내려올 때까지 몇 번이나 반복해서 연주해야 했다. 「날아라 작은 파랑새」 동요도 연주했다. 그러나 이 노래의 마지막 음은 오싹했다. 너무 길어서 다섯 계단을 한 번에 뛰어내려야 했기 때문이었다.

아벨관 7층은 수학자들이 사용했다. 그녀는 살금살금 복도를 가로지르며 연구실 이름표를 살펴보았다. 단번에 그의 연구실을 찾았지만 차마 노크를 하지는 못했다. 문 앞에 우두커니 서서 이름표를 읽어보았다. 야콥 크록스타. 수학자들이 모닝커피를 마시고 있던 건물 1층 구내 식당을 지나면서 그가 누구인지 추측해본 적이 있었다. 그를 실제로 만나본 적은 아직 없었기 때문이었다. 몇 년 전 그가 러시아 수학자 소피야 코발렙스카야에 대해 쓴 논문을 읽은 게 전부였다. 소피야는 수학과 교수가 된 최초의 여성이었다. 그녀는 1874년 8월에 박사 논문을 발표했는데 라켈이 태어나기 정확히 100년 전이었다. 어린 시절 소피야는 저녁마다 이불 속에서 몰래 수학책을 읽었다고 한다. 그녀의 아버지가 여자는 수학 공부를 할 필요가 없다고 생각했기 때문이었다. 후에 소피야는 당대 유럽 최고의 수학자 카를 바이어슈트라스의 애제자가 되었다. 하지만 그녀는 젊은 나이에 죽었다. 고작 마흔네 살에.

계단은 생각하기에 최적의 장소다. 모두가 생각의 계단 하나쯤은 가지고 있어야 한다. 12층이 딱 완벽하다. 올라가는 데엔 3분 26초가 걸리고, 내려오는 데엔 2분 18초가 걸린다. 그 시간 동안 라켈은 중간 정도로 어려운 수학 문제 하나를 풀었다. 베토벤의 「월광 소나타」를 휘파람으로 불었다. 혹은 떠나온 고향 도시를 생각했다.

　　　　　라켈이 맨 처음으로 기억하는 순간은 LP판에서 존 바에즈의 노래가 흘러나오던 울적한 날들이다. 라켈은 창문 앞 스툴에 앉아 산을 바라보며 엄마가 부르는 노래를 들었다.

To the queen of hearts is the ace of sorrow.
He's here today, he's gone tomorrow.
Young men are plenty, but sweethearts few.
If my love leaves me, what shall I do?

하트 여왕 패를 가진 내게 그분은 슬픔의 에이스.
그는 오늘은 여기 있지만 내일이면 떠납니다.
젊은 남자야 많지만 사랑할 만한 사람은 없어요.
내 사랑이 날 떠나면, 난 어쩌해야 하나요?

　　노래는 돌고 돌기를 반복했다. 마치 엄마가 영원히 벗어날 수 없는 원에 갇힌 것처럼. 노래는 끝자락에 가까워질 때마다 꼬리를 물고 다시 시작되곤 했다. 선율은 구슬프고 아름다웠다. 엄마가 그렇듯이. 검은색 머리와 황금빛 피부. 아빠가 연필로 그릴 수 있는 사람이라면, 엄마는 크레용으로 그려야만 하는 사람이었다.
　　엄마가 노래를 부를 때면 시간도 숨을 참는 것 같았다. 흡사 시간이 잠시 멈추고 기다리는 듯했다. 무엇을 기다리느냐고? 라켈이 무언가를 해주길 기다리는 거다. 그래야 시간은 시간이 될 수 있고, 다시 흐를 수 있었으니까. *가고 또 가는데, 절대로 목적지엔 도착하지 못하는 것은? 시간.*

라켈은 봉우리의 윤곽이 사람 얼굴로 보일 때까지 뚫어져라 쳐다보았다. 능선은 길고 긴 열로 줄지어 서서 서로의 손을 잡고 있었다. 산들은 그녀의 친구였다. 가장 아끼는 친구 둘은 블로스톨렌과 트롤스톨렌 봉우리였다. 이 둘은 쌍둥이처럼 서로에게 기대어 있었다. 하나는 하얀색으로, 다른 하나는 푸른색으로.

글자들도 그녀의 친구였다. 단지 한 방향으로만이 아니라 가능한 모든 방향에서. 라켈은 뒤집어놓아도 모양이 같은 글자를 꿰뚫고 있었다. 답은 알파벳 O. 또 살짝 변형을 주면 다른 글자로 바뀌는 글자도 알았다. 물구나무서기를 하면 W가 되는 건 대문자 M. 옆으로 누우면 Z로 변하는 건 대문자 N. 어떤 글자가 다른 것과 함께 쓰이곤 하는지, 어떤 글자가 완전히 혼자서 쓰일 수 있는지도 알았다. 엄마 문자도 아기 문자도 있지만 아기가 늘 엄마를 닮은 건 아니었다. 라켈은 소문자 o가 좋았다. 애는 엄마를 쏙 빼닮았고, 동그래서 데구르르 굴려도 자기 모습 그대로였다. 그래도 라켈이 가장 좋아하는 건 소문자 i였다. 이 글자는 자주 홀로 쓰이지만, 그래도 슬퍼 보이지 않았다. 소문자 i는 그녀의 마음을 닮은 알파벳이었다. 왼쪽에서 봐도 오른쪽에서 봐

도 자기 모양 그대로이지만, 물구나무를 세울 땐 큰 소리를 냈다. 이렇게 '!'

라켈이 가장 좋아하는 수는 8이었다. 그녀가 8월에 태어났기 때문이었다. 하지만 더 큰 이유는 수 8은 다양한 방법으로 쓸 수 있기 때문이었다. 눈사람처럼 차례로 서 있는 두 개의 동그라미. 거울에 비친 것처럼 좌우를 뒤집은 3을 먼저 쓰고, 여기에 붙여 쓴 평범한 3. 아니면 아빠가 라켈에게 가르치려고 노력했던 가장 어려운 방법으로도 가능하다. 우선 S를 그리기 시작했다가 S의 바닥 부분에서 거울에 비친 것처럼 좌우를 뒤집은 S 모양으로 올라가는 방법이다. 이 모든 걸 종이에서 연필을 떼지 않고 한 번에 이어지는 동작으로 해야 한다. 그녀는 6과 9도 좋았다. 둘은 쌍둥이인데 둘 중 하나는 물구나무서기를 한 모양일 뿐이니까. 5와 2도 어떤 건 물구나무서기를 하거나 거울에 비친 것처럼 좌우를 뒤집은 모양의 쌍둥이다. 디지털 계산기에서 쓰일 때 말이다.

수의 장점은 더하기를 할 수 있다는 거다. 두 개의 수가 어우러질 때 자신보다 더 크게 자란다. 3 더하기 3은 6. 6 더하기 6은 12. 12 더하기 12는 24. 24 더하기 24는 48. 48 더하기 48은 96. 96 더하기 96은 192. 192 더하기 192는 384. 384 더하기 384는 768. 768 더하기 768은 1,536. 자라는 속도가 어찌나 빠른지 라켈은 숨을 쉴 타이밍도 놓칠 정도였다. 잠시 덧셈을 멈춘 순간에도 그녀가 전속력을 다해 무한대로 가고 있다는 느낌이 들었다.

엄마도 무한대로 가고 있는 중이었다. 영원히 끝나지 않는 노래. 라켈은 엄마를 보살펴야 했다. 엄마가 노래에 빨려 들어가 영원히 사라지지 않도록.

I love my father, I love my mother,
I love my sister, I love my brother.
I love my friends and my relatives too.
I forsake them all, and go with you.

나는 아버지를 사랑하고, 어머니를 사랑해요
나는 여동생을 사랑하고, 남동생을 사랑해요.
나는 친구들을 사랑하고, 친척들도 사랑해요.
이들 모두를 떠나서 당신과 함께 가겠어요.

어느 날 라켈은 엄마의 기분을 좋게 해줄 그림을 그리려고 했다. 무지개색의 태양을. 춤추는 엄마를. 나비가 내려앉은 머리카락을. 라켈이 태어나기 전, 엄마는 추위가 찾아오지 않는 나라에 살았다고 했다. 엄마도 언어와 친구였다. 노르웨이어보다 글자 수가 두 배나 많은 글자가 있는 언어와. 엄마가 고향을 그리워하는 건 당연했다.

"세상 그 누구도 나만큼 너를 사랑할 순 없을 거야." 엄마가 라켈에게 자주 하던 말이었다. "나 말고 누가 널 위해 모든 걸 희생할 수 있겠니?" 엄마가 종종 하던 말은 하나가 더 있었다. "언젠가 너를 사랑하는 사람과 네가 사랑하는 사람 중에서 하나를 선택해야 한다면, 너를 사랑하는 남자를 택하렴. 자기가 사랑하는 사람을 택하는 것, 이게 바로 사람들이 살면서 하는 실수거든."

라켈은 무남독녀였지만 오빠가 있는 것과 다름없었다. 다비드는 그녀보다 머리 하나만큼 키가 컸으니까. 다비드도 어두운 머리카락이었다, 라켈처럼. 그도 고층 아파트에 살았다, 라켈처럼. 하지만 그를 볼 수 있는 사람은 라켈뿐이었다. 다비드의 가장 좋은 점은 그녀가 같이 놀고 싶을 때마다 항상 거기 있다는 거였다. 매일매일을 함께 보냈다. 다른 애들이 라켈을 놀릴 때마다, 라켈은 다비드랑 이야기를 나누면 다 괜찮아질 거라고 생각했다. 머리 속에서 비누 거품처럼 보글거리는 기묘한 말들이 그녀를 간지럽혀서 큰 소리로 웃어버렸을 때에도, 그 말들을 알려주고 싶은 사람이 바로 다비드였다. 그는 라켈이 하는 말을 척척 이해했고 좋아하는 놀이도 라켈과 같았다. 라켈이 부모님께 자기는 왜 외동이냐고 물었을 때 아빠는 이렇게 대답했다. "첫 번째 시도에서 완벽했으니 여러 번 시도할 필요가 없었지." 엄마는 이렇게 답했다. "네가 너무 많이 울고 힘들게 해서 동생 생각은 꿈도 못 꾸었단다."

"땅콩다람쥐는 나무 꼭대기에 살지요." 라켈은 모든 가사를 외울 수 있었다. 「땅콩다람쥐」 노래에서 가장 좋은 건 다람쥐가 혼잣말을 한다는 거였다. 정말 못 말리는 장난꾸러기다.

땅콩다람쥐가 말해요, "엄마, 거기 있어?"
땅콩다람쥐가 대답해요, "아니, 나 여기 있어."

가사 중 제일 좋은 부분은 땅콩다람쥐가 엄마가 학교에 지각하지 않도록 챙기는 부분이었다.

땅콩다람쥐가 말해요, "엄마, 이제 가야 해.
서둘러. 학교 가는 길에 잘하고.
날아다니며 도토리를 주우면 안 돼, 학교 가기 전에 먹으면 되잖아.
학교 종이 울리면 그루터기에 얌전히 앉아 있어야 해."

라켈도 엄마가 학교에 지각하지 않도록 챙겨야 했다. 엄마는 노르웨이어를 배워야만 했으니까. 그런데 노래의 다음 부분이 정말 끝내줬다.

> 땅콩다람쥐가 대답해요, "아, 알았어, 알았다니까.
> 그런데 나 이제 가야 해. 잘 다녀올게."

땅콩다람쥐가 이런 식으로 대답하는 건 많이 이상했다. 하지만 라켈은 땅콩다람쥐에겐 사실 진짜 엄마가 없기 때문이라고 이해했다. 그렇기에 엄마가 있는 척하며 혼잣말을 하는 거라고.

하지만 라켈이 학교에 들어가서 어렸을 때 가장 좋아했던 노래에 대해 발표했을 때, 여선생님은 자신이 들어본 것 중 이것이 가장 좋은 예시가 될 거라고 말했다. 올바른 구두점 사용이 얼마나 중요한지에 대한. 왜냐하면 사실 이건 엄마가 땅콩다람쥐에게 말하는 거였으니까.

> "땅콩다람쥐," 말해요 엄마가, "거기 있어?"
> "땅콩다람쥐," 말해요 엄마가, "이제 가야 해."

라켈은 너무나 실망해서 집에 돌아오자마자 다비드에게 이 얘기를 들려주어야 했다. "난 너의 「땅콩다람쥐」가 더 좋아. 노래가 진짜 슬프잖아," 다비드가 웃었다. 하지만 라켈은 자신이 바보처럼 느껴졌다. 그녀는 더는 「땅콩다람쥐」를 좋아하지 않았다.

라켈은 교실에 앉아 앞으로 생길 일을 기대하고 있었다. 여선생님이 오늘 배울 단어들을 적어놓은 칠판에서는 물기를 머금은 분필 냄새가 났다. 촉촉한 글자들은 더욱 예쁘게 빛을 발했다. 선생님은 교실을 돌아다니며 틀린 부분을 고친 노르웨이어 시험지를 나누어 주었다. 라켈은 선생님이 뭐라고 할지 긴장되는 마음을 감추지 못했다. 왜냐하면 라켈은 자신의 상징으로 쓸 수 있는, 거의 머리글자에 가까운 글자 하나를 찾아냈기 때문이었다. 이 단어들은 너무 달콤해서 사전에서 이 단어들을 찾자마자 바로 다비드에게 말해야만 했을 정도였다. 만약 선생님이 상징을 마음에 들어 한다면, 나중에 선생님이 칠판을 지우개로 닦는 걸 도와드릴 수 있도록 허락받을지도 모른다. 라켈은 칠판 지우개 스펀지에 너무 많은 양이 아니라 딱 적당하게만 물기가 있도록 조심할 수 있었다. 그렇게 하면 지우개가 지나간 자리에 예쁜 물 자국이 남아 있을 테니까. 그리고 칠판이 얼마나 깨끗해졌는지 선생님이 보고는 라켈에게 이렇게 말해줄 것이다. "라켈, 네가 없었으면 어쩔 뻔했니." 그리고 머리를 쓰다듬어주며 "나의 소녀"라고 불러줄 것이다. 그리고…… 그리고…… 하지만 선생님은 누군가 자기 이름을 적지 않고 시험지를 제출했다고 말했다. "이 종이엔 커다란 L만 써 있어요." 선생님이 말했다. "하지만 우리 반엔 L로 시작하는 이름을 가진 친구가 아무도 없어요. 이 시험지의 주인은 누구인가요?" 라켈은 한숨을 내쉬며 손을 들었다. 다비드라면 분명 이해할 텐데, 라켈은 생각했다. 왜냐하면 글자 L의 등 부분이 특별히 더 길고 곧았으니까.

"진짜 예쁘다." 다비드가 고개를 끄덕이며 말했다. "라크 엘(Rak L)." 라켈도 만족스러운 표정으로 고개를 끄덕였지만 반 친구 중 그 누구도, 심지어 선생님조차도 라크 엘이 라켈의 이름이라는 걸 이해한 사람이 없었다는 걸 말하면서 속으로는 슬퍼했다. "아무래도 이해가 쉽도록 도와줬어야 했어. 힌트를 좀 더 주는 거지." 다비드가 말했다. 다비드는 알파벳 L의 등을 구부러지게 그려서 거의 C처럼 보이게끔 종이에 썼다. 그러고선 글자에 커다랗게 X 표시를 하고는 그 옆에 허리를 곧게 편 알파벳 L을 썼다. "이렇게 하면 될 거야." 다비드가 말했다. "굽은 L이 아니고. 곧은 L. 이제 라켈 넌 합일 문자●를 떠오르게 하는 상징을 하나 갖게 된 거야. 지금이야 다른 사람들이 이해할 수 없겠지. 아마 이 CXL이라는 글자가 클라라 크산티페 랑에(Clara Xanthippe Lange)라는 이름의 합일 문자라고 생각하겠지만 그냥 그렇게 내버려둬." 라켈은 키득거렸다. 다비드는 역시 세상 유일의 존재이다. "세상에서 네가 가장

● 합일문자:두 개 이상의 글자를 합쳐 한 글자 모양으로 도안한 것. 미술품의 서명 대신에 쓰기도 하고, 인감으로 쓰기도 한다.

멋진 사람이야." 라켈이 말했다. "라켈, 너는 참 이상해. 너를 클라라라라라(Clararara)●라고 부르는 게 차라리 낫겠어." 다비드가 답했다. "라켈 네 성이 하브베르그(Havberg)가 아니라 '랑에(Lange)'였으면 더 좋았을 텐데. 그렇다면 네 전체 이름을 달랑 알파벳 2개로 쓸 수 있었을 거 아니야. 곧은 L과 긴 E로.●●

　사실 새 이름이 진짜 필요한 사람은 엄마다. 아마도 라켈이 엄마를 위해 이름을 하나 지을 수도 있을 거다. 예쁘고 노르웨이스러운 거로. '예르트루' 같은 거로. 그러면 사람들이 엄마 이름의 글자를 계속 잘못 받아 적는 일은 없을 테니까. 사람들이 엄마의 기분을 상하게 하는 질문을 던지는 일은 없을 테니까. "여기 사람들은 모두 내가 돈 받고 나를 파는 사람이라도 되는 줄 아나 봐." 엄마가 아빠에게 종종 했던 말이다. 라켈이 어렸을 땐 대체 어떤 사람이 외국인 엄마를 사려고 하는지 궁금해했다. 물론 지금은 이해한다. 어른들이 역겨운 눈빛을 던질 때마다 라켈은 다음에 나올 말이 무엇인지 정확히 알고 있었다. "그렇다면, 남편은 어부겠네요, 그렇죠?" 라켈은 엄마를 대신해 재빨리 대답했다. "아닌데요, 아빠는 부교수님이에요. 엄마도 여기로 오기 전까진 부교수님이었어요."

───────────────

● Clara+rar(이상한)+a(사람), '클라라 이상한 사람'이라는 뜻.
●● '라크 엘(Rak L)'은 곧은 L, '랑 이(lang E)'는 '긴 E'라는 뜻.

아빠의 손가락. 아빠의 손가락이 피아노 건반 위를 날아다니며 온 거실을 바흐로 채울 때마다 라켈은 아빠의 손가락을 바라보는 게 좋았다. 그녀가 가장 좋아한 곡은 「예수, 인간 소망의 기쁨」이라는 코랄 변주곡이었다. 아빠의 손가락이 바흐의 2성부 인벤션을 연주할 때면 라켈은 아빠의 무릎 위에 앉아 있었다. 그녀는 오른손으로 높은 음을 연주했다. 아빠는 왼손으로 낮은 음을 연주했다. 흡사 그들의 손가락이 함께 이야기를 하며 서로에게 동감하는 기분이었다. 거의 비슷한 말을 주고받으며. 먼저 라켈이 높은 목소리로 말을 건네면, 그다음 아빠가 낮은 목소리로 답한다. 이어서 동시다발적으로 서로에게 말을 쏟아내지만 여전히 친구인 느낌으로. 라켈은 이 부분을 가장 좋아했다. 둘의 손이 서로에게 가까워졌으니까. 배가 간질거렸다. 먼저 라켈이 아빠를 간지럽히기 위해 아래쪽 건반으로 뛰어든다. 그런 다음 그녀는 아빠가 자신을 붙잡지 못하도록 재빨리 위로 뛰어올라가야 한다. 피아노에서 간지럽히기 놀이를 하는 것과 유사하다. 나중에는 반대로 한다. 아빠가 무언가를 먼저 말하고. 라켈이 약간의 변형만 주어서 거의 비슷하게 화답한다. 라켈이 아빠를 살짝 놀리는 것처럼.

마지막엔 아빠가 라켈이 한 번도 들어본 적이 없는 곡을 연주했다. 바흐 이름을 변주한 곡이었다. B A C H. 악기로 연주할 수 있는 이름을 갖는다면 얼마나 좋을까. 그러면 자신의 이름을 음표로 적을 수도 있을 텐데. 적어도 헤게(Hege), 헤다(Hedda) 혹은 에바(Ebba) 같은 이름이었어야 했다. 이런 이름들은 마음에 들지 않았다. 하지만 아다(Ada)라는 이름이라면 바이올린을 조율할 때마다 자신의 이름을 연주할 수 있다는 걸 알아냈다.

그렇게 된다면 진짜 좋을 텐데. 아다(Ada)는 앞으로 써도 거꾸로 써도 같은 단어다. 이리스(Iris)를 뒤에서부터 썼을 때 시리(Siri)가 되는 거랑은 정반대로. 만약 언젠가 라켈이 쌍둥이를 낳는다면, 아다와 이리스라고 이름 붙일 거다. 앞뒤로 써도 같은 것과 뒤로 쓰면 달라지는 것 중에 뭐가 더 나은 것인지 고민하지 않아도 될 테니까.

라켈은 음악의 비밀을 몇 개 더 발견했다. 올림표 ♯와 내림표 ♭. 한 조를 올리거나 낮추는 방법. 단조가 장조로 바뀔 수 있게 하고, 또 그 반대로도. 라켈은 거실 중간에 서서 바이올린을 켰다. 라켈은 기억을 더듬어 「부활절 아침은 슬픔을 잠재우네」라는 곡을 연주했고 아빠는 피아노 반주를 덧붙였다.

부활절 아침은 슬픔을 잠재우네, 슬픔을 영원히 잠재우네. 빛과 생명을 주시네……

갑자기 아빠와 라켈은 불협화음을 냈다. 가사 중 **빛**이라는 단어가 나오는 부분에서 음이 맞지 않았다. 아빠는 음이 밝게 올라가는 부분이라고 알려주었다. 완전 틀린 음처럼 들렸지만 이내 아빠 말이 맞는다는 걸 이해했다. 음정을 높인다는 건 널리 퍼지는 빛을 강조한다는 걸. 밝은 빛이 인간의 마음을 가볍고 편하게 들어 올리는 것처럼. 「예수, 인간 소망의 기쁨」의 마지막에도 같은 부분이 있다. 곡은 F단조로 진행되지만 가장 마지막 화음에선 F장조로 바뀐다. 마치 인간의 외침이 예수에게 닿았다는 고요한 약속처럼. 라켈은 빛을 들을 수 있는 이런 곡들이 참 좋았다.

하지만 조 구성의 가장 멋진 부분은 단독 조처럼 들리는 경우라도 절대로 단독 조가 아니라는 것이다. 아빠는 피아노 뚜껑을 열어서 라켈이 직접 볼 수 있게 해주었다. 아빠가 낮은 C 건반을 치니 작은 망치가 낮은 C현을 내리쳤고 그 현이 진동하기 시작했다. 그러나 라켈은 한 단계 높은 옥타브인 높은 C현도 동시에 살짝 진동하는 걸 볼 수 있었다. 피하려고 해도 도저히 어쩔 수 없는 일이었다. 위에 있는 G현도 미세하게 떨렸다. 아빠는 높은 C음이 낮은 C음보다 두 배 빠르게 움직이기 때문이라고 설명해주었다. 그래서 이 둘은 잘 어울리는 음이라고. G음은 세 배 빠르게 진동한다고. 음악에선 '배음(倍音)'이라고 하는 현상이라고. 조들이 이렇게 함께 어우러진다는 건 다행스러운 일이다. 자신이 세상에서 혼자라고 느껴지는 순간에도, 우리는 절대로 혼자가 아니라는 거니까.

행복한 순간. 아르튀르 그뤼미오가 연주한 세자르 프랑크의 바이올린 소나타가 크링스타 만(灣)을 가득 채우는 순간. 아빠는 카세트 플레이어를 챙겨 왔고, 볼륨을 높였다. 서늘한 가을날에 해변으로 소풍을 올 가족은 아무도 없다면서. 라켈 가족이 해변 전체를 전세 낸 셈이었다. 엄마와 라켈은 모 담요로 몸을 돌돌 말고 앉아서 거울처럼 잔잔한 물을 바라보았다. 엄마의 눈빛이 반짝였다. 웃으며 아빠와 장난을 치는 엄마 모습 전체가 반짝였다.

하늘엔 잿빛과 황금빛의 줄무늬가 있었다. 구름이 음악을 듣고 환한 웃음을 터뜨린 바람에 구름 건너편의 황금빛이 드러난 것 같았다. 잿빛과 황금빛, 슬픔과 기쁨은 동전의 양면과 같다. 둘을 분리하는 게 불가능하기에 다른 짝이 없이는 혼자서 존재할 수 없다. 음악에서 단조와 장조가 촘촘히 엮여 있는 것처럼. 어쩌면 하늘은 삶을 표현한 그림일지도 모른다. 주로 잿빛 돌멩이이지만, 때때로 작은 황금 조각을 가지고 있는 삶을. 그래서 마주치게 되는 작은 황금 조각들을 차곡차곡 모으는 일이 중요하다. 커서 바이올리니스트가 되지 못한다면 황금 수집가가 되어야지, 라켈은 생각했다. '작은 황금 조각을 집어서, 랄라랄라, 랄라랄라, 랄라랄라.' 라켈은 속으로 「날아라 작은 파랑새」 동요를 불렀다. 작은 파랑새조차도 황금을 찾을 수 있다.

라켈은 신발을 벗었다. 맨발로 해변으로 걸어가 돌을 모았다. 아름답고 빛나는 돌을. 해조류의 내음을. 그녀의 발가락들은 기쁨으로 간질거렸고 만나는 모든 것을 속삭이며 일러주었다. '축축하고 부드러운 모래야.' '날카로운 돌멩이가 있으니 조심해야 해.' '이끼들이 발가락을 간지럽히네.' 라켈은 해변을 걸으며 발견한 보물들로 바지 주머니를 가득 채웠다. 하지만 그녀가 주머니에서 꺼내면, 보물들은 잿빛 돌멩이로 변하고 말았다. "오직 물만이 돌멩이를 아름답게 빛나게 만든다는 걸 배워야 한단다." 아빠가 말했다. 하지만 라켈은 바지 주머니를 보물들로 가득 채우려고 노력했다. 계속해서.

엄마는 집에서 가져온 식탁보를 펼쳤다. 평평한 바위는 식탁으로 변신했다. 일회용 접시와 플라스틱 컵으로 상을 차렸다. 마법사처럼 짠 하고 포크와 숟가락도 펼쳐놓았다. 갓 구운 스프링롤의 향기. 라켈은 주워 온 돌로 식탁을 장식했다. 가장 예쁜 돌은 엄마의 냅킨 위에 놓아주었다. 하트 모양을 닮은 돌을. 엄마는 접시에 스프링롤을 담아주었다. "제일 잘 구워진 건 여러분에게 주겠어요. 나는 살짝 탄 걸 먹을 거야." 엄마가 말했다. "당신은 항상 희생하려고만 하더라." 아빠가 중얼거렸다. 라켈은 엄마가 듣지 못했기를 바랐다. 가족이 즐거운 시간을 보내는데 엄마가 다시 슬퍼지는 걸 원하지 않았다. 엄마는 오전 내내 부엌에서 스프링롤을 튀겼다. 라켈과 아빠를 위해서. 운 좋게도 아빠는 가장 커다란 스프링롤을 받았다. "엄마는 세상에서 가장 착한 엄마야!" 라켈이 말했다.

라켈은 그날이 영원히 끝나지 않기를 바랐다. 시간이 흐르기를 멈추어 라켈이 이곳에서 영원히 있을 수 있도록. 크링스타 만에서. 크링스타 길과 카프 클라라 항구 사이에 위치한 작은 만. 라켈의 만. 엄마와 아빠와 라켈이 물가의 평평한 바위를 소파 삼아 앉았던 우리만의 특별한 장소.

피오르에서 서로 스쳐 지나가는 페리들. 각자의 방향에서 서로를 향해 다가오다가, 하나가 되고, 다시 천천히 미끄러져 떨어지는 페리들. 아빠는 이걸 **페리 크로스**라고 불렀고, 페리들이 서로 맞닿아 있다가 멀어지는 시간을 쟀다. 페리의 길이를 안다면 속도를 계산할 수 있었을 거다. 페리의 속도를 안다면 페리의 길이를 계산할 수 있었을 거다. 아쉽게도 아빠는 페리의 속도도, 길이도 몰랐지만 여전히 시간을 쟀다. "19.8초." 만족스러운 목소리로 아빠가 말했다. 라켈은 이 시간을 **페리 키스**라 불렀다. 입맞춤 시간이 길게, 길게 지속되기를 바라며.

피오르와 산으로 둘러싸인 파랑(blue)의 도시. 라켈과 다비드의 도시, 몰데(Molde). 몰(Moll)? 데(D)? 마치 D단조(d-moll)처럼 들린다. "D단조는 모든 조들 중에 가장 슬퍼."라고 다비드가 말했다. "위대한 작곡가들이 진짜 아름다운 곡을 썼을 땐 항상 D단조였어. 시벨리우스의 D단조 바이올린 협주곡처럼. 아니면 멘델스존과 브루흐의 바이올린 협주곡. 바흐의 샤콘도." "그런데 세자르 프랑크의 바이올린 소나타는 A장조잖아." 라켈은 강하게 반박했다. "그건 프랑크의 소나타에서는 기쁨과 슬픔이 촘촘히 엮여 있어서 둘을 분리하는 게 불가능하기 때문이야."라고 다비드가 답했다. "마치 장조와 단조가 곡에 함께 녹아들어 있는 것처럼 말이야. 곡이 우주의 모든 기쁨과 슬픔을 동시에 표현하는 것처럼." 마치 사랑하는 것처럼, 라켈은 생각했다. 언젠가 내가 사랑을 하게 되면, 이 소나타처럼 강렬하고 아름다울 거야. *단조로 온 너는 장조로 머무르리라.*●

● 노르웨이 시인 한스 횔드바크의 시 제목. 헨닝 솜메로가 이 시에 곡을 붙여 직접 부른 노래의 제목이기도 하다.

아벨관 계단에서 휘파람을 부는 사람은 별로 많지 않았다. 라켈은 야콥 크룩스타도 휘파람을 불곤 하는지 궁금했다. 또 그가 어떤 조(調)로 가는 사람인지도. 그녀는 어릴 적에 모든 사람이 자신의 조로 간다고 상상했었다. 어떤 이는 단조(短調)로 간다. 또 다른 이는 장조(長調)로 간다. 그녀 자신은 주로 단조로 간다. 세자르 프랑크의 바이올린 소나타처럼. 그녀가 맨 처음 이 곡을 연주하려고 했을 때 곡의 이름이 사실은 「바이올린과 피아노를 위한 소나타 A장조」라는 걸 알게 되었다. 곡이 정말 슬펐음에도 불구하고. 작곡가가 자기 자신의 조를 헷갈릴 수 있다니.

라켈은 그간 계단에서 휘파람 소리를 단 두 번 들었다. 첫 번째 휘파람 소리는 너무 작아서 멜로디를 듣기 위해 급히 뒤따라가야만 했었다. 노르웨이 민요 「봄을 기다리며」였다. 음정은 엉망이었고. 두 번째 휘파람은 몇 층 떨어진 곳에서 들렸다. 바흐의 코랄 전주곡, 「예수, 인간 소망의 기쁨」. 그녀가 어릴 적에 아빠가 종종 연주해주던 곡 중 하나였다. 만약 휘파람을 잘 부는 친구가 있었더라면 「월광 소나타」를 듀엣으로 불렀을 거다. 혼자서 휘파람을 불기엔 어려운 곡이다. 낮은 화음 부분이 높음 화음 부분만큼 중요하기 때문이다. 그렇다고 불가능한 건 아니다. 속임수를 조금 쓰면 되는 일이다. 높음 화음 부분을 슬쩍 삼키면서 동시에 낮은 화음 부분이 높은 화음 부분보다 급변하는 부분을 휘파람 불면 가능하다. 계단실의 긴 메아리가 도움이 된다. 몇몇 음들을 생략해야만 했던 걸 감춰주니까.

건물 밖 광장에는 닐스 헨리크 아벨의 동상이 서 있다. 노르웨이가 길러낸 최고의 수학자. 세계 역사상 가장 뛰어난 재능을 지닌 인물 중의 한 명. 아벨 적분은 그의 이름을 따서 붙인 것이다. 아벨 함수도 그렇고. 다른 많은 천재들처럼 그도 젊은 나이에 죽었다. 고작 스물여섯 살에. 지금 라켈보다 일곱 살 많은 나이에. 라켈이 스물여섯 살이 됐을 때 그녀는 무언가를 이루어낼 수 있을까?

대학교 건물들의 이름은 학자들의 이름을 따서 붙였다. 수학과 강의는 소푸스 리 강당에서, 그룹 세미나는 빌헬름 비에르크네스 관에서 한다. 라켈은 이미 가는 길을 익혀두었다. 강의 계획서를 꼼꼼히 읽어보았다. 가상 시간표도 여러 개 만들어놓았다. 필수 철학 교양 과목은 화학관 제2강의실에서 진행된다. 선배들의 캠퍼스 투어 행사 때 신입생들은 물리관 지하 강의실을 둘러보았다. 물리관 복도의 미로는 화학관 제2강의실까지 이어졌다. 라켈은 후에 혼자서 똑같은 방법으로 가봤지만 복도들 사이에서 갇혀버렸다. 벗어나는 방법은 들어왔던 길 그대로 되돌아가는 방법뿐이었다. 그녀는 헨젤과 그레텔처럼 해보아야 할 것 같았다. 빵 부스러기를 바닥에 흩뿌리면서 복도를 지나면 나오는 길도 찾을 수 있을 터였다. 혹시나 길을 잃더라도 다른 재미있는 생각을 하면 그만이다. 미화원 아주머니와 마주칠 때까지.

야콥 크록스타는 이산수학을 가르칠 예정이었다. 라켈의 성격도 꽤 이상한 면이 있기에 자신이 이산수학을 좋아할 거라 생각했다. 고차원에서의 연속함수와 중적분 같은 수업보다는. 라켈은 적분하는 걸 좋아하지 않았다. 따지는게 훨씬 재미있다.

그녀는 그 수업이 정말 좋았다. 그동안 늘 관심이 있었던 조합과 순열의 모든 경우의 수를 계산하는 방법을 드디어 배울 수 있게 되었다. 세계에 존재하는 가능성의 수를 계산할 수 있게 되었다. 「문화 주간(Kulturuke)」이라는 유명한 노르웨이 시의 제목의 글자 순서를 바꾸어 만들 수 있는 단어의 경우의 수 역시 알게 되었다. 답은 30,240개이다. 혹은 색색의 공들을 여러 바구니에 분배하는 방법의 경우의 수도 알게 되었다. 각기 다른 공들을 각기 다른 바구니들에 담는 방법. 각기 다른 공들을 동일한 바구니들에 담는 방법. 동일한 공들을 각기 다른 바구니들에 담는 방법. 라켈은 수업에서 배운 내용을 도식화하여 다양한 문제의 목록을 만들어보았다. 그러다 보니 라켈이 도저히 경우의 수를 계산할 수 없는 문제가 하나 있음을 알아냈다. 동일한 공들을 동일한 바구니들에 담는 방법이었다. 이리저리 머리를 굴려보아도 경우의 수를 계산할 수가 없었다. 종국엔 너무나 간절했던 나머지, 자신이 얼마나 수줍음이 많은 사람인지도 잊어버리고 어느 날 구내 식당에 앉아 냅킨에 끄적이고 있는 야콥을 보자마자 불쑥 뛰어들었다.

"실례합니다만, 동일한 공들을 동일한 바구니들에 담는 경우의 수를 계산하는 법을 제발 알려주시겠어요?" 라켈이 물었다.

야콥은 고개를 힐끔 들어 라켈을 바라보았다. 오늘 아침 어른 차비를 내겠다고 고집을 부리는 라켈을 쳐다보던 버스운전사와 똑같은 표정을 하고서. 하지만 이내 라켈에게 옆에 있는 의자에 앉아도 된다는 신호를 주었다.

"그렇게 하죠, 그다지 큰 문제도 아니니까요." 그가 귓불을 잡아당기며 말했다. "자 이렇게 시작을 해보면……."

라켈은 야콥이 자신의 공책에 적어나가는 수식을 유심히 바라보았다.

"그래도 그다지 간단한 문제는 아니네요." 야콥은 새로운 종이에 적어나가기 시작했다.

라켈은 흥분을 감출 수 없었다.

"그 방식은 제가 이미 시도해본 것 같은데요. 결국 해답은 안 나왔어요." 라켈이 말했다.

말하고 나니 이 말이 어떻게 들렸을지 무서워졌다. 교수님의 기분을 상하게 했을 수도 있지 않은가. 야콥은 그녀를 쳐다보았지만 라켈은 곧바로 종이만 뚫어져라 쳐다보았다.

"그렇다면 다른 방법으로 해보면 되겠지요." 그가 답했다. "제안하고 싶은 방식이 있어요?"

"저는 그냥 제가 시도해본 방법이랑 왜 답이 안 나오는지만 알아요." 라켈이 말했다.

"좋은 출발이네요." 야콥이 말했다.

라켈은 자신이 풀어본 방식들을 야콥에게 보여주었고 그는 종이에 이어서 적어나갔다. 하지만 어떤 방법으로 시도해보더라도 해답을 찾아내지는 못했다.

"아무래도 차분하게 이 문제를 찬찬히 들여다봐야 할 것 같네요." 야콥이 마침내 말했다. 그는 라켈이 구내 식당에 들어왔을 때 자리에 앉아 무언가를 적고 있던 냅킨을 건넸다. "학생의 이름과 주소를 적어주면 내가 생각을 더 해보고 답을 찾는 대로 보내줄게요."

냅킨엔 이미 뭔가가 적혀 있었지만 라켈은 대체 뭐라고 적혀 있는 건지 알아볼 수 없었다. 거의 모자들처럼 보이는 수준이었다.

"*이게* 뭔가요?" 라켈이 물었다.

"그냥 학생들에게 내려고 하는 수학 퍼즐 같은 거예요."

"아, 저 수학 퍼즐 진짜 사랑하는데." 그녀가 생각을 곱씹기도 전에 말이 막 미끄러져 나왔다.

야콥은 라켈에게 수학 퍼즐을 들어보길 원하느냐고 물어보았다. 라켈은 고개를 끄떡였다.

"한 트롤에게 세 명의 제자가 있었다. 어느 날 트롤은 파란색 모자 세 개, 빨간색 모자 두 개, 총 다섯 개의 모자를 들고 왔다. 제자들에게 눈을 감으라고 한 후 각자의 머리에 모자를 하나씩 씌웠다. 그리고 나머지 두 개의 모자를 숨긴 후 제자들에게 눈을 뜨라고 말했다. 제자들은 일렬종대로 서 있었고, 오직 자기 앞에 있는 사람이 쓴 모자의 색만 볼 수 있었다. 트롤이 맨 뒷줄에 있는 제자에게 앞에 보이는 모자들을 봤을 때 자기가 쓴 모자의 색을 맞출 수 있냐고 물었다. 제자는 모르겠다고 답했다. 중간의 제자에게 다시 물었지만 그도 모르겠다고 답했다. 그러나 맨 앞줄의 제자가 답했다. '제가 쓰고 있는 모자의 색이 무엇인지 이제 알겠어요!' 맨 앞줄의 제자가 쓰고 있는 모자의 색은 무엇일까?"

라켈은 가볍게 숨을 내쉬었다.

"파란색요." 그녀가 답했다.

"그게 답이라고 확신하며 말하네요, 고작 3초 만에?" 야콥은 혹시 그녀가 그냥 답을 찍은 건 아닐까 궁금해하는 얼굴로 말했다.

"확실해요. 맨 뒷줄의 제자는 자기 모자 색을 몰랐으니까 앞의 두 사람이 모두 빨간 모자를 쓰고 있지 않았어요. 그랬다면 자기가 파란색 모자를 쓰고 있다는 걸 알았을 테니까요. 가운데 서 있던 제자도 자기 모자 색을 몰랐으니까 맨 앞줄의 제자도 빨간 모자를 쓰지 않았겠죠. 그랬다면 가운데 제자는 자기가 파란색 모자를 썼다는 걸 알았을 테니까요." 라켈이 말했다.

야콥은 믿을 수 없다는 표정을 지었다. 라켈에게 전에 이 문제를 들어본 적이 있는지 물었다. 그녀를 고개를 절레절레 흔들었다. "하지만 중학교 다닐 때에 수학 퍼즐을 푸는 걸 무척 좋아했어요." 라켈이 말했다. "라디오 프로그램《장학 퀴즈》를 자주 들었는데 매주 토요일마다 수학 퍼즐을 내줬거든요."

"앞으로 누구에게 퍼즐을 테스트해보면 될지 이제 알게 됐네요." 야콥이 말했다. "만약 학생이 20초 만에 문제를 푼다면, 주간 과제로 내기 적당한 과제일 테고요."

라켈은 식당에 있던 사람들이 거의 다 갔다는 걸 알아챘다. 교수님을 너무 오랫동안 붙잡아두었다. 라켈은 서둘러 냅킨에 자기의 주소를 적었고 도와주셔서 감사하다고 말하며 약속이 있는 것처럼 둘러댔다. 야콥은 자리에서 일어난 그녀의 등 뒤에 대고 최대한 빨리 답변을 보내겠다고 소리쳤다.

바로 다음 날, 그녀의 우편함에 편지가 도착했다.

라켈에게. 문제를 찾아내는 감각이 탁월하군요! 학생의 질문은 유명한 고전 수학 문제인데 간단히 답을 도출할 수 있는 방법은 없습니다. 참고할 만한 논문 한 개를 첨부했습니다. 언제 한번 내 연구실에 들르면 읽을거리를 더 찾아서 주겠습니다.

1994년 3월 28일
오슬로대학교에서
야콥

문제가 하나만 주어지는 경우는 거의 없었다. 야콥은 라켈이 풀어볼 만한 문제를 여러 개 주었다. 라켈은 야콥 연구실의 단골 방문객이 되었다. 그는 라켈이 문제를 풀어낼 거란 확신에 가득 차 있었고 덕분에 라켈은 해답을 찾아낼 때까지 더욱 부담감을 느끼며 고민했다. 라켈이 답을 구하는 것 외에 달리 수가 없었다. 야콥은 라켈이 찾아낸 모든 질문에 친절히 답을 해주었다. 마치 이렇게나 날카로운 질문은 오랜만에 들어본다는 듯한 태도로. 마치 라켈이 적확한 질문을 던지는 능력이라도 갖춘 사람인 것처럼. 마치 적확한 질문을 던지는 능력이 질문의 답을 찾는 과정보다 더 중요한 것처럼. **문제를 찾아내는 감각이 탁월하군요!** 야콥은 그녀가 결코 작지 않은 miRakel(미라켈)●이기에 Rakel(라켈)이란 이름을 갖게 되었다고 느끼게 해준 첫 번째 사람이었다.

야콥은 그녀에게 책도 빌려주었다. 수학책만이 아니라 다른 책도. 야콥은 수학만큼 문학에도 관심이 많았다. 라켈은 언젠가 그의 집에 방문해서 책장에 어떤 책들이 꽂혀 있는지 구경하고 싶

● 노르웨이어에서 mirakel(미라켈)은 '기적'이라는 뜻이다. 'mirakel'의 'mi'는 '나의'라는 뜻이고 미라켈이 '나의 라켈'이 되는 언어유희이다.

다는 꿈을 꾸기 시작했다. 당신이 좋아하는 책이 뭔지 보여줘요, 그러면 당신이 어떤 사람인지 내가 말해줄 수 있어요, 라켈은 생각했다.

야콥이 가장 좋아하는 시는 토머스 하디의 시였는데 라켈에게 한 구절을 읊어주었다. "I, an old woman now, raking up leaves." 라켈은 하디에 대해 들어본 적이 없었다. 구절을 곱씹어보았다. "나, 이제는 나이 든 여인, 낙엽을 쓸고 있는." 라켈은 아직 자신이 나이가 들었다고 한 번도 생각해본 적은 없었는데도 놀라울 정도로 공감이 되었다. "내가 요즘 이렇게 느끼거든." 야콥이 말했다. "아무래도 '나이 든' 이 부분 말이죠, '여자'가 아니라?" 라켈이 장난을 건넸다. 그가 웃었다.

라켈이 어렸을 때 혹시 자기 이름을 잘못 띄어 쓴 건 아닌지 생각해본 적이 있었다. 혹시 Rake L이라고 띄어쓰기를 해야 하는 건 아닐까? L은 낙엽을 의미하는 leaves이고. 라켈은 가을마다 낙엽을 쓰는 일을 좋아했다. 낙엽들이 본연의 색을 완전히 잃기 전에 잔디밭 구석에 그것들을 수북이 쌓아놓는 일을. 그러고 나서, 낙엽 더미 위로 재빨리 뛰어올라 공중에서 소용돌이치는 낙엽들이 그녀의 몸을 감싸며 춤추는 총천연색 교향곡을 만드는 걸 지켜보았다. 마치 빨강, 주황, 노랑으로 이루어진 무지개의 한가운데에 서 있는 기분으로. 땅으로 떨어진 낙엽들이 그려낸 영롱한 그림을 관찰했다. 라켈은 커서 바이올리니스트가 되지 못한다면 낙엽을 쓰는 사람이 되려고 했었다.

라켈은 굳이 이 이야기를 야콥에게 하지는 않았다. 그 대신 빌헬름 비에르크네스관의 지하 여자 화장실 벽에서 본 각운이 있는 시를 들려주었다. 시가 너무 그로테스크한 나머지 둘은 웃어버렸다.

Mary held her little daughter
Twenty minutes under water.
Not to save her life from troubles,
but to see the funny bubbles.

메리는 어린 딸을 안았다
물 밑에서 20분 동안.
고통에서 그녀의 삶을 구하기 위해서가 아니라
재미있는 거품들을 보기 위해서.

이 시를 보니, 여러 조각으로 잘라도 잘린 부분들이 살아남을지를 알아보려고 지렁이를 토막 냈던 같은 반 남자아이들이 떠올랐다. 다리가 몇 개까지 없어도 살아남을지를 알아보려고 각다귀의 다리를 떼어냈던 일도. 아니다. 이 시는 지렁이의 어떤 부분도 살아남지 못할 거라는 것을 확신하면서 지렁이를 너무 많이 토막낸 것과 같다. 각다귀의 다리 *전체*를 떼어낸 것과 같다.

라켈은 야콥이 빌려준 영어 원서에서 이해할 수 있는 문제를 하나 발견했다. 말도 안 되는 문제였다. 라켈은 도대체 무엇을 미분하라는 건지 알 수가 없었다. 지금까진 함수만 미분해봤었다. 그래프가 얼마나 가파른지를 알아보려고. 얼마나 빠르게 그래프가 증가하는지를 보려고. 극댓값과 극솟값이 어디인지 보려고. 라켈은 이계 도함수를 구하는 일도 잘했다. 그래프가 어느 방향으로 굽어지는지, 그래프가 볼록 곡선인지 오목 곡선인지 알아내기 위해서. 하지만 이 과제에선 다른 걸 미분해야 했다. 라켈은 무엇을 어떻게 하라는 건지 이해하지 못했다. "영어 단어 'derive'는 노르웨이어 'derivere'처럼 '미분하라'는 뜻이 아니에요. '추론하라'는 뜻이죠." 야콥이 말했다. 라켈의 얼굴이 붉어졌다. 역시 그녀는 오해하는 데는 탁월한 재능이 있었다. 어쩌면 그건 그녀의 가장 큰 재능일지도 몰랐다.

그녀는 말실수를 하는 데에도 재능이 있었다. 특히 흥분했을 때는 더욱. 글자와 단어 들이 제멋대로 튀어나오곤 했다. 라켈이 어렸을 때 그녀는 호두까기병정을 호두깎기정병, 혹은 호두깨기평정으로 읽었다. 쌍둥이 소수는 소둥이쌍수로 읽었다. 그녀는 「문화주간(Kulturuke)」 시 전문을 단숨에 그런 식으로 제멋대로 써 내려갈 수도 있었다. 그러나 야콥은 이런 라켈에게 맞장구를 잘 쳐주었다. "알아냈어요, 어느 그래프로 방향이 굽어지는지," 라켈이 말했다. "아니, 제 말은, 어느 방향으로 그래프가 굽어지는지요." "두 번째 정답의 과제도 찾아냈어요?" 야콥이 물었다. "네, 두 번째 과제의 정답도 찾아냈어요." 라켈이 웃었다.

때때로 삶에서 가장 좋은 부분은 오해를 바탕으로 한다. 라켈이 어렸을 때 얼음(isen) 위를 빨리 달리는 여우에 대한 동요●를 오해한 적이 있었다. 그녀는 여우가 쌀(risen)을 빨리 먹는 거라고 오해했었다. 저녁에 쌀밥을 먹는 게 그녀만이 아니라는 사실이 좋았다. 다른 친구들은 저녁에 감자를 먹었으니까. 하지만 여우는 쌀을 먹었다, 정확히 그녀가 그랬던 것처럼.

● 동요 「여우가 얼음 위를 빨리 달리네(Reven rasker over isen)」의 제목이자 가사.

라켈은 구내 서점의 지하층에 서 있었다. 「잃어버린 시간을 찾아서」 전집 열두 권을 차곡차곡 쌓는 일에 성공한 찰나였다. 1층의 계산대로 가기 위해 전집을 들고 계단을 올라가야 했다. 하지만 이내 불가능하다는 걸 깨달았다. 책 열두 권은 한꺼번에 들고 갈 수 있는 양이 아니었다. 책은 할인 중이었는데 양장본 한 권당 49크로네밖에 하지 않았다. 창고 대방출 세일이었고, 시리즈의 나머지 책을 가지러 다시 돌아왔을 때 이미 품절되었을지도 모르는 위험이 있었다. 라켈은 가장 수량이 적은 것부터 사기 위해서 각 권당 매대에 진열되어 있는 수량을 세기 시작했다. 그래야 이따가 다시 돌아왔을 때도 남아 있을 확률이 높기 때문이었다. 수량 계산에 열중하던 중에 라켈은 누군가 그녀를 보며 즐거워하고 있다는 기척을 느꼈다. 고개를 흘끔 드니 자리에 서서 그녀를 관찰하고 있던 야콥과 눈이 마주쳤다. "옮기는 거 도와줄까요? 전집을 한 번에 다 들고 갈 수 있도록." 야콥은 단지 이 말만 했다. 아니, 한 가지를 더 말했다. "이 책들 진짜 굉장한데." 말을 하는 야콥의 눈동자가 감동받은 듯 반짝거렸다. 라켈은 늘 이 단어가 사용하기엔 너무 거창하다고 생각해왔다. 고등학교 노르웨이 문학 시간에 읽은 입센의 「인형의 집」에서 노라가 헬메르에게 "굉장한 행운"이라는 말을 할 때엔 거의 토할 것 같았다.

야콥은 소피야 코발렙스카야에 대한 소설을 집필 중이라고 말했다. 소피야와 독일 베를린에 살던 그녀의 지도교수 카를 바이어슈트라스가 주고받은 편지들을 연구하기 시작했다는 것도. 편지는 독일어로 쓰여 있었는데 소피야가 바이어슈트라스에게 보낸 편지의 대다수가 불에 탔기 때문에 연구하는 편지들은 주로 바이어슈트라스가 소피야에게 보낸 거였다. 라켈이 원한다면 편지를 복사해주겠다고도 했다. 그가 알아내고 싶어 하는 가장 큰 미스터리는 왜 소피야가 6년 동안이나 수학을 중단했는지였다. 그녀는 고향 러시아로 돌아간 후 바이어슈트라스와 연락을 끊은 채 소설을 쓰는 일을 시작했다. 야콥은 수학에 대한 관심으로 가득 차 있던 소피야가 어떻게 갑자기 학문을 향한 열정을 놓아버린 건지 이해하지 못했다. 라켈은 야콥을 도와주고 싶었다. 대체 왜 소피야가 갑자기 수학을 중단한 것인지 이유를 알아내고 싶었다. 이 정도는 라켈이 그를 위해 해줄 수 있었다. 그가 그녀를 위해 해준 일이 이미 너무나 많았으니까.

"바이어슈트라스가 소피야를 아주 아꼈다는 건 편지에서 명확하게 알 수 있어요." 야콥이 말했다. "소피야는 그의 심장에 특별한 장소를 가진 사람이었죠. 그는 소피야의 미모, 지식, 창의성, 재능에 감탄했어요. 그녀를 특별히 보살폈죠. 하지만 둘 사이가 로맨틱한 관계였다는 걸 증명할 수 있는 부분은 없어요. 적어도 비밀이 꽤 은밀하게 숨겨졌던 거겠죠. 편지에 어떠한 흔적도 남기질 않았어요. 바이어슈트라스는 소피야를 영적인 딸처럼 봤던 것 같아요." **영적인 딸**. 라켈이 상상해볼 수 있는 관계 중 가장 아름다운 관계처럼 들렸다.

시간이 지나자 라켈은 야콥이 그녀를 속였다는 걸 알게 되었다. 의도했든 그렇지 않았든. 어쩌면 야콥은 편지 중 바이어슈트라스가 소피야에게 느끼는 로맨틱한 감정을 확실히 보여주는 대목이나 소피야가 이미 결혼을 했다는 걸 알게 된 그가 얼마나 경악을 금치 못했는지에 대해 쓴 부분을 미처 읽지 못한 것일 수도 있었다. 그건 위장 결혼이었는데 부모님의 동의 없이도 외국으로 나가 공부를 하기 위해 한 형식적 결혼이었다.

그래도 바이어슈트라스는 소피야를 갈망했다. 그녀 안에서 자신의 깊은 관심과 소망 들을 공유할 수 있는 영혼의 짝을 찾았다. 그는 1873년 8월 20일 그녀에게 쓴 편지의 마지막에 이렇게 적었다.

Hiermit, Liebe Sonia, schliesse ich meinen Brief über mich. Hoffentlich bist Du jetzt auch der Züricher Atmosphäre entronnen, und athmest die freie Luft der Berge. Ich habe während meines hiesigen Aufenhalts, sehr oft an Dich gedacht und mir ausgemalt, wie schön es sein würde, wenn ich einmal mit Dir, meiner Herzenfreundin, ein paar Wochen in einer so herrlichen Natur verleben könnte. Wie schön würden wir hier — Du mit Deiner phantasievollen Seele und ich angeregt und erfrischt durch Deinen Enthusiasmus — träumen und schwärmen, über so viele Rätzel, die uns zu lösen bleiben, über endliche und unendliche Räume, über Stabilität des Weltsystems, und all die anderen grossen Aufgaben der Mathematik und Physik der Zukunft. Aber ich habe schon lange gelernt, mich zu bescheiden, wenn nicht jeder schöne Traum sich verwirklicht.

라켈은 편지를 노르웨이어로 번역하기 위해 시간 투자를 해야 만 했다. 고등학교 독일어 수업 시간 이후 오랜만에 독일어를 보 는 거였다.

친애하는 소피야에게. 내 편지는 나에 대한 이야기로 끝내려 고 한다. 지금쯤이면 네가 스위스 취리히의 도시 공기를 피했기 를, 지금은 신선한 산 공기를 들이마실 수 있기를 소망한단다. 나는 여기 있는 동안 네 생각을 참 많이 했다. 그리고 언젠가 내 심장이 친애하는 친구인 너와 함께 이 아름다운 자연 속에서 몇 주를 함께 보낼 수 있다면 얼마나 황홀할지를 상상해보았다.

너와 내가 함께 꿈꾸고 공상에 빠질 수 있다면 얼마나 아름다울지를. 환상으로 충만한 영혼을 가진 너와 말이다. 그렇다면 나는 기분이 좋아지고 너의 열정으로 상쾌해지겠지. 우리가 풀어야 하는 난제들이 참 많다. 유한과 무한의 공간, 태양계 구조설, 수학과 물리학의 미래에 관한 거대한 과제들. 하지만 나는 지금껏 나 자신을 조절하는 법을 배워왔다. 내가 바라는 고운 꿈들이 모두 현실이 되지는 않을 테니.

바이어슈트라스가 보낸 편지엔 진심이 담겨 있었다. 물론 주된 내용은 수학이었지만 그가 소피야에게 솔직히 전하는 몇몇 줄은 아름다운 시와도 같았다. 그는 그녀를 Meine Schwäche(마이너 슈베체)—**나의 약점**이라고 불렀다. 그는 소피야 걱정을 안 하려야 안 할 수 없었고 그녀가 근처에 없을 때엔 그녀의 편지를 기다렸다. 소피야에게 최대한 빨리 답장을 해달라는 당부의 말을 지속적으로 전했다. 1873년 4월 25일 자 편지에서 그는 이렇게 썼다.

사랑스러운, 가장 소중한 소피야. 확실히 알아두거라. 내 제자, 네 덕분임을 나는 절대로 잊지 않을 거라는 걸. 내가 최고일 뿐만이 아니라, 나의 유일하고도 진정한 친구인 너를 만났다는 걸.

그리고 1883년 8월 27일 자 편지에서 바이어슈트라스는 수학자와 시인을 비교했다.

또한 시인이 아닌 수학자는 완벽한 수학자가 될 수 없을 거다.

소피야가 바이어슈트라스에게 보낸 편지가 남아 있지 않음에도 불구하고 그들이 서로 마음을 나눴다는 건 명확하다. 바이어슈트라스는 소피야가 늘 꿈꿔온 가장 신뢰할 수 있고 의지가 되어주는 친구였다. 그녀는 회고록에서 바이어슈트라스와의 편지 교환이 얼마나 그녀에게 중요했는지 언급했다.

이 연구들은 수학자인 나의 경력에 가장 깊은 영향을 끼쳤다. 이 연구들은 나의 학문적 연구에서 내가 따라야 할 확정적이고도 돌이킬 수 없는 방향을 결정했다. 내 삶의 결작은 정확히 바이어슈트라스의 영혼 안에서 이루어졌다.

라켈은 '소푸스 리'의 이름을 따 붙인 대강당의 맨 뒷줄에 앉아 있었다. 노르웨이가 키워낸, 닐스 헨리크 아벨 다음으로 거대한 수학자, 소푸스 리. 강당은 600명 이상의 학생들이 앉을 수 있는 크기다. 여전히 대부분의 학생들은 같이 앉을 친구를 잘도 찾는다. 만약 모든 학생이 무작위로 자리에 앉는다면 아는 사람과 옆자리에 앉을 확률은 아주 낮다. 라켈은 이 문제를 구체화해보았다. "한 학생은 600명의 동기 중 세 명과 이야기를 나눈 적 있다. 모든 학생이 강의실의 자리에 무작위로 앉는 상황을 가정해보라. 평균적으로 몇 번의 강의를 들어야 한 학생이 자기랑 이야기를 나눠본 세 명 중 적어도 한 명의 옆에 앉게 될까?"

야콥은 칠판에 적던 긴 증명을 마침내 마치려는 참이었다. 많은 학생들은 졸고 있는 것처럼 보였다. 하지만 라켈은 수학적 증명을 사랑했다. 인간 세상에서는 우리가 확신할 수 있는 것만이 안전하다. 그리고 수학에선 증명할 수 있는 것만을 확신할 수 있다. 라켈이 가장 좋아하는 증명은 귀류법이었다. 증명하고자 하는 것과 반대가 되는 것을 참이라고 가정한 후 결론이 모순이 됨을 증명하는 것이다. 가정한 것이 거짓이면 그 반대가 되는 것은 참이다. 실질적으로 증명하고 싶었던 건 바로 그 반대가 되는 것이다.

실수의 체계는 유리수(有理數)와 무리수(無理數)로 구성되어 있다. 유리수는 두 정수의 비로 표현이 가능하다. 그러나 무리수는 두 정수의 비로 표현할 수 없다. 유리수와 무리수의 합이 무리수가 되는 일은 간단히 증명할 수 있다. 귀류법으로. 만약 유리수와 무리수의 합이 유리수라면 두 정수의 비로 표현이 될 것이다. 하지만 이 경우 증명을 시작한 무리수가 두 정수의 비의 차로 표현될 것이고, 그렇기에 하나의 두 정수의 비, 즉 유리수가 된다. 그리고 이것은 모순이다. 그렇기에 유리수와 무리수의 합이 유리수가 되는 건 불가능하다.

우리가 사는 세상에서는 무리(無理), 즉 비이성적인 것이 늘 유리수(有理), 즉 이성적인 것을 이긴다. 라켈은 친구를 사귀기 위해서는 사람들과 이야기를 나눠야 한다는 걸 알고 있었다. 그렇다 해도 그들과 대화를 나누지는 않았다.

수학은 강사가 시적인 요소를 전달하지 못하고 칠판의 수식어들만 읊어댄다면 세상에서 가장 재미없는 수업일 것이다. 하지만 야콥은 수학을 전달하는 특별한 능력이 있는 사람이었다. 라켈은 그의 수업 방식을 분석해보려고 노력했다. 그녀가 처음으로 눈치챈 것은 그가 개념들을 의인화한다는 점이었다. "가여울 만큼 작은 엡실론. 그는 작아도 너무 작아요, 그는." 야콥이 말했다. "하지만 그는 적어도 훨씬 더 작은 델타를 조종할 수 있어요." 그리하여 우리는 엡실론과 델타가 작은 크기를 의미한다는 것과, 엡실론은 델타가 충족시켜야 하는 필요조건을 정하는 보스라는 핵심을 기억할 수 있다. 야콥은 연극 공연을 하는 배우 같았다. 개념을 설명하기 위해서 목소리와 몸짓 언어를 모두 사용했으니까.

하지만 그가 가장 닮은 건 거미였다. 마치 그가 거미줄을 엮어서 학생들에게 건네는 것 같았기 때문이었다. 거미줄의 연결점들이 이론이라면, 거미줄 자체는 이론의 여러 부분들 사이를 잇는 연결선이었다. 라켈이 학교에서 만난 수학교사들은 가능한 많은 이론, 즉 가능한 많은 연결점들을 학생들의 머리에 주입하려고 했다. 그러나 야콥은 중요한 건 연결점의 개수가 아니라는 것, 수학의 비밀은 연결점들을 잇는 연결선의 개수에 있다는 것, 연결선들은 그녀가 후에 몇몇의 연결점들로부터 시작해 자신의 이론을 정립할 수 있도록 할 유의미한 재료라는 것을 보여주었다.

"오랜만에 얼굴을 보네요." 야콥이 말했다.

"네, 교수님께 책을 너무 많이 빌렸는데 아직도 전부 다 읽지는 못했어요." 라켈이 답했다.

라켈은 시계를 확인했다. 4시 5분이었다. 지하철은 7분 뒤에 온다. 그녀는 승강기 버튼을 누르고 승강기가 어디쯤 오고 있는지 표시등을 초조하게 바라보았다. 승강기들이 너무 많은 층에서 멈추지 않아야 치과 예약 시간에 맞춰 갈 수 있다.

"다른 승강기 하나는 고장이 났어요." 야콥이 말했다. "그래도 다행히 나머지 두 승강기는 여기로 오고 있다고 나오네요."

"나중에 오는 승강기를 타는 게 낫다고 생각하시나요?" 라켈이 말했다.

"먼저 오는 승강기를 타는 게 보통이긴 하죠." 야콥이 답했다.

"제가 생각한 건 먼저 도착하는 승강기가 무조건 최선의 결정만은 아닐 거란 거였어요. 왜냐하면 나중에 오는 승강기가 내려가며 여러 층에 멈출 가능성은 낮으니까요." 라켈이 말했다.

둘은 먼저 온 승강기 안으로 들어갔다. 야콥은 눈가를 찡그리며 생각에 잠긴 듯했다.

"적어도 2층에서 탈 경우엔 그다지 나은 결정이 아니겠네요." 그가 말했다. "왜냐하면 승강기가 중간에 멈출 층은 없는 거니까요."

라켈도 곰곰이 생각해보았다.

"그렇다면 그 말씀은 3층에서 탈 경우엔 나은 결정일 거란 거겠네요." 그녀가 말했다. "먼저 온 승강기가 2층에서 멈출 확률이 50퍼센트 이상이라면 나중에 온 승강기가 확률 측면에서 이기거든요."

"점점 흥미로워지기 시작하네요." 야콥이 말했다. "만약 4층의 경우라면? 좀 까다로워지겠네요. 승강기가 2층과 3층 모두에서 멈출 수도 있을 테니까."

라켈은 이마로 흘러내리는 머리카락을 옆으로 정리했다. "네, 그 경우는 간단치 않네요."

"계산이 가능하도록 만들어야겠네요." 야콥이 말했다. "편의상 먼저 온 승강기는 확률 p로 각 층마다 멈추고 나중에 온 승강기는 그냥 내려간다고 가정하면……. 꽤 일목요연한 정리가 되겠네요."

라켈은 흥분을 감추지 못했다. "네, 만약 다른 층으로 가려는 사람들이 있다면 나중에 온 승강기를 타는 게 더 나은 선택이니까요. 하지만 사람들이 같은 층으로 간다면 나은 선택이 아니고요. 이게 바로 우리가 경우의 수를 계산해 봐야 하는 부분이네요."

라켈은 생각을 이어갔다. "만약 우리와 출구 사이에 서는 층이 있다면 나중에 온 승강기를 타는 게 낫다고 보세요?"

그들이 탄 승강기는 중간에 단 한 번도 멈추지 않고 1층까지 내려왔다.

"확률 p가 얼마나 큰지에 따라 결정되겠지만, 학생이라면 충분히 계산해볼 만하겠네요." 장난기 어린 목소리로 야콥이 말했다.

"아주 훌륭한 과제네요." 라켈이 말했다. "답을 찾아내면 연구실에 들를게요."

야콥은 평소처럼 그녀가 먼저 승강기에서 내리도록 배려해주었다. 그녀는 지하철까지 뛰어가야 할 필요가 없는 날이었으면 좋았을 텐데 하고 아쉬워했다.

라켈은 2학년 학생들을 위한 프로젝트 수업을 신청했고 황금비에 대해 발표를 하게 되었다. 자연, 해바라기, 솔방울, 조개껍데기 등 모든 곳에서 볼 수 있는 마법 같은 분할 비율. 흡사 하나의 선분을 둘로 나누는 가장 조화로운 방법이 바로 이것이라고 우주 자신의 악보에 그려놓은 것 같았다. 가장 긴 선분과 가장 짧은 선분의 비율은 전체 선분과 가장 긴 선분의 비율과 같다. 팔꿈치가 어깨부터 손끝까지 이어지는 팔을 분할하는 것처럼, 배꼽이 정수리에서부터 발바닥까지 이어지는 몸을 분할하는 것처럼. 인간은 황금비를 가진 사물을 아름답다고 인식하기 때문에 역사 속에서 조각가들은 작품에 황금비를 반영해왔다. 라켈은 야콥이 그녀의 발표 내용을 일종의 리허설처럼 미리 들어봐줄 수 있는지 물었다. 라켈은 야콥의 직감을 믿었다. 그가 발표 내용이 좋다고 생각한다면 그녀 역시 좋다고 확신할 수 있었다. 그리고 그녀는 발표 연습을 하면서 그의 표정을 통해 그의 생각을 읽을 수 있었다. 그녀가 옳은 선택을 했는지, 핵심을 짚고 있는지, 발표의 균형을 맞추고 있는지에 대한 그의 생각을. "이제부턴 **황금빛 눈의 소녀**라고 부르면 안 되겠네요." 야콥이 놀리듯 말했다. "오늘부턴 **황금비의 소녀**라고 부를게요."

"수학적 음악성이라는 게 존재하긴 하나 봐요." 야콥이 말했다.

"이를테면 논리의 절대 음감. 오랫동안 의구심을 가져온 부분인데, 라켈을 만나고 나서 꽤 확신하게 되었어요. 라켈이 수학을 풀어내는 방식을 보면서. 라켈은 단번에 내용의 으뜸음을 잡아내는 것 같달까. 우리 같은 사람들이 음계 연습을 하고 있을 때 라켈은 바로 음악 안으로 뛰어들어요, 곧장 핵심으로. 내 생각엔 공통점을 찾아내는 감각이랑 연관이 있는 것 같아요. 기저에 놓인 구조를 알아채는 감각 같은 거. 중요한 건 모든 음들을 정확하게 연주하는 게 아니에요. 중요한 건 어떻게 음들이 하나로 엮여 있는지를 아는 거예요. 프레이징● 지점을 정확히 찾고, 어떤 음이 가장 중요한지와 각기 다른 부분의 세기를 이해하면서요."

라켈은 걱정이 되기 시작했다. 라켈은 수학 영재가 아니었으니까. 야콥은 그녀를 너무 높게 평가했다. 그가 틀렸다는 걸 알게 될 날이 오고야 말 것이다. 그가 생각한 만큼 그녀가 재능 있지는 않다는 걸. 그가 실망할까 봐 걱정이 된다. 차라리 그녀가 얼마나 바보 같은지 알았어야 했다. 그녀가 무언가를 이해하기까지 얼마나 많은 시간을 들이는지를.

● 프레이징(phrasing): 음악에서 연속되는 선율을 악구 단위로 분절하여 연주하는 기법.

라켈은 어렸을 때 일정한 규칙에 따라 나열한 수의 기다란 줄, 즉 수열을 좋아했다. 재빨리 자라는 수들처럼 그녀 자신도 전속력을 다해 무한대로 가고 있는. 유치원 선생님들은 그녀가 답을 맞히는지 확인하려고 모래 위에 산술 문제를 적었다. 다행히 선생님들은 1,536 전에 멈췄다.

어느 날 그녀는 아빠와 함께 핀란드 헬싱키에 있는 수학 학회를 방문했다. 그녀는 거기에서 나이 든 수학과 교수를 만났다. 그는 그녀와 같은 날에 태어났는데 단지 50년 먼저 태어났을 뿐이었다. 그래서 그녀가 네 살이 되었을 무렵 교수는 쉰네 살이 되었다. 아빠는 라켈이 사랑하는 수열에 대해 말했다. 하지만 수학과 교수는 으레 그러는 것처럼 "3 더하기 3은 몇일까?"라고 묻지 않았다. 그 대신 이렇게 물었다. "1.5 더하기 1.5는 몇일까?" 라켈은 정말 자신이 없어졌다. 그녀는 1.5가 뭔지도 몰랐다. 그저 1보다는 크고 2보다는 작은 수라는 걸 이해했다. 그 중간 어디쯤에 있는 수일 거였다. 하지만 1 더하기 1은 2다. 2 더하기 2는 4이다. 그래서 1.5 더하기 1.5는 2와 4 사이의 어떤 수일 터였다. 이 사이에 위치하는 건 3이다. 만약 정답이 3이라면 다음 질문은 "3 더하기 3"일 것이고 그녀는 수열을 규칙적으로 줄줄이 나열할 수 있다는 걸 보여줄 수 있었다. 라켈은 용기를 내어 3이라고 답했다.

그러자 수학과 교수는 웃으며 고개를 끄덕였다. 마치 그가 생각하기에 라켈이 수열을 전부를 달달 외우고 있는 것보다 더 놀라운 일이라는 듯이.

야콥은 한 종류의 무한만 있는 게 아니라는 걸 가르쳐주었다. 무한히 많은 무한이 존재한다. 또 어떤 무한은 다른 무한보다 더 크다. 수학자들은 이걸 '기수(基數)'라고 부른다. 가장 작은 무한 기수는 '알레프-0'라고 부른다. 정수 집합의 크기를 나타내는 무한 기수이다. 하지만 정수보다 실수의 개수가 더 많다는 걸 증명하는 것은 가능하기에 모든 실수 집합의 기수는 더 크고 이걸 '베트-1'이라고 부른다. 그리고 실수의 집합의 부분 집합을 모두 구하여 만들어지는 집합을 생각하자. 이것은 더 큰 무한이 되는데 이 집합의 기수를 '베트-2'라고 부른다.

"소피야 코발렙스카야에 대한 소설 집필을 마친다면 '알레프 오메가'라는 가명을 쓰고 싶어요." 야콥이 말했다. "교수님이 여성 소설가인 척하고 싶다면 '알레프'를 '베트'로만 바꾸면 되겠네요."● 라켈이 장난치며 말했다. 그가 미소 지었다. "최소한 첫 문장은 완성했어요." 그가 말했다. **"나는 이탈리아 볼차노의 벤치에 앉아 바이어슈트라스를 기다리고 있었다."** 라켈은 재미있어서 키득거렸다. '볼차노 - 바이어슈트라스 정리'에 대해 들어본 독자는 그다지 많

● '알레프'는 남자 이름, '베트'는 여자 이름으로 쓰이기도 한다.

지 않을 거예요. 그러니 독자들이 교수님의 의도를 이해할 것 같 진 않네요." 그녀가 말했다. "그래도 수학자들 사이에서는 필독서 가 될 거예요. 그러니 교수님이 논문을 발표할 때보다 더 넓은 독 자층을 확보할 위험을 감수하셔야 할 것 같네요."

매일 아침 대학교에 올 때마다 그녀는 야콥의 연구실 창문을 가장 먼저 바라보았다. 창문 안에 불빛이 보일 때면 그녀의 마음에도 빛이 일었다. 마치 그가 단지 저기 존재하고 있으므로 세상이 더 빛나게 된 것 같았다. 한번은 3주간이나 창문이 어두운 상태로 있었다. 학회에 가신 걸까? 그가 아픈 것만은 아니었으면. 그러나 어느 날 아침 창문이 다시 밝아졌다. 그걸 보자마자 그녀는 너무 기쁜 나머지 승강기를 타고 7층으로 직행하여 연구실 문을 두드렸다. "이 책을 반납하러 왔어요." 라켈은 그에게 빌린 책을 내밀며 말했다. "책은 괜찮았어요?" 그가 물었다. "네, 하지만 제가 결말을 제대로 이해한 건지는 잘 모르겠어요. 보통 전 열린 결말을 좋아하기는 하는데요. 적어도 작가가 대체 무슨 일이 일어날 건지에 대한 몇 가지 대안을 생각해봤어야 한다고 느꼈어요. 이 소설에선 대체 무슨 일이 일어날 건지에 대해 작가가 아무런 생각이 없는 것 같아요." 이어서 그들은 작가가 책의 결말을 열린 결말로 마칠 때에 적어도 한 가지의 해결책은 생각해두어야 하는 도덕적 책임이 있는가에 대한 긴 토론을 이어가기 시작했다. 야콥은 전혀 사라진 적이 없었던 것처럼 느껴졌다.

그녀는 야콥에 대한 시를 쓰기 시작했다. 그녀는 학교로 가기 위해 기숙사의 뒤뜰에 있는 초록 잔디밭을 내려갔다. 하늘은 잿빛으로 어두웠다. 짙은 색의 구름이 위협적이었다. 그녀는 구름과 위협적이라는 말이 운(韻)이 맞았으면 좋았을 거란 생각이 들었다. "어두운 구름이 구른다." 혹은 "어두운 위험이 위협적이다." 중에서 어떤 소리가 더 좋은지 고민해보았다. 만약 언젠가 둘 중에 딱 하나만 골라야 한다면 그녀는 후자를 택할 것이다. 마지막 단어인 '위협적이다'가 더 긴 단어이니까 이 단어가 정확하게 들리는 것이 더 중요하다. 아마 야콥에게 물어보면 될 일이다. 그는 이런 질문이 의미 없는 거라고 생각하지 않는 사람이다.

비가 내리기 시작했다. 어제 오후 그녀가 집에 가던 길에 내리던 비처럼 세차게 온다면 학교에 도착하기도 전에 흠뻑 젖을 것이다. 이 수준의 폭우는 여기 노르웨이 동쪽 지역의 여름에만 가능한 일이다. 그녀는 쫄딱 젖은 채로 웃으면서 야콥의 연구실에 찾아가는 상상을 해보았다. 그는 라켈이 머리가 젖어도 아랑곳하지 않는 여자이며, 곧바로 집에 돌아가 옷을 갈아입어야 하는 여자가 아니라는 걸 알게 될 것이다. 혹시 그가 그녀를 걱정하며 미팅을 다음으로 미뤄도 된다고 말할지도 모른다. 하지만 그녀는 젖은 머리카락을 털며 괜찮다고 답한다. 다만 연구실 바닥에 빗방울을 떨어뜨려서 죄송하다고 말한다. 그리고 그는 그녀의 머리카락이 젖을 때면 얼마나 심하게 곱슬거리는지 보게 되고 그녀의 얼굴에 달라붙은 머리카락을 쓰다듬고 싶어진다. 그녀는 그녀에게로 다가오던 그의 손이 멈춘 걸 보고 그가 얼마나 그녀의 머리카락을 만지고 싶어 하는지를 느낀다. 여전히 그녀는 연구실 한가운데 서 있다. 추위로 몸을 살짝 떠는 채로, 약간은 헝클어진 채로, 초췌한 채로. 그는 다정함에 휩싸인다. "완전 홀딱 젖었네요, 우리 아기! 가까이 와봐요, 손을 만져볼 수 있게요. 이럴 줄 알았어, 얼음장이네. 내가 손을 따뜻하게 해줄게요." 그녀는 그가 손을 잡도록 내버려두고 온기가 전신으로 퍼지는 걸 느낀다. 차라리 내가 아기여서 그의 무릎 위로 기어 올라가 그의 쇄골에 얼굴을 파묻고 아주 가까이에서 그의 머리카락 냄새를 맡을 수 있다면 얼마나 좋을까 하는 생각이 들 때까지. 하지만 그녀는 아기가 아니었고 지금 서 있는 자리에 그대로 가만히 서 있어야만 한다. "잘 알다시피 계속 물에 젖은 옷을 입고 덜덜 떨며 서 있을 순 없잖아요. 우선 그 옷부터 벗어요. 내 셔츠를 잠시 빌려줄게요." 그녀가 사양하기도 전에 그는 셔츠를 벗었고 그녀 앞에 웃통을 벗은 채 서 있다. 그리고…… 그리고…….

아주 오래전 어느 날 그녀가 중학교에 다닐 때 아빠는 그녀를 프랙털 강의에 데려간 적이 있었다. 프랙털은 일종의 기하학적 도형인데 원, 삼각형, 사각형보다는 더 복잡한 구조이다. 프랙털은 자연에서 발견되는 고사리, 나무, 눈 결정의 형태와 유사하다. 프랙털은 자기 자신의 작은 복사본으로 이루어져 있기에 현미경으로 프랙털의 일부분을 확대해본다면 그것은 전체 프랙털 구조와 유사하다. 또한 프랙털은 다른 크기의 구멍으로 가득 차 있는데, 이는 프랙털이 정수 차원이 아니라 소수 차원을 지니도록 만든다.

프랙털의 유명한 예는 '시어핀스키 삼각형'이다. 정삼각형의 각 세 변의 중점을 연결하면 같은 모양의 작은 정삼각형 4개가 된다. 세 변에 붙어 있는 정삼각형 3개와 정가운데에 물구나무선 모양을 하고 있는 정삼각형 1개로. 다음으로는 가운데 물구나무서 있는 정삼각형 하나를 검은색으로 칠해서 지우면 검은색 빈 공간이 된다. 그러면 원래의 정삼각형의 3개의 작은 복사본이 생긴 것이다. 각각의 복사본 삼각형에도 같은 과정을 반복한다. 각 세 변의 중점을 연결하고 정가운데에 물구나무선 삼각형을 지운다. 이 과정을 무한으로 반복하다 보면 시어핀스키 삼각형이 나온다. 다른 크기의 자기 자신의 작은 복사본으로 구성되어 있고 다른 크기의 구멍으로 가득 찬 삼각형이. 그리하여 시어핀스키 삼각형은 정수 차원이 아니라 소수 차원을 지니게 되는 것이다. 삼각형이 2차원이고 피라미드가 3차원이라면 시어핀스키 삼각형의 차원은 로그 3을 로그 2로 나눈 값이다. 대략 1.57.

당시에 그녀는 수학의 많은 영역을 이해하진 못했지만 '망델브로 집합'이라고 불리는 그림에 빠졌다. 겉으로 보기엔 조금 심심해 보이기도 했다. 마치 너무 작은 머리와 너무 큰 몸을 가진 울퉁불퉁한 남자처럼 보였다. 강연자는 그림의 이름이 프랙털의 개념을 정립한 브누아 망델브로의 이름을 따서 붙여진 이름이라고 설명했고, 그를 비판하던 사람들은 기괴한 망델브로 집합의 모양이 망델브로를 닮았다고 했다고 덧붙였다. 망델브로-생강빵.● 강연자는 강의의 마지막엔 망델브로 집합을 자세히 줌 인한 영상을 보여주었는데 마치 집합 안으로 무한의 여행을 떠나는 느낌이었다. 기적이 분명하게 드러나는 순간이었다. 망델브로 집합은 이국적인 형상으로 채워진 우주처럼 보였고, 해마와 나선형의 촉수로 가득 찬 풍경과 유사해 보였다. 이어서 망델브로 집합의 새로운 복사본들이 끊임없이 나타났는데 새로운 각도에서 바라본 듯한 약간의 변형을 가지고 있었다. 그날 강의가 끝난 뒤 집에 가는 길에 그녀는 생각했다. '이게 바로 내 삶을 채울 수 있는 그것일

● 노르웨이에서 망델브로(Mandelbrot)와, 생강빵을 뜻하는 만델브뢰(Mandelbrød)는 발음이 유사하다.

지도 몰라. 만약 내가 바이올리니스트가 되지 못한다면 할 수 있
는 그것일지도.'

어쩌면 사랑받는다는 것은 줌 인되는 것일지도 모른다. 마치 누군가가 당신의 내면으로 무한의 여행을 떠나고 당신이 지닌 모든 아름다움을 당신이 볼 수 있도록 만들어주는 것일지도. 당신이 약간의 변형만 있는 새로운 자기 복사본을 지닌 이국적인 형상의 우주 전체임을. 지속적으로 형성되는. 당신이 미처 알지 못했던 새로운 각도에서 바라보는, 잘 알려진 테마에 대한 공상 가득한 변주처럼. 누구나 살면서 한 번은 이런 여행을 경험할 가치가 있다. 그녀가 다녀온 여행 중 가장 아름다운 여행이었다. 단지 새로운 공간이 그녀에게 열리는 것만이 아니라 마치 그녀가 전혀 다른 차원으로 옮겨진 듯한 느낌이었다. 그리고 어느 날 어쩌면 그녀도 이 차원이 정수 차원이 아니라는 걸 발견하게 될 것이다.

그녀는 전공 과목을 시작하기 전에, 위상 수학을 필수로 수강해야 했다. 그 과목은 내용이 너무나 추상적이어서 수강생의 절반이 낙제를 한다는 소문이 자자했다. 라켈은 자신의 성격도 꽤 추상적인 면이 있기에, 푸리에 해석과 편미분 방정식 같은 수업보다는 위상 수학 수업을 좋아할 거라 생각했다. 그녀는 그 수업이 정말 좋았다. 드디어 왜 수학자들이 손잡이가 있는 컵과 도넛을 같은 것으로 여기는지 이해했다.[•] 사물이 열려 있는 동시에 닫혀 있을 수 있다는 것도 알게 되었다. 그녀의 신경을 거스르는 한 가지는 교수님이 강의 준비를 잘 하지 않는다는 것이다. 여타 많은 교수들처럼 그는 강의보다는 연구를 우선시했다. 그러다 보니 예상치 못한 난관에 부딪힐 때마다 강단에 서서 칠판을 10분간 바라보았다. 스스로 자초한 상황이었지만 그를 보는 라켈은 마음이 아팠다. 내용을 사전에 숙지했더라면 문제를 푸는 방법을 쉽게 알았을 터였다. "무한히 많은 이빨을 가진 빗처럼 보이는 부분의 집합을 푸시면 안 되나요? 이빨들이 점점 더 촘촘해

● 위상 수학에서는 선을 끊거나, 면을 자르거나, 구멍의 개수를 변화시키는 방법을 제외한 변형을 같은 모양으로 취급한다. 손잡이가 있는 컵과 도넛은 둘 다 한 개의 구멍이 있으므로 위상 수학에서는 둘을 등가물로 여긴다.

지는 부분요. 그다음에 빗의 맨 끝부분을 제외하고 촘촘한 이빨의 끝부분은 지우고요. 그녀는 이어서 말했다. "경로가 연결되어 있지는 않아도 그 집합은 위상학적으로 연결되어 있어요." 교수님은 고개를 끄덕이더니 다시 칠판으로 몸을 돌렸다. 학생 대부분은 몸을 돌려 그녀를 바라보았다. "위상학 교수님의 실수를 바로잡을 수 있다니." 맨 뒷줄의 한 남학생이 중얼거렸다.

　　　　"여전히 가방에 바이어슈트라스의 편지를 가지고 다녀요?" 야콥이 책상 모서리를 슬쩍 보며 말했다. "복사본을 준 지 적어도 3년은 된 것 같은데."

　"최근에 다시 편지들을 들여다보기 시작했어요." 라켈이 말했다. "교수님 소설에 대한 아이디어 하나가 떠올랐어요. 책을 연애소설로 쓰시면 될 것 같아요."

　야콥은 연구실 의자에 몸을 기대면서 책상 위에 발을 올려놓았다. "역사 속 인물에 대해서 맘대로 쓸 수는 없을 것 같은데." 그가 말했다.

　"하지만 이건 소설이잖아요." 라켈이 맞받아쳤다.

　"그래도 그건 아니죠." 야콥이 말했다. "게다가 페미니즘의 반발도 만만치 않을 테고."

　"무슨 말씀인가요?" 라켈이 물었다.

　"소피야의 연구 결과 뒤에는 사실 바이어슈트라스가 있었다는 소문이 꽤 오래 있었어요." 야콥이 답했다. "여성이 혼자서 위대한 업적을 이루어낼 수 없다고 생각하는 사람들이 많았으니까."

　"하지만 그녀가 직접 연구한 게 맞잖아요?" 라켈이 물었다.

　"그녀가 직접 연구한 것이 아니라고 믿을 만한 근거는 없어요." 야콥이 말했다. "그녀의 연구 중 대부분은 바이어슈트라스의 관심 분야 밖의 영역이었거든요."

"저는 둘이 친구 이상의 관계였다고 확신해요." 라켈이 말했다.

"만약 입증할 수 있는 증거가 있다면 큰 반향을 일으키게 될 거예요." 야콥이 말했다. "하지만 당시 시대적 분위기를 고려해봐야 해요. 언어가 꽃을 피우던 시기였어요. '애정하는, 가장 소중한, 사랑스러운'이라고 쓰는 게 일상적이던 때였죠."

라켈은 느슨한 종이 뭉치를 넘겼다. "여덟 번째 편지에서 변화가 생겼어요." 그녀가 말했다. "전에는 바이어슈트라스가 '친애하는 숙녀분께'라는 경어체를 썼어요. …… 하지만 어조가 갑자기 친밀하게 변해요. 그는 그녀를 '나의 약점'이라고 칭했고 편지를 보면 그녀에 대한 로맨틱한 꿈을 꾸고 있었다는 게 드러나요."

라켈은 편지 뭉치에서 편지 한 장을 꺼내 야콥에게 내밀었다. 그는 책상 앞으로 몸을 숙인 채 이마를 찡그렸다. "바이어슈트라스는 이 편지를 소피야가 고향 러시아에 있을 때 썼어요." 라켈이 설명했다. "그녀에게 사진을 보내주어 고맙다고 말하지만 사진을 마음에 들어 하지 않아요. 이전에 가지고 있던 그녀의 사진을 더 좋아하죠. 그녀의 코가 너무 커 보이지 않도록 다른 자세로 사진을 찍어 보내달라고 부탁하고요. 친밀한 관계가 아니라면 타인의 코에 대해 이런 지적을 할 수는 없잖아요."

"바이어슈트라스가 소피야를 아꼈다는 건 이상할 게 없는 사실이에요." 야콥이 말했다. "하지만 소피야가 서른다섯 살이나 많은 사람에게 관심이 있었을지는 의문이네요."

"이렇게나 자신을 이해하고 지지해주는 사람을 사랑하지 않을 순 없었을 거예요." 라켈이 답했다.

"소피야가 바이어슈트라스를 어떻게 생각했는지 알 길이 없어서 아쉽군요." 야콥이 말했다. "그는 그녀가 보낸 편지를 모두 불태워버렸으니까요."

"그건 그들에게 숨기고 싶은 비밀이 있었다는 걸 의미하죠." 라켈이 말했다.

야콥은 웃으며 고개를 가로저었다. "라켈의 상상력이 천방지축 날뛰네요. 소피야는 결혼했었다는 걸 잊지 말라고요."

"그건 사실이죠." 라켈은 한숨 쉬며 말했다.

야콥은 생각에 잠긴 표정으로 라켈을 바라보며 말했다. "하지만 결혼은 형식적인 것일 뿐이었고 남편은 다른 도시에서 살았었죠."

"그녀는 남편을 배신한다는 죄책감을 느끼고 싶진 않았을 거예요." 라켈이 말했다.

"어쩌면 서로 다른 사람을 사귀어도 괜찮다는 약속을 했을 수도 있어요." 야콥이 말했다.

"그건 잘 모르겠네요." 라켈이 말했다. 그리고 종이를 후다닥 모아 가방 안에 쑤셔 넣은 후 연구실을 나왔다.

라켈은 사실상 학생들을 위한 수업이 아닌 강의에 몰래 들어갔다. 야콥이 소피야 코발렙스카야와 바이어슈트라스가 주고받은 편지에 대해 발표하는 자리였다. 그녀는 강당의 가장 뒤편에 서서 아무도 자신을 알아채지 못하길 바랐다. 야콥은 이미 강연을 시작한 참이었다. 그가 이미 말해준 적이 있었기에 라켈은 대부분의 내용을 이미 알고 있었다. 그렇기에 그가 사람들 앞에서 어떻게 발표를 하는지와 얼마나 청중의 영혼을 붙드는 연기자가 되는지도 관찰해볼 수 있었다. 독특한 기운. 청중과의 눈 맞춤. 그는 그녀와 눈이 마주쳤다. 그의 눈이 그녀에게 닿자 난감한 빛을 띠었다. 마치 '당신은 나를 꿰뚫어 보고 있어요. 강연이 얼마나 형편없는지를. 이건 그저 연기일 뿐이에요.' 그리고 그가 옳았다. 그가 최대로 발휘할 수 있는 기량에 비하면 턱없이 부족했으니까. 그렇다고 형편없지는 않았다. 다른 강연자들에 비하면 월등했으니까. 강단에 서서 그녀에게 시선을 고정하고 있는 그에게 따뜻함을 느꼈다. 그의 매끈한 머리카락을 쓰다듬어주고 싶었다. 어린아이처럼 그를 토닥여주고 싶었다.

그녀는 지금처럼 그들의 눈이 마주쳤던 첫 번째 순간이 기억났다. 그녀가 누구인지 그가 모르던 때였다. 구내 식당에서 그녀가 그에게 말을 걸기도 전이었다. 두 수업 사이의 쉬는 시간이었다.

평소처럼 바깥 공기를 쐬려고 강의실 밖으로 나가는 대신 자리에 앉아 교재를 들춰보고 있었다. 그때 한 여학생이 들어와서 강의실의 의자 사이를 정신없이 왔다 갔다 했다. 몇 번 고개를 숙여 의자 밑을 보더니 고개를 가로젓고는 부산하게 돌아다녔다. 뭔가를 찾고 있는 듯했다. "여기가 아르네 네스 강당이에요?" 여학생이 물었다. "아니요, 소푸스 리 강당이에요." 라켈이 답했다. "아르네 네스관은 게오르그 모르겐스티르네관 밑에 있어요." "혹시 제가 오늘 아침에 두고 간 교재 못 봤어요?" 그녀가 물었다. 라켈은 야콥이 강의실 안으로 들어와 다음 수업의 강의 노트를 넘기며 강단에 서 있는 걸 보았다. 야콥은 여학생을 보더니 말했다. "교재 제목이 뭔데요?" "『비판적으로 생각하는 방법』이에요." 여학생이 답했다. 라켈은 야콥을 힐끔 올려다보았고 그와 눈이 마주쳤는데 그도 그녀와 마찬가지로 여학생의 상황을 고심하고 있다는 걸 보여주려고 노력하며 웃음을 참는 듯했다. "없어요." 그와 그녀가 동시에 그녀에게 대답하며 고개를 가로저었다. 라켈은 대체 어떻게 그의 눈동자가 그녀를 거울처럼 비출 수 있는지 궁금해했다. 찰나의 순간이지만 그녀로 하여금 그녀 자신을 밖에서 바라볼 수 있게 하는지. 그는 그렇게 그녀를 바라보았다.

그녀가 야콥 크록스타를 만난 후 그녀는 새로운 시대에 접어든 것 같았다. 구내 식당에서 그를 처음 만난 순간이 새로운 시대를 구분하는 원점인 것처럼. 지금부터는 'A.D.(기원후)' 대신에 'A. J.(야콥 크록스타 후)'라는 연호법을 사용해야 할지도 모른다.

　　A. J. 1년. 야콥 크록스타를 처음 만난 후, 그를 구내 서점에서 다시 마주치다.

　　A. J. 2년. 그녀가 황금비에 대한 발표를 하다.

　　A. J. 3년. 그녀가 위상 수학 수업을 듣다.

　　A. J. 4년. 그녀가 전공 과목으로 프랙털 이론을 본격적으로 공부하기 시작하다.

　　A. J. 5년에는 무슨 일이 생길까?

　　이 연호법의 가장 멋진 부분은 그녀가 B. J.(야콥 크록스타 전) 19년에 태어났다는 거였다. 19는 그녀에게 행운의 수였다.

"시간 재실 거죠?" 라켈이 말했다.

"바로? 준비도 없이?" 야콥이 말했다.

야콥은 고개를 가로저었다. "보통 사람들에게는 아는 것과 논리적이고 체계적인 방법으로 정리하는 것 사이에 큰 차이가 있건만." 그가 말했다. "뱀 완전열은 너무 복잡해서 자칫하다간 샛길로 빠지기 십상이라고요."

"하지만 도전해보고 싶어요." 라켈이 말했다.

야콥은 다시 고개를 가로저었다. "좋아요. 그렇다면 15분?" 그가 물었다. "일종의 기록 깨기 시도로?"

라켈은 고개를 끄덕였다.

"제자리, 준비, 출발!" 그가 소리쳤다.

라켈은 몸을 숙여 신발을 벗었다.

"신발을 신고 푸는 건 진정한 완전열 풀이가 아니지요." 야콥이 놀라며 말했다. 라켈은 책상에서 의자 하나를 꺼내어 칠판 쪽으로 돌려놓았다.

"쓸 수 있는 한 최대한의 공간이 필요해요." 그녀가 의자 위로 올라가 칠판의 왼쪽 구석 상단부터 글씨를 적어나가기 시작하며 말했다. 그녀는 칠판에 뱀 모양으로 구불거리는 거대한 다이어그램을 그리면서 해설을 덧붙이기 시작했다. 상단 줄을 마쳤을 때엔 의자 아래로 내려와 풀이를 이어갔다. 중간중간 야콥 쪽으로 고개를 돌리며 그가 잘 따라오고 있는지를 확인했다. 때때로 그가 예상치도 못한 반전도 있었다. 그녀는 그의 곰곰이 생각하는 표정을 보았다. 하지만 그는 매번 그녀의 풀이 방식에 동의해주었다.

얼마의 시간이 지나자 그의 눈빛이 달라졌다. 마치 논증을 훑어보길 포기한 것처럼 보였다. 오히려 발레 공연이나 음악회를 즐기는 듯했다. 그의 눈동자가 그녀를 빨아들이는 듯한 기분이 들었다. 칠판 위를 종횡무진하며 가리키고, 연결하고, 강조하는 그녀의 손가락을 따라갔다. 그녀에게 온 정신을 기울이면서.

"완성!" 그녀가 야콥 쪽으로 몸을 돌리며 말했다.

"11분 42초." 그가 말했다.

"제가 해냈어요!" 그녀가 미소 지었다.

"시간 여유도 넉넉하게 말이죠." 그가 말했다.

"그런데 살짝 속임수를 썼어요." 그녀가 말했다. "저기 두 부분이 완전 똑같은 것 좀 보세요."

"충분히 완벽해요." 그가 말했다. "진짜 완전 완벽해."

"완전히는 아닌데." 그녀가 말했다. "여기에서 이걸 이렇게 했었으면……"

그는 웃으며 그녀의 말을 끊었다. "라켈이 정말 맞았네요. 신발을 신고 풀 정도면 진정한 증명이 아니죠."

그리고 열병이 왔다. 시작은 감기와 같았다. 아빠가 그녀에게 옮긴 것이었다. 아빠는 파랑의 도시에서 기차를 타고 오면서 바이러스에 감염되었던 것이다. 곧장 부녀의 열이 40도까지 치솟았다. 한 주가 지나자 아빠는 건강해졌지만 라켈의 열은 떨어질 기미가 없었다. 그녀는 참아야 한다고 생각했고, 침대에 누워서 수학 연구를 하려고 시도했다. 그녀는 장을 보러 가지 못했다. 화장실 휴지가 떨어져버렸다. 도움을 청할 사람이 누가 있을지 고민해보았다. 아빠는 이미 파랑의 도시로 돌아갔다. 엄마는 라켈이 아프다는 걸 알면 걱정할 것이다. 어쩌면 야콥에게 도움을 청하면 되지 않을까? 하지만 도움이 진짜 필요해지기 전에는 안 된다. 피해를 주느니 두려운 게 더 나았다.

6주가 지난 뒤 야콥이 연락을 해왔다. 그녀를 본 지 오래되었기에 혹시 여행을 간 건 아닌지 물어보았다. 다시 학교로 돌아오면 연구실에 한번 들르라고 요청했다. 그가 생각하기에 그녀가 좋아할 만한 저글링에 대한 수학 논문을 우연히 발견했다고 말했다. 저글링 패턴은 수열로 기술될 수 있고 그렇기에 저글링을 하는 새로운 패턴을 발견할 수도 있다는 것이다. "논문에 푹 빠져서 수학자를 관두고 저글링 선수가 되지는 않을 거라고 약속해야 해요." 그가 장난을 쳤다.

그녀가 아프다는 걸 알게 되자 그는 그녀에게 뭐 필요한 게 있는지를 물었다. 그녀는 음식을 사다 줄 수 있는지를 물었다. 그는 음식으로 가득 찬 봉투 두 개를 들고 왔다. 화장실 휴지도. 그녀는 그를 보자마자 너무 기쁜 나머지 그의 품으로 와락 안기고 싶었다. 그녀는 지난 6주간 사람을 보지 못했다. 그는 그녀가 병원에 가야 한다고 말하며 당장 내일 병원에 가겠다는 약속을 받아냈다. 하지만 라켈은 어떻게 병원에 갈지를 몰랐다. 그녀는 화장실에 가려 해도 기절할 것 같았으니까.

그래도 라켈은 병원에 가려고 노력했다. 지하철을 기다리면서 뭔가 이상함을 느꼈다. 그녀는 기절해버렸다. 정신이 들었을 땐 일어날 수조차 없었다. 한 여자가 그녀에게 탄산음료와 초콜릿을 주었다. 한 남자는 응급구조대에 전화를 했다. 응급구조대는 라켈이 택시를 타고 응급실을 가는 게 빠르겠다고 답했다. 하지만 그녀는 자리에서 일어날 수조차 없었다. 그러자 남자는 응급구조대에 다시 전화를 했다. 그들이 들것을 가지고 왔다. "우선 환자분을 집으로 데려다 줄게요. 몇 가지 확인부터 좀 하고요." 응급대원이 말했다. 그녀는 아파트의 문을 어떻게 열 수 있을지 고민했다. 손가락에 감각이 없었다. 남자의 목소리가 저 멀리에서 들려왔다. "혈당이 1.6이고 열이 40도네요. 정밀 검사를 하러 병원으로 가야겠어요." 남자가 말했다.

응급실에서 그녀는 1시간마다 주사를 맞았다. 의사들은 그녀의 병명을 알아내지 못했다. 혈액 문제라는 것 정도만 알아냈다.

혈액 수치와 혈소판 수치가 계속 떨어졌다. 그녀는 오줌이 마려웠지만 머리를 들기만 해도 어지러웠다. 검은색 머리에 엄마를 닮은 간호사가 환자용 변기를 들고 왔다. 하지만 라켈은 소변이 밖으로 새진 않을까 두려웠다. "제가 제대로 누운 게 맞나요? 그냥 볼일 보면 되나요?" 그녀가 물었다. 간호사가 고개를 끄덕였다. 그럼에도 불구하고 소변이 밖으로 새고 말았다. 옷과 침대 시트가 축축해졌다. 그녀는 간호사의 화난 표정을 보았다. 라켈은 안 그래도 바쁜 그녀에게 추가 일감을 준 셈이었다. 간호사는 침대에서 시트를 휙 걷어내고 커튼을 옆으로 걷어두고 복도로 나가는 문을 열어둔 채 가버렸다. 라켈은 침대에 옷을 벗은 채로 누워 있었고 복도를 지나가는 사람들과 마주치는 시선을 피할 길이 없었다. 그녀는 몸을 반대편으로 돌려 누웠다. 차라리 사람들이 그녀의 엉덩이를 보는 편이 나았다.

그녀는 다시 소변을 보기까지 19시간이나 참았다. 이번엔 금발의 간호사였다. "제가 제대로 소변을 놓을 수 있을지 모르겠어요. 지난번엔 새더라고요." 라켈이 말했다. "저번에는 환자분이 앉을 수 있도록 침대의 머리 부분을 올려주지 않았나요?" 간호사가 물었다. "환자분이 똑바로 누워 있다면 소변이 안 새는 게 이상한 일이죠. 환자분이 혼자 조절하지 못하실 테니까요." 그리고 이번엔 무탈하게 일을 치뤄냈다. 라켈은 금발의 간호사를 꼭 껴안아주고 싶었다.

야콥이 병문안을 왔다. 그를 보자마자 그녀는 기분이 정말 좋아져서 몇 분 뒤 의사가 무슨 일이 있는지 알아보려고 병실을 들여다볼 정도였다. 라켈은 심장 박동을 관찰하기 위해 가슴에 전기선을 붙이고 있었는데 모니터에 불규칙한 활동선이 기록되고 있었다. 의사는 그녀에게 심장 박동 수를 정확히 재야 하니 몸을 최대한 편하게 해보라고 말했다. 아마도 의사는 대학에서 사랑이 어떤 심장 박동 곡선을 그리는지 배우지 못했나 보다.

라켈은 일주일간 병원에 누워 있었다. 임파선 증대 때문에 의사들은 골수 검사를 했다. 그러나 그들은 여전히 라켈의 병명을 알아내지 못했다. "입원 시의 고열. 소변에서 케톤 발견. 혈소판 수치 감소. 호중성 백혈구 감소. 촉진 시에도 감지되는 임파선 증대. 골수 검사 결과를 기다리는 중. 혼절은 바이러스 감염과 관련되어 수분 섭취 부족 때문일 수도 있음."이라고 의사들은 진료 차트에 적었다.

그녀의 몸 상태 그래프는 오르락내리락했다. 마치 라켈의 신체가 사인 곡선이 된 것 같았다. 물론 오르내림의 양상은 전혀 예측 불가였지만. 그녀는 1주 동안은 기력을 거의 회복한 듯했지만 3주 동안은 다시 바닥을 찍었다. 그녀는 건강한 주들을 최대로 활용해야만 했고 절대적 안정이 필요할 때는 휴식만을 취해야 했다.

그녀는 논문에서 만점을 받았다. 야콥은 박사과정 장학금을 신청하라고 말했다. 이 정도로 높은 성적이라면 장학금은 따놓은 당상이라고 했다. 장학금을 받게 되었을 때 그녀는 괴로운 마음이 들었다. 만약 그녀가 장학금을 거절했다면 다른 누군가가 기회를 얻었을 거란 걸 알기에 장학금을 받는 데에 죄책감이 들었다. 그녀는 주변 사람들에게 그녀의 육신이 얼마나 지쳐 있는지를 숨겼다. 강의 중 쉬는 시간에는 빌헬름 비에르크네스관의 여자 화장실의 다용도실로 숨어들어갔다. 거기엔 소파가 있었기 때문이었다. 아무도 그녀가 책상 위에 누워 쉬고 있는 걸 알아채지 못하도록 그녀에게 주어진 좋은 연구실 문을 잠갔다. 학과장이 그녀가 출근했다는 걸 볼 수 있도록 점심시간에 맞춰서 구내 식당에 갔다. 비록 늦게 출근해서 일찍 퇴근할지라도. 그녀는 자신의 병명을 알지 못했다. 의사들도 그녀의 병명을 알지 못했다. 유일한 빛줄기는 야콥이었다. 그는 그녀가 구내 식당에 갈 수 없을 정도일 때면 포장 음식을 사 와서 그녀의 연구실에서 함께 먹었다. 그녀가 어떤 상태인지 아는 사람은 오직 그뿐이었고 그는 그녀가 아픈 척하는 게 아니라는 것도 이해했다.

12월의 입맞춤. 성 루시아 축일이었다. 라켈은 스스로 빛을 발하는 루시아 성녀처럼 눈길을 걸어 집에 가는 길이었다. 그가 입맞춤을 해도 되겠느냐고 물었다. 그녀가 고개를 끄덕이자 그의 입술이 그녀의 입술에 닿았다. 무언가가 열리는 느낌이 들었다. 그가 완전히 그녀에게 열리는 것 같았다. 역겹지 않았다. 이제 그녀는 입맞춤이 무엇인지 알게 되었다. 알 법한 시기였다. 그녀는 스물다섯 살이었다. "이제 우리 어떻게 할까요, 라켈?" 잠시 후에 그가 물었다. "내일 아침에 라켈 집으로 갈 테니 그때 이야기를 좀 나눌까요?" 그녀는 고개를 끄덕였다. 눈이 내렸다. 큼직한 눈송이들이 춤을 추었다. 그녀는 혀를 내밀어 눈송이 몇 개를 낚아챘다. 입안에서 눈이 녹도록 내버려두었다. 입맞춤하는 눈의 맛을 느낄 수 있도록.

다음 날 그가 집에 찾아왔다. 그녀는 그가 그녀를 사랑한다고 말해주기를 바랐다. 하지만 그들이 무슨 사이가 되는 건 불가능했다. 그녀를 사랑한다는 그의 말을 듣는 것만으로도 충분했다. 그렇다면 그녀는 행복하게 죽을 수 있을 테니까.

그 대신 그는 그녀의 상의를 벗겼고 그녀는 그의 따뜻한 배가 자신의 배에 닿는 걸 느꼈다. 그리고 앞으로는 배와 배를 맞대고 그와 함께 눕는 일을 늘 갈망할 거라고 느꼈다. "하지만 아내분을 사랑하시지 않나요?" 그녀가 말했다. "그래요." 그가 답했다. "그러면서 어떻게 이럴 수 있어요?" 그녀가 말했다. "나는 너저분한 놈이니까." 그가 말했다. 그녀는 자신의 귀를 믿을 수 없었다. 그는 대체 어떤 사람이지? "저를 사랑하세요?" 그녀가 마지막으로 물었다. "잘 모르겠어요. 사랑한다는 게 뭔지도 잘 모르겠어요." 그가 답했다. 그는 그녀의 하의를 벗기려고 했지만 그녀는 몸을 비틀어 피했다. 종국엔 신음 소리가 나더니 그는 고요히 누워 있었다. 그가 몸을 일으켰을 때 그녀는 그가 바지를 적신 걸 볼 수 있었다. "며칠간 집 밖 출장이 있어서 다행이에요. 이 꼴로 집에 갈 순 없었을 테니." 그가 말했다. "오늘 길이가 긴 스웨터를 입고 온 건 잘한 일이네요." 그는 그녀에게 너무 낯설었다. 그가 역겨워졌다. 그가 떠난 후 그녀는 더는 그를 만나고 싶지 않다고 생각했다.

　하지만 단지 며칠뿐이었다. 그녀는 그가 그리웠다. 그의 연구실에 다시 찾아가는 게 참 이상했다. 그들은 아무 일도 없었던 것처럼 굴었다. 그녀는 슬펐지만 이유를 알지는 못했다. 그가 알아채고는 그녀에게 가까이 다가왔다. 그녀를 안았다. "하지만 라켈, 이리 와봐요. 나의 소녀." 그가 말했다.

그녀는 1년 내내 그의 접근을 막으려고 노력했다. 미세한 신호부터 학과 행사에서 와인 한 명을 마신 그가 그녀가 앉아 있는 의자 등받이에 몸을 비비는 것까지. 이제 그도 정신 차리겠지, 그녀는 생각했다. 하지만 그녀는 그와 배와 배를 맞대고 함께 눕는 일까지는 거부하지 못했다. 그가 그 이상을 원할 때면 그녀는 울어버렸다. 그는 서운해하며 만약 계속 이럴 거라면 만남을 끝내야 한다고 말했다. 그녀는 무서워졌고 그 말의 의미가 무엇일지 고민해보기도 했지만 지금 상태가 최선이라고 확신했다. 그래서 그녀는 그를 만날 때마다 거리를 유지했고 그가 그녀를 만지기 위해 손을 뻗으면 본능적으로 허리를 곧게 폈다. 그녀는 그의 얼굴에 어린 고통을 보았다. 그녀는 사랑하는 이들의 얼굴에 어린 고통을 보는 것이 견딜 수 없었다. "나는 여전히 라켈 너를 좋아해." 그가 말했다. 그래서 그녀는 그가 자신을 안도록 내버려 두었다. 키스하도록, 상의를 벗기도록 두었다. 배와 배를 맞대고 누웠다. 하지만 그 이상은 안 되는 일이었다. 그녀는 그가 떠날 때면 끝없는 슬픔을 느꼈지만 그는 기쁨에 차 있음을 알 수 있었다.

그녀는 불안했다. 몸의 불안정함을 느끼며 잠에서 깼다. 그녀가 사랑을 경험해보기도 전에 죽는 건 아닐지 너무나 무서웠다. 만약 그녀가 남의 남자와 사랑을 나눈다면 떳떳하게 살 수 없을 것이다. 그녀는 야콥을 사랑하는 것처럼 다른 누군가를 강렬히 사랑하지 못할 것이다. 그녀가 그를 얼마나 깊게 사랑하는지 그가 알지 못할 거라는 생각, 그녀가 절대로 그와 사랑을 나누는 사이가 될 수 없을 거라는 생각에 견딜 수 없었다. 하지만 더욱 견딜 수 없는 일은 그가 그녀를 사랑하지 않는데도 그와 잠자리를 하는 것이다. 해답이 없는 문제였다. 그녀는 생애 처음으로 심리학자와 상담을 했다. "한 번이라도 본인을 위한 선택을 하세요. 타인을 위한 선택이 아니라." 그녀가 얻은 통상적인 조언이었다. 그녀는 무엇에 관한 고민인지조차 말하지 않았다. 그녀는 누구에게도 말하지 않기로 야콥과 약속했다. "누군가 알게 된다면 나는 아주 곤경에 처하고 말 거야." 야콥은 걱정스레 말했다. 그가 직장을 잃게 될 위험이 있다고 말한 건지 아닌지는 잘 알지 못했다.

사랑을 해보기 전에는 죽을 수 없어, 그녀는 생각했다. 하지만 해본 후라면 죽을 수 있지. 그의 가족을 망가뜨리지 않도록 하기 위해서 말이야. 그런 일이 일어나면 난 살 수 없을 거야. 하지만 나는 그가 나를 사랑할 때만 그렇게 할 거야.

"당신이 나를 사랑하지 않는다면 당신과 잘 수는 없어요." 그녀가 말했다.

"널 사랑해." 그가 말했다.

"하지만 1년 전에는 잘 모르겠다고 했잖아요." 그녀가 말했다.

"지금은 확신해." 그가 말했다.

라켈이 어렸을 때 서커스에서 사육사와 함께 코끼리에게 먹이를 준 적이 있었다. 하지만 음식을 모두 나누어 주었을 때 아기 코끼리 한 마리가 바나나를 더 먹고 싶어 했다. 코를 길게 뻗어 그녀의 주머니를 더듬기 시작했다. 온몸이 간질거렸다. 사육사는 아기 코끼리의 코를 찰싹 때렸다. 그래도 아기 코끼리는 포기하지 않았다. 라켈의 머리끝부터 발끝까지 코로 훑기 시작했다. 코끼리 코로 훑어진다는 것. 저항할 수 없는 일이었다.

하지만 지금 그녀는 침대에 누워 야콥의 다리 사이에 있는 코끼리 코가 너무 크다고 생각하고 있다. 그녀는 그가 어떻게 그걸 그녀 안으로 넣을 것인지 알지 못했다. "이렇게." 그가 그녀의 귓가에 속삭였다. "여기 안으로 들어갈 거야. 처음엔 좀 아플 거야. 나중엔 괜찮아져."

완전히 열린다. 내면에서부터의 확장. 마침내 그가 안으로 들어온다. 가능할지조차 몰랐을 정도로 깊게. 그녀를 삼킬 듯한 그의 눈빛. 좀 더 높은 차원에서 자신을 완전히 잃어버린 듯한 그의 눈빛. 눈이 멀었지만 동시에 모든 걸 집어삼킬 듯한 눈빛. 갓 태어난 아기처럼, 그녀는 생각했다. 그리고 거대한 다정함이 차오르는 걸 느꼈다. *리듬 속에서 따뜻해져요 못이 박히듯 꼬옥.*● 그녀는 속으로 노래를 불렀다.

"라켈, 이제 너는 단순한 miRakel(미라켈)이 아니야. 이제 너는 **mi** Rakel(미 라켈)이야**. *나의* 소녀." 그가 말했다. 그리고 그는 말이 없었다.

"무슨 생각을 해요?" 그녀가 물었다.

"이제는 너를 집에 데려다주어야겠다는 생각." 그가 말했다.

그녀는 스스로 죽기로 했던 약속을 지키지 못할 거란 걸 알았다. 그가 그녀를 살고 싶게 만들었기 때문이었다. 그녀는 이것을 더 원했다. 그를 더 원했다.

"아이들을 떠날 수가 없어." 그가 말했다.

"전 당신이 아이들을 떠나길 원하지 않아요. 제가 기다릴게요." 그녀가 말했다. "만약 당신이 원하는 것이 나라면, 나 없이는 살 수 없다고 확신한다면."

"하지만 아이들이 너무 어려." 그가 말했다.

"8년 후면 그애들도 거의 어른인걸요." 라켈이 말했다. "8년 후에는 저를 선택할 수 있을 것 같아요?"

그가 고개를 끄덕였다.

"확신해요?"

● 노르웨이 시인 올라프 불(Olaf Bull)의 시 「메토페(Metope)」의 한 구절.
●● 노르웨이어에서 mirakel(미라켈)은 '기적'이라는 뜻이고, mi Rakel(미 라켈)은 '나의 라켈'이라는 뜻이다. 띄어쓰기를 다르게 하여 행한 언어유희이다.

그는 재차 고개를 끄덕였다.

그를 8년간 기다리는 일. 그 정도는 그녀가 할 수 있었다. 8은 그녀가 가장 좋아하는 수였다.

어떤 면에서 라켈은 야콥 내면의 시인을 길러내는 게 자신이라고 느꼈다. 그녀는 그에게 리머릭 시●를 쓰는 법을 가르쳐주었다. 초반엔 각운도 운율도 꽤 엉망이었지만 연습을 거듭하다 보니 나아졌다. 그는 매일 저녁마다 핸드폰으로 새로운 리머릭 시를 그녀에게 보냈다.

잘 자, 나의 소중한 자, 잘 자,
당신을 오랫동안 안고 있고자.
당신은 잠이 오고
나는 약속한 대로
당신을 천천히 사랑할 것이고, 나의 소중한 자.

후에는 그의 실력이 정말 좋아져서 그에게 즉석에서 도전 과제를 주기도 했다. "인디고라는 단어의 각운을 맞추는 건 불가능해요." 그녀가 말했다. "아 진짜 그렇네. 사모님 인디고 미쳐버리고?" 그가 답했다. "그래도 여전히 아우성을 각운으로 해서 리머릭 시

● 리머릭(limerick) : 5행 익살 시. aabba의 각운을 지닌다.

를 써내진 못했잖아요." 그녀가 말을 이었다.

> 그는 찾는다 각자의 파자마 구성
> 출입문을 지나 그녀의 하늘 성.
> 하지만 소녀는 간지럽고
> 글감이 떠오르고
> 글을 마친다고 아우성.

　가끔은 그들이 사랑을 나눈 후 그의 괴짜스러움이 폭발할 때가 있었다. "당신은 취하면 괴상한 말을 많이 해요." 라켈이 웃었다. 일전에는 그가 생각에 잠겨 누워 있으면서 그녀의 몸이 잘 조율된 악기라도 된 양, 비틀스의 오래된 노래에 맞춰 그녀의 엉덩이를 두드렸다. "Yesterday, all my troubles seemed so far away." 혹은 "Hey Jude, don't make it bad, take a sad song and make it better." 그러다가 그는 가사 모두를 「보르소그(Vårsøg)」*의 곡조에 맞춰 부를 수 있다는 걸 증명하기 위해 예스터데이의 가사를 보르소그의 곡조에 맞춰 부르기 시작했다.

　그녀의 곡선을 사랑하는 수학자. 그녀 허벅지 안쪽이 만드는 굴곡이 그를 미치게 만든다고 말하는 수학자. 그녀는 발을 붙이

● 보르소그(Vårsøg) : '봄을 기다리며'라는 뜻의 노르웨이 민요.

고 서 있을 때도 그녀의 허벅지 사이에 왜 작은 공간이 생기는지 궁금했었다. 이제 그는 두 허벅지가 팔꿈치 위 부분의 팔과 허리처럼 굴곡을 가졌다는 것을 그녀에게 알려주었다. 그것들이 다 함께 조화를 이루어 그녀의 윤곽을 부드럽게 만든다고. 부드러움은 직선보다는 곡선을 더 좋아하는 사람들에게 특히 매력적으로 보인다고. 그는 그녀에게 모든 것을 보여주었다. 저항할 수 없는 엉덩이의 곡률(曲率)을. 그녀가 있는지도 몰랐던 등 밑의 보조개 2개, 즉 Fossae lumbales laterales(포새 룸발레스 라테랄스)를. 그리고 그는 그녀의 유두가 야생 사슴 코를 닮았다는 것도 알려주었다.

그녀는 그가 단순히 상상력이 풍부한 수학자일 뿐만 아니라 세상의 풍경을 자신의 공상으로 뒤집어버리는 특별한 능력을 갖추고 있다는 것도 알게 되었다. 일상에서 마주치는 소소한 관찰을 작은 동화로 바꾸어버리는 능력을. 그녀는 또 다른 현실에 초대된 듯한 느낌이 들었다. 바깥에 존재하는 현실보다 더 큰 현실을 그들이 함께 창조하는 듯한 느낌이 들었다. 예를 들면 그녀가 실밥 때문에 피부가 가려운 걸 피하려고 양말을 뒤집어 신는 걸 본 그는 이렇게 말했다. "그렇지. 이 세상에 한 사람이라도 양말 안에 늘 갇혀 있어야 하는 발가락들이 얼마나 심심할지 이해하고 있어서 다행이야. 발가락들도 가끔은 바깥 구경하는 느낌을 가질 수 있도록 네가 양말을 뒤집어 신어준다는 게 얼마나 친절해." 혹은 그녀의 키가 여권에는 166cm이라고 적혀 있지만 다른 문서에는 163cm으로 적혀 있는 걸 알게 된 그는 이렇게 말하며 웃었다.

"그렇군. 너는 표준 편차도 가지고 태어났네."

"스테인 메렌의 시집을 정말 많이 갖고 계시네요." 라켈이 책꽂이에서 시집 몇 개를 꺼내며 야콥에게 말했다.

"내가 좋아하는 시인 중 한 명이야." 그가 말했다.

라켈은 탁자에 앉아 목차를 살피기 시작했다.

"같은 시집이 여러 권이 있네요." 그녀가 말했다.

"판본마다 시가 조금씩 달라지기도 해." 그가 말했다.

그녀는 책장을 넘겼다. 마음에 드는 시가 나타나면 책장을 넘기는 걸 멈추고 한동안 시에 빠져들었다. 그의 손이 그녀의 뺨에 닿는 걸 느꼈다. 그녀는 눈을 들어 그를 보았다.

"지금처럼 몰입한 너를 보는 일이 참 좋아." 그가 말했다. "네가 무언가에 사로잡혀서 너를 둘러싼 세계가 사라지는 것만 같은 때."

"각각의 판본에서 차이를 발견하는 건 쉽지 않겠어요." 그녀가 말했다. "단어 하나하나를 비교해야 할 테니까요."

"꼭 그런 건 아니야." 야콥이 말했다. "내가 가장 좋아하는 시 중 하나는 난 처음 읽은 것만 좋았어. 그 후에 읽은 나머지 두 버전은 별로 마음에 들지 않더군. 그래서 시가 달라졌다는 걸 알게 되었지."

"같은 시의 판본을 세 개나 샀다고요?" 그녀가 눈썹을 들어 올리며 말했다. "보여줄 수 있어요?"

"그럼 『고요함을 지나 밤』을 꺼내와봐. 『기원의 풍경』과 『시선집 1960-1967』도." 그가 말했다.

그녀는 책을 들고 돌아왔고 야콥은 시의 다양한 버전을 보여주었다.

"어떤 버전을 가장 좋아하세요?" 그녀가 말했다.

"내가 맨 처음 읽은 거." 그가 말했다. 『기원의 풍경』에 실린 거. 사실 이건 두 번째 버전이야. 세 번째 버전은 첫 번째 버전이랑 더 비슷하고. 하지만 나는 세 번째 버전이 가장 별로더라고."

그녀는 탁자 가까이 고개를 숙이고 글을 꼼꼼히 살폈다.

"세 개의 버전 중에 가장 제 마음에 드는 걸 찾아냈어요." 그녀가 말했다. "저도 두 번째 버전이 가장 좋아요. 특히 이 질문이. '나를 기다리고 있었다. 하지만 누가?' 누가 나를 기다리고 있었을까요? 하지만 첫 문장은 초판본이 훨씬 낫네요. 또 '고통처럼 돌리는 머리'가 '고통스럽게 돌리는 머리'보다 마음에 들고요. 이유를 정확히 알 수는 없지만."

"첫 번째는 고통을 묘사하고 있어. 머리가 일종의 비유로 쓰인 거지." 야콥이 말했다. 그녀는 공감하며 머리를 끄덕였다.

"가능한 조합을 구해서 각자 가장 좋아하는 버전을 만들어 서로 비교해볼까요?" 그녀가 말했다.

모든 판본에서 6행은 동일했지만, 달라진 행들을 어떻게 조합하느냐에 따라 2,592개의 버전이 나올 수 있었다. 몇 분 후 그녀는 최선의 조합을 찾았다.

"저의 버전을 먼저 들어보세요. 당신 것은 그다음에 읽어주세요." 그녀가 말했다.

올해 여름은 빨리 지나갔다

행복은 알아챔이다. 하지만 무엇을?
나는 비밀의 문을 열었다
밝은 먼지가 어두운 틈에 떨어진다.
이글거리는 머리카락. 당신!
고통처럼 돌리는 머리
나를 기다리고 있었다. 하지만 누가?
우리는 황혼에 그리움을 내려놓는다
저 멀리. 새로운 알아챔을 위해
요람을 흔들어 그리움을 재운다, 우리 아이들을 재우듯이.
그리고 미소 짓는다.

올해 여름은 빨리 지나갔다
내일 우리는 떠난다
마지막으로 우리는 바다로 향한다
우리는 절벽 끝에 서서
지구가 점점 더 차가워지는 걸 느낀다.

"내 버전이랑 소름 돋을 정도로 비슷한걸." 야콥이 말했다.

"어디가 비슷해요?" 그녀가 말했다.

"단지 두 줄만 다를 뿐이야." 야콥이 말했다. "나는 두 번째 버전의 첫 문장 '알아챔이다. 하지만 무엇을?'을 선호하거든. 내 생각에 너의 버전은 뭔가 좀 더 답이 명확한 느낌이야. 행복에 초점을 맞추고 있다고나 할까."

"바로 그래서 제가 이 버전을 좋아하는 거예요." 그녀가 말했다. "비록 시가 이별을 다루고 있지만 동시에 행복도 존재할 수 있다는 걸 주장하잖아요. 잿빛 돌멩이가 주된 색채일 때에도 황금빛이 더욱 강렬하게 빛날 수 있으니까요. 그래서 '이글거리는 머리카락. 당신!' 이 문장도 마음에 들어요. 다른 버전에는 없는 문장이에요."

"일리 있는 말이네." 야콥이 말했다. "그래도 나는 '요람을 흔들어 그리움을 재운다, 아이들을 재우듯이'가 더 마음에 들어. '우리 아이들'은 너무 구체적이잖아. 나는 아이들을 그리움의 이미지로 받아들였거든."

"훌륭한 해석이네요." 그녀가 말했다. "'우리 아이들'의 '우리'는 없는 게 낫겠네요. 그리고 그들이 황혼에 사랑을 나누는 동안 그들이 요람을 흔들어 재운, 사랑과 상충되는 그리움이 있는 게 낫겠네요. 하지만 오래가지는 못해요. 올해 여름은 빨리 지나가버렸으니까."

"시간도 그러네. 벌써 새벽 1시 반이야." 야콥이 말했다. "네가 여기서 자고 가야겠는걸."

망막에 사진 찍힌다는 것. 야콥은 눈으로 그녀의 사진을 찍는 것 같았다. 망막에 그녀의 두루마리 필름을 갖고 있는 것 같았다. 그가 그녀의 사진을 찍을 때면 그녀는 때때로 그것을 느낄 수 있었다. 그녀는 자신이 아파트를 산 지 얼마 되지 않아 가구도 들여놓지 않은 아파트의 거실에서 도시를 내다보고 있는 자신의 벌거벗은 뒷모습을 찍은 사진을 야콥이 갖고 있다는 걸 알았다. 방금 전까지 사랑을 나눴고 그가 가야 할 시간이었다. "그녀를 도와줄 사람 누구 없나요?" 그가 사진에 붙인 이름이었다.

그는 6주 동안이나 아픈 그녀 대신 장을 봐서 방문했던 날 거실에서 그의 앞으로 걸어오는 그녀의 모습을 찍은 사진도 가지고 있었다. 그가 그녀에게 처음으로 입맞춤하기 전의 봄이었다. 하얀 모닝 가운이 그녀의 몸을 타고 부드럽게 흘러내려 그녀의 굴곡을 강조하고 있었다. 그는 숨을 꾹 참으려고 노력했고 그녀를 따라 거실 안으로 들어갈 때 허리를 구부린 채 걸어가야 했었다.

또 그는 그의 침대의 얇은 시트 밑에 알몸으로 누워서 자고 있는 그녀의 사진도 가지고 있다고 말해주었다. 그의 집에서 잘 계획이 없었기에 잠옷을 준비하지 못했기 때문이었다. 그날은 그의 가족이 휴가를 간 사이 그녀가 네소덴에 있는 그의 집을 방문해 그의 책장을 구경하기로 한 날이었다. 스테인 메렌의 시에 대해 한참을 이야기하다 보니 마지막 배를 놓쳐버렸다. 그녀를 집에 보내기에는 너무 늦은 시간이었다. 그는 욕실에서 나와 문간에 기대어서서 그녀를 바라보았다. 그녀는 옆으로 누워 있었다. 그녀의 몸을 감싼 시트 위로 여명이 내려앉았다. 그는 그 자리에 서서 그녀의 굴곡을 바라보았다. 엉덩이의 곡률을. 그때까지도 그는 자신이 그녀에게 깊게 빠져들어 그곳에서 그녀와 사랑을 나누게 될 거란 걸 알지 못했다. 자신의 집에서, 자신의 침대에서.

"당신의 소설을 영화 대본으로 고칠 수 있다고 생각해요?" 그녀가 물었다. "그런 다음 제가 소피야 역을 하고 당신은 바이어슈트라스를 연기하는 건 어때요?"

"우선 고칠 소설부터 있어야겠지." 야콥이 말했다. "아직 첫 장조차 마치지 못했는걸."

"적어도 천재적인 도입부는 썼잖아요." 라켈이 말했다. "**나는 이탈리아 볼차노의 벤치에 앉아 바이어슈트라스를 기다리고 있었다.**"

"아 맞네. 나도 잊고 있던 문장이야." 야콥이 말했다.

"중간중간 아이디어를 필기하셔야겠어요." 라켈이 말했다. "이제 도입 장면은 준비가 되었네요. 소피야는 벤치에 앉아 바이어슈트라스를 기다리고 있다. 그리고 그녀는 볼차노에 있다."

"바이어슈트라스는 베를린에 사는데 왜 그녀가 그를 이탈리아에서 기다리고 있는 걸까?" 야콥이 말했다.

"그건 독자들이 궁금해하게 만들면 되죠." 라켈이 말했다. "아마 비밀스러운 밀애 여행을 떠난 걸지도 몰라요."

"나는 연애소설을 쓸 계획이 전혀 없는데." 야콥이 말했다.

"줄거리가 더 탄탄해질 거라는 게 제 생각이에요." 라켈이 답했다. "뭐 그건 차차 고민해보면 될 테고. 어쨌든 도입 장면에서 바로 회상 장면으로 넘어가보죠."

"소피야의 어린 시절로?" 야콥이 말했다.

"바이어슈트라스를 맨 처음 만났던 순간으로요." 라켈이 말했다. "둘이 어떻게 만났는지 아세요?"

"그녀가 포츠담 광장에 있는 그의 집을 찾아갔었어." 야콥이 말했다.

"그럼 카메라는 볼차노의 벤치에서 베를린의 그의 집 문패로 이동하면 되겠네요." 라켈이 말했다. "우리는 문을 두드리는 여자의 손을 보고 있어요. 카메라가 줌 아웃되고, 우리는 건물과 손의 주인인 여자의 모습을 보게 돼요. 그녀는 1800년대 옷을 입고 있어요. 건물 밖 길에선 마차가 떠나고. 카메라는 다시 여자의 표정을 줌 인해요. 부분적으로 그림자가 져 있긴 하지만 그녀가 긴장했다는 걸 볼 수 있어요. 가정부가 문을 열어줘요. 소피야는 자기소개를 하고 바이어슈트라스와 이야기할 수 있기를 청해요. 가정부는 위대한 수학자님이 연구 중에 방해받기를 원하지 않을 거라고 말해요. 카메라는 소피야의 표정을 천천히 비추고 우리는 왜 가정부가 마음을 바꿔서 바이어슈트라스가 시간이 있는지 확인해보겠다고 하는지 이해하게 되죠. 그녀가 돌아와서는 고개를 끄덕이고 소피야를 집 안으로 들여요. 카메라는 어두운 복도를 따라 걷는 소피야의 신발을 따라가요. 신발은 바이어슈트라스의 서재 문 앞에 멈춰요."

"세상에. 당신 벌써 내 프로젝트를 가로채기 시작했네." 야콥이 말했다.

"죄송해요. 그런 의미가 아니라 단지 돕고 싶었어요." 라켈이 말했다. "바이어슈트라스가 소피야를 처음 만났을 때 무슨 생각을 했을까요?"

"저항할 수 없을 정도로 예쁘다고 생각하지 않았을까." 야콥이 말했다. "그러고는 그녀가 헐렁한 옷을 입고 와서 그녀의 엉덩이를 자세히 볼 수 없었기에 완전 짜증이 났겠지."

"장난치지 말고요." 라켈이 웃었다.

"너는 항상 기다란 스웨터를 입고 다녀서 날 돌아버리게 만들었잖아." 야콥이 말했다.

"그만하고 좀 진지해져봐요. 둘의 만남이 실제로는 어땠는지 아세요?" 라켈이 말했다.

"그는 그녀가 풀 수 없을 거라고 확신한 고급 과제를 줘서 그녀를 떼어내려고 노력했어." 야콥이 말했다. "그러자 일주일 뒤에 그녀가 돌아와서 문제를 풀었다고 말했고 그는 그녀가 거짓말을 한다고 생각했지. 그녀에게 해답을 풀이해보라고 요청했어. 그녀가 사용한 방법은 독창적이었기에 자신이 만난 사람 중 가장 재능이 있는 학생을 만났다는 걸 인정할 수밖에 없었어. 그래서 그녀에게 집에서 개인 교습을 해주겠다고 제안했어. 대학교에서 그녀의 수강 신청을 거부했었거든."

"그녀가 해답 풀이를 할 때 의자 위에 올라가서 칠판에 분필로 해설을 썼다고 생각해요?" 라켈이 물었다.

야콥이 미소 지었다. "그럴 수도 있지." 그가 말했다. "바이어슈트라스는 소피야가 그녀의 얼굴을 가리고 있던 보닛 모자를 벗었다고 쓴 적은 있어. 곱슬머리가 흘러내렸고 그는 그녀의 젊음과 아름다움에 놀랐다고. 그의 눈빛을 느꼈을 때 그녀는 얼굴이 빨개졌지. 그녀가 해답을 설명할 때 그녀의 눈빛은 사람들에게 강한 인상을 남길 정도의 열정 넘치고 지적인 눈빛으로 돌변했지."

"어떤 사람들에게요?" 라켈이 물었다.

"프리드쇼프 난센이나 알프레드 노벨 같은 사람들." 야콥이 말했다. "사실 노벨상에 수학 분야가 없는 건 소피야 때문이라는 소문까지 있었어. 알프레드 노벨은 그녀가 거절한 구혼자 중 한 명이었을 수도 있거든."

"왜 소설에 이 이야기를 쓰지 않았어요?" 라켈이 말했다.

"여전히 자료를 모으고 있는 중이야." 야콥이 말했다. "그나저나 왜 소피야가 6년 동안 수학을 중단했었는지 이유를 찾아내지 못했어."

"소설을 쓰는 방법은 우선 자리에 앉아서 쓰기 시작하는 거예요." 라켈이 말했다.

그녀가 자신의 질병에 대처하는 방법은 너무 많은 계획을 세우지 않는 것이었다. 그럼 그녀는 실망할 필요가 없었다. 모든 일은 예전보다 천천히 흘러갔다. 마치 뇌가 시럽으로 가득 찬 기분이 들었다. 그녀는 수학에 집중할 수 없었다. 강의를 수강할 수도 없었다. 야콥이 그녀의 귀에 교재를 속삭여주는 동안 그의 팔에 기대어 있었다. 이 상황에서만 뇌가 자료를 흡수할 수 있었다.

질병과 관련된 최악의 문제점은 예측 불가능성이었다. 마트에서 갑자기 다리의 힘이 풀리는 바람에 카트에 몸을 기대고 있어야만 했다. 도서관에서 갑자기 머리가 어질어질해서 책 선반을 꼭 붙들고 있어야만 했다. 끊임없이 기절할 것 같은 기분이 들었다. 엘리베이터에서. 지하철에서. 콘서트장의 매표소에서. 야콥은 그녀가 누워 있어야만 하는 것이 평범한 일인 척하는 데 소질이 있었다. 이상한 장소일지라도.

"정말 괜찮은 게 확실해?" 야콥이 말했다.

"아니요." 라켈이 말했다. "그래도 노력이라도 해봐야죠."

"돌아간다 해도 부끄러운 일이 아니야." 야콥이 말했다.

"이미 표도 샀잖아요." 라켈이 말했다.

그녀는 공연 관람을 오랫동안 기다려왔다. 오슬로 신극장에서

하는 「수수께끼 변주곡」. 국립 극장 지하철역에서 멀리 떨어진 곳도 아니었다. 그러나 그들이 대학교 광장을 지날 때쯤 그녀는 몸이 말을 듣지 않는다는 걸 느꼈다. 그녀는 자신의 외투에 토하고 말았다. 너무 어지러워서 대학교의 강당 밖 계단에 잠시 누워야만 했다. "그냥 날 모르는 사람인 척해요." 라켈이 말했다. 야콥은 그녀의 옆에 앉았다. 허벅지에 그녀의 머리를 눕혔다. 멋지게 차려입고 입고 계단에 누워 있는 일이 지극히 평범한 일인 척했다. "진정해. 어차피 사람들은 네가 술에 취했다고 생각하고 말 거니까." 그가 장난쳤다.

후에 그는 그녀를 집에 데려다주었다. 엄지손가락으로 그녀의 눈물을 닦아주었다. 그녀의 몸이 떨리기를 멈출 때까지 그녀를 안아주었다.

"바이어슈트라스가 소피야의 여기에 키스했을 거라고 생각해?" 그가 그녀의 이마에 입 맞추며 말했다.

"상상하지 못할 일도 아니죠." 라켈이 말했다.

"그리고 여기에도?" 야콥이 그녀의 귓불에 입 맞추며 말했다.

"그다지 그랬을 것 같진 않은데." 라켈이 말했다.

"그럼 여기는?" 야콥은 눈꺼풀에 입 맞추며 말했다.

"그가 그녀를 사랑했을 경우라면야." 라켈이 말했다.

"소피야가 슬플 땐 어디에 가장 키스를 받고 싶었을까?" 야콥이 말했다.

"목에요." 라켈이 말했다.

야콥은 그녀의 몸이 발갛게 될 때까지 목에 입을 맞추었다.

"이제 좀 괜찮아?" 그가 말했다.

그녀는 고개를 끄덕였다. 사람이 목에 키스를 받을 때엔 어둠의 세계에 살기는 불가능한 법이다.

그녀는 주말과 휴가가 다가오는 게 두려웠다. 휴일에는 그를 볼 수 없었다. 침대에 누워 그를 그리워하는 것 외에 다른 일을 할 힘도 없었다. 그녀는 매일 그와 함께 있을 아내를 질투했다. 밤마다 그의 숨소리를 들을 그녀를. 그의 등에서 전해지는 온기를 느낄 그녀를. 아침마다 그의 옆에서 눈을 뜰 그녀를. 라켈이 그의 향기를 느끼기 위해 베개에 코를 박고 있는 동안에. 그를 향한 그리움을 억누르려고 이불을 끌어안고 있는 동안에. 보름달에게 그를 보살펴달라고 기도하고 있는 동안에. 그가 그녀를 두고 갈 때 그의 표정이 조금이라도 슬퍼 보이길 바랐다. "나를 보고 싶어 할 거예요?" 그녀가 말했다. "당연히 보고 싶을 거야." 그가 말했다. "하지만 당신은 그다지 슬퍼 보이지 않잖아요." 그녀가 말했다. "같이 좋은 시간 보냈는걸." 그가 말했다. "다시 만날 날이 기대되고 말이야."

그가 그녀를 선택할 거란 말이 진심이었는지 의심이 되는 순간이 있었다. 그가 일전에 한 말을 잊어버리고 가족이랑 미래에 무엇을 할 건지 이야기하는 때였다. 그가 환갑이 되면 가족과 함께 후르티구르텐[●]을 타고 크루즈 여행을 떠날 거라든지. 그녀는 몸을 돌려 그를 외면했다. "왜 그래?" 그가 물었다. "아무것도 아니에요." 그녀가 답했다. "아닌데, 뭔가 서운한 듯한데." 그가 말했다.

그녀는 뺨을 타고 흘러내리는 눈물을 막을 길이 없었고 그의 쇄골에 얼굴을 묻었다. "당신이 환갑이 되면 우리는 함께 있을 거잖아요." 그녀가 속삭였다. "미안해. 말하다 보니 잊어버렸지 뭐야." 그가 말했다. "별 뜻 없었어. 깊게 생각하지 마, 라켈." 하지만 그는 또다시 일전에 한 말을 잊어버렸다.

그녀는 《A 잡지》[**]에서 연애 상담 칼럼을 읽은 후 그에게 상심 가득한 핸드폰 문자 메시지를 보냈다. "당신은 절대 나를 선택하지 않을 거예요. 《A 잡지》에서 심리학자가 하는 말이 유부남은 애인을 위해서 절대로 아내를 떠나는 일 따위는 하지 않는대요." "우리 사이는 달라." 그가 답장했다. "그걸 제가 어떻게 알아요?" 그녀가 물었다. "나는 네가 평생 고통을 안고 살도록 내버려두지 않을 거야." 그가 답했다. "가능한 빨리 널 택할 거라는 거 알잖아. 사랑해!"

"가끔 그녀를 사랑한다고 그녀에게 말해주기도 해요?" 그녀가 물었다. "말해달라고 할 때만." 그가 한숨을 쉬었다. "그녀를 사랑해요?" 그녀가 이어서 말했다. "널 사랑하는 것처럼은 아니야." 그가 답했다. "이번 생의 사랑은 바로 너야. 매일 이야기하고 싶고

● 후르티구르텐(Hurtigruten) : 노르웨이 서부와 북부 해안을 따라 총 34개 도시를 운항하는 크루즈 여객선.
●● 《A 잡지(A-magasinet)》: 노르웨이의 권위 있는 일간지인 《아프텐포스텐》에서 금요일마다 제공하는, 잡지 형태의 부록.

보고 싶은 사람이 바로 너야. 집에서 가족들은 내가 말 없는 괴짜라고 생각해. 하지만 너와 함께 있으면 나는 살아 있게 돼. 네가 잘 아는 것처럼 수다스럽고 장난꾸러기로 변하지. 너랑 있을 때만 그래." 그리고 그녀 역시도 그가 그녀를 바라볼 때마다 그의 기분이 밝아지는 걸 보았다. 약속 장소에서 먼저 와 있는 그를 발견했을 때, 그가 기쁨과 기대감 가득한 표정으로 자신을 기다리는 걸 보았다.

"하지만 당신이 그녀에게 하는 것처럼 나에게도 그러지 않을 거란 걸 어떻게 알아요?" 그녀가 물었다. "난 절대 바람둥이가 아닌걸." 그가 말했다. "너를 만나기 전엔 한 번도 바람을 피워본 적도 없다고." "그럴 기회가 없어서 그랬을 수도 있죠." 그녀가 말했다. "당신이 살면서 후회되는 게 뭐냐고 물어봤을 때 더 많은 여자랑 자볼 걸 그랬다고 대답했잖아요." "앞으로 일어날 일을 누가 장담할 수 있겠어. 하지만 어느 정도 너에게만큼은 솔직해야 한다고 느껴. 너는 나를 꿰뚫어 보거든. 우리는 동일 선상에 있는, 같은 부류라고 생각해."

이따금 죄책감과 수치스러움으로 그녀의 내면이 갈갈이 찢어지는 듯했다. 야콥은 이걸 중세적이라고 생각했다. "오늘날 이 나라에서 너처럼 수치심을 느끼는 여자가 얼마나 많을 거라고 생각해?" 그가 말했다. "네 어머니는 어쩌면 여전히 50년대의 아시아에서 살 수도 있겠지만 너는 아니잖아." 그래도 라켈은 여전히 수치스러웠다. 그녀가 이렇게 행동하는 걸 엄마와 아빠가 알게 되면 얼마나 상처받을지를 상상해보았다. 옳지 않다는 걸 알면서도 이렇게 행동한다는 걸. 부모님이 예전처럼 그녀를 좋아하지 않을지도 모른다.

"네가 수치스러워할 일은 아무것도 없어." 야콥이 말했다. "수치스러워해야 하는 사람이 있다면 바로 나야. 내 책임이야. 너는 아름다운 사람일 뿐이야. 내가 만나본 그 누구보다 매력적인 사람이야." "어떻게 부끄러움도 없이 그녀에게 이럴 수 있어요?" 그녀가 물었다. "나는 너저분한 놈이야." 그가 미소 지었다. "적어도 난 내가 다른 것에는 신실하다고 생각해. 우리에 대해서는. 어쩌면 나 자신에 대해서도 난생처음으로 솔직하다고 할 수도 있겠어. 살면서 사랑을 만나는 일은 극히 드무니까. 내게 사랑은 선물과 같은 거지, 죄가 아니라. 너도 언젠가는 그렇게 느끼길 바라."

살면서 사랑을 만나는 일은 극히 드무니까. 이 말이 함축하는

의미는 다음과 같다. 8년을 기다릴 만한 가치가 있는 일이다. 하지만 이혼을 하고 아이들을 트라우마에 빠지게 할 위험을 감수할 만큼의 가치는 없는 일이다.

가끔 그녀는 시간이 거꾸로 흘렀으면 좋겠다고 생각했다. 그를 만나기 전으로 시간을 돌릴 수 있기를. 비밀로만 간직해야 하는 연인, 이따금 상상 친구로만 느껴지는 연인을 안 가져도 되기를. 그녀가 어렸을 때 그녀는 다비드에게 시간이 거꾸로 흐르거나 물구나무서기를 할 수 있다고 생각하는지 물어본 적이 있었다. "시간은 적어도 빠르거나 천천히 흐르기만 하지." 다비드가 말했다. "그렇다면 이브˙는 무슨 뜻이야?" 라켈이 물었다. 이브는 저녁이랑 같은 뜻이야." 다비드가 답했다. "아침은 저녁 전에 오니까 아침은 이브 전에 오지, 그렇지?" 라켈이 말하자 다비드는 고개를 끄덕였다. "하지만 크리스마스 이브는 크리스마스 아침 전에 오고 부활절 이브는 부활절 아침 전에 오잖아. 그렇다면 적어도 일 년에 두 번은 시간이 거꾸로 흐르는 거네." 라켈이 말했다.

사실 공간은 3차원인데 시간은 1차원이라는 건 부당하다. 왜 시간은 공간처럼 자유롭게 움직일 수 없는 걸까? 만약 시간이 여러 차원을 가지고 있다면 앞으로도 가는 동시에 거꾸로도 갈 수 있을 것이다. 시간이 끊임없이 시작점으로 되돌아가는 원 운동으

˙ 이브(eve) : 이브에는 '저녁'이라는 뜻과 '축제일의 전날 저녁'이라는 뜻이 있다.

로. 그렇다면 우리가 다음 차례에 그 지점을 지나가면서 결정적인 순간에 자신에게 훌륭한 조언을 줄 수도 있을 것이다. 그 대신 세상은 더 외로운 곳이 될 수도 있을 것이다. 정해진 시간에 서로를 만나는 일이 더 어려워지기 때문이다. 더 많은 수의 좌표가 일치해야 할 테니까. 그러니 시간은 1차원으로 흐르는 편이 나을 것이다. 곧은 수직선으로.

야콥은 평균적으로 사랑은 7년간 지속된다고 말했다. 그녀는 그가 기다리는 것이 이것일까 봐 무서워졌다. 사랑이 지나가고 그가 그녀를 선택할 필요가 없게 될까 봐. 그는 물리적인 것과 감정적인 것을 구별할 수 있는 사람이었다. 하지만 그녀는 한 가지 면에서만 누군가와 관계를 맺을 수 있는 사람이 아니었다. 그녀는 모든 면에서 관계를 맺어야 하는 사람이었다.

"넌 지독하게 모범적이야." 야콥이 말했다. "조금은 느슨하게 살 필요가 있어. 사과 서리도 한 번 안 해봤지?"

라켈은 고개를 끄덕였다. "매사에 최선을 다해야 한다고 생각할 뿐이에요." 그녀가 말했다.

"왜?" 야콥이 말했다.

그러게, 왜지? 그녀는 생각했다. 좋은 사람이 되기 위해서? 사랑받기 위해서? 그녀가 기억하는 한 그녀는 쭉 이렇게 살아왔을 뿐이었다.

아니면 뭘까?

"네가 최선을 다했다는 걸 우리가 알 때, 우리는 절대 네게 화를 내지 않아." 아빠가 말했다. 라켈은 다 큰 소녀가 되었고 그녀는 오늘 네 살이 되었다. 아빠는 그녀를 옷장 위에 올려놓아서 그의 눈을 똑바로 바라볼 수 있도록 아빠와 높이를 맞춰주었다. 그녀는 듬직하고 자랑스럽다고 느꼈다. 아빠는 정말 현명한 사람이다. 당연히 그녀는 늘 최선을 다할 것이다. 그러면 부모님은 절대로 그녀에게 화를 내지 않을 테니까.

그녀는 약속한 것을 지켰다. 매일 최선을 다했는지 스스로에게 질문을 던졌다. 더 잘할 수 있는 부분은 없었는지를 물었다. 정말 최선을 다한 건지 확인하는 길은 생각보다 어려운 일이었다. 아무도 최선 그 이상을 하라고 요구할 수는 없다. 하지만 우리는 늘 최선을 다해야 한다.

그래도 어느 날 일이 틀어지고 말았다. 아빠가 그녀를 유치원으로 데리러 왔을 때 그녀는 신발과 바짓가랑이가 젖어 있었다. 크링스타 만을 다녀온 날이었는데 라켈은 물에 들어가서 돌멩이를 줍고 싶었다. 유치원 선생님이 그녀에게 물에 들어가려고 신발을 벗으면 안 된다고 말했을 때 라켈은 이미 신발 한쪽을 벗은 참이었다. 라켈은 생각했다. 이상했다. 엄마랑 아빠랑 왔을 때는 항상 신발을 벗어야만 했다. 그래도 그녀는 유치원 선생님의 말대로 했다. 그리고 선생님은 그녀에게 화를 냈다. 라켈은 무서웠다. 그래서 에리크가 그녀를 물 속으로 밀어서 그렇게 됐다고 말했다. "사실이니, 에리크?" 선생님이 물었다. 에리크가 고개를 끄덕였다. 그리고 에리크는 그녀에게 와서 미안하다고 말했다. 그러니 어쨌든 그런 일이 있었던 셈이 되었다.

하지만 그녀가 아빠에게 선생님이 신발을 신고 물에 들어가도 된다고 했다고 말했을 때 아빠는 그녀를 믿지 않았다. "네가 100퍼센트 진실을 말하고 있다고는 믿지 못하겠는데." 아빠가 말했다. "정확히 무슨 일이 있었던 건데?" 라켈은 자신이 없어졌다. 아빠는 묻고 또 물었다. 결국 그녀는 에리크가 자신을 물 속으로 밀었다고 말했다. 그 말을 할 때 배에서 단단한 응어리가 느껴질 정도로 죄책감이 들었다. 왜냐하면 에리크는 그녀가 이미 물 속에 들어간 후에 그녀를 밀었을 뿐이었으니까. 하지만 에리크가 그녀를 밀기 전까지는 신발과 바짓가랑이가 흠뻑 젖은 상태는 아니었다. 그러니 그녀의 말이 어느 정도는 진실이었다. 그래도 그녀는 여전히 배에서 단단한 응어리가 느껴졌다.

그녀가 상황을 제대로 이해한 건 한참 후였다. 선생님이 정확히 뭐라고 말했는지 기억해낸 것이다. "라켈, 물에 들어가려고 신발을 벗으면 *안 돼*." 신발을 벗을 필요가 없다는 말이 아니었다. 물에 들어가면 안 된다는 뜻이었다.

그녀는 꾸미는 데는 영 소질이 없었다. 하지만 오슬로 대학 강당의 아벨상 시상식에 갈 때 청바지와 티셔츠 차림은 안 되었다. 야콥은 그녀의 옷차림을 꼼꼼히 살펴보았다. "항상 남성 코너에서만 신발을 사는 거야?" 그가 물었다. 라켈은 고개를 끄덕였다. "걷기엔 가장 좋은 신발이라서요." 그녀가 말했다. "그렇다고 네 발이 특히 큰 사이즈도 아니잖아?" 야콥이 말했다. "남자 사이즈 중 가장 작은 거여도 너에게는 너무 크지 않아?" "아빠는 제가 어릴 때에 제 발보다 두 사이즈 큰 신발을 사주셨어요. 제가 신발을 신고 더 클 수 있도록." 라켈이 말했다. "전 편하게 움직일 수 있을 정도로 공간이 넉넉한 신발이 익숙하고 좋아요." "그래도 특별한 날에 신을 예쁜 신발 하나 정도는 마련해두었어야 하는 거 아닐까?" 야콥이 말했다. "원피스를 입고 꾸미는 날이 많지도 않은걸요." 라켈은 원피스 밑으로 보이는 두꺼운 남성용 신발을 시무룩하게 쳐다보며 말했다. "차라리 운동화를 신는 게 나을까요?" 야콥은 포기했다는 듯 고개를 절레절레 내둘렀다. "신발 가게에 갈 시간까지는 없으니 이 상태로 갈 수밖에 없겠어." 그가 말했다. 그러고선 즐겁다는 듯 그녀를 바라보았다. "우린 말괄량이 삐삐를 좋아잖아. 넌 진짜 저항할 수 없을 정도로 귀여워."

야콥에 따르면 작은 것에 만족하게 하는 양육 방법은 아이를 망치는 지름길이다. "너처럼 열성적으로 아이스크림을 즐기는 사람을 본 적이 없을 정도야." 그가 말했다. "아이들에게 당근만 먹여서 키우면 이렇게 되지." 라켈은 입술을 혀로 핥았다. 그의 말이 맞을지도 모른다. 이탈리아 아이스크림은 단연 최고니까. 거의 저항할 수 없을 정도라고나 할까. 매일 세 스쿠프씩은 먹을 수도 있을 것이다. 다크초콜릿 맛. 체리 맛. 피스타치오 맛이나 소금캐러멜 맛으로. 그녀가 어렸을 때 그녀는 달달한 간식을 먹는 건 바보 같다는 아빠의 말에 동의했었다. 토요일마다 달달한 간식을 받는 반 친구들을 한 번도 부러워해본 적이 없었다. 사과가 더 맛있었다. 하지만 그녀는 크리스마스 선물로 말랑젤리 한 봉지를 갖고 싶었다. 엄마는 라켈의 소망을 위해 싸워줬다. 아빠가 엄마에게 일장 연설을 하는 동안 엄마는 가게를 지나가는 사람들의 눈빛을 견뎌냈다. 그들은 외국 여자는 항상 달달한 간식거리를 졸라대고 아이들처럼 꾸지람을 들어야 한다고 믿는 게 확실해 보였다. 라켈은 엄마에게 미안했다. 크리스마스 선물로 간식을 바라는 일을 그만두었다.

그 대신 그녀는 누가 달달한 간식을 받는지 알아내는 데는 도사가 되었다. 과학자 아카데미의 아벨상 발표식에선 항상 수제 초콜릿 세트가 있었다. 세상에는 두 가지 유형의 수제 초콜릿 세트 애호가가 있다. 첫 번째 유형은 어느 초콜릿을 고를지 정하기 위해 우선 상자의 겉면을 꼼꼼히 살펴보는 데 오랜 시간을 들인다. 그러다 보면, 이미 누군가 그것을 가져갔다는 걸 알게 된다. 실망감을 삼키면서 차선의 초콜릿이라도 찾기 위해 그 과정을 처음부터 반복한다. 만약 찾던 초콜릿이 여전히 남아 있다면, 그들은 맛에 대한 기대감이 너무 높아서 종국에는 실망하게 되는 위험을 감수하게 된다. 두 번째 유형은 잘 살펴보지도 않고 상자에서 마음대로 하나를 꺼내서 만족스러운 듯 입에 넣고 편안하게 그 맛을 음미한다. 첫 번째 유형의 사람들은 종종 다른 사람들에게 자신의 초콜릿 선정 방식을 전염시키고 그들의 삶은 불필요하게 복잡해진다. 야콥은 더는 전처럼 아무 생각 없이 초콜릿을 먹지 못한다. 라켈의 잘못이다. 우리는 무엇을 선택할지 일단 곱씹기 시작하면 고민을 멈추기 어렵다.

"신발 끈이 또 풀린 거야?" 야콥이 말했다.

"이 신발 끈은 특히 더 미끄러운 것 같아요." 라켈이 말했다. 신발 끈을 묶기 위해 몸을 숙인 게 벌써 세 번째였다.

"너의 모든 신발이 특히 더 미끄러운 신발 끈을 갖고 있다는 건 이상한데." 야콥이 말했다. "신발 끈을 어떻게 묶는지 좀 보여줘."

라켈은 밑부분에서 간단한 매듭을 짓는 것부터 그에게 보여주었다. 그다음 왼쪽 신발 끈으로 고리를 만들고 오른쪽 신발 끈을 고리의 밑에서 위로 돌려 고리를 감은 다음 구멍 사이에 넣어서 고리를 만들어 묶었다.

"이거 가르쳐준 사람이 누구야?" 야콥이 말했다.

라켈은 생각해보았다. "아무도 가르쳐준 적 없어요. 그냥 혼자 터득한 거예요. 아빠를 따라 했죠."

"나랑은 정반대의 방법으로 하네." 야콥이 말했다.

그는 몸을 숙여 자신의 신발 끈을 묶는 방법을 보여주었다. 첫 번째 매듭을 만드는 건 그녀와 같았다. 하지만 오른쪽 신발 끈으로 고리를 만들었다. 그다음 왼쪽 신발 끈을 고리의 밑에서 위로 돌려 고리를 감은 다음 구멍 사이에 넣어서 고리를 만들었다.

"우리 둘의 매듭은 완전 똑같아 보이긴 하네." 야콥이 결론지었다. "어느 쪽 고리를 먼저 만드는지는 별로 중요한 게 아닐 거야."

"첫 번째 고리가 어느 쪽인가가 차이를 만드는 걸 거예요." 라켈이 말했다. "첫 번째 매듭은 우리 둘 다 똑같이 했잖아요." 라켈은 생각에 빠졌다. "어쩌면 제가 만든 건 매듭이 아니라 자명한 매듭●일지도 몰라요." 그녀가 말했다. "종이 있으면 줄래요? 연구를 좀 해보게."

첫 학기 때 그녀는 매듭과 자명한 매듭에 관한 대중 과학 강연을 들은 적이 있었다. 강연자는 자명한 매듭을 알아보기 위해 어떻게 알렉산더-콘웨이 다항식을 쓰는지 알려주었다. 자명하지 않은 매듭 중에도 교차점의 수가 10 이하인 경우에는 알렉산더-콘웨이 다항식이 1인 경우도 있다. 세부 내용을 모두 기억할 수는 없었지만 야콥이 종이를 가지고 있다면 핵심 내용을 다시 떠올릴 수 있을 터였다.

야콥은 고개를 가로저었다. "완전 너답다." 그가 웃었다. "추상적인 위상학 매듭 이론은 이렇게 잘 알면서 막상 자기 신발 끈은 놀라울 정도로 못 묶다니."

● 자명한 매듭: 실뜨기하듯이 변형하여 교점이 없도록 원 모양으로 변형할 수 있는 매듭. '풀린 매듭'이라고도 한다.

그를 볼 수 없는 날들도 있었다. 주말이나 휴가철이 아닌데도. 그녀는 그가 옆에 있는 듯 굴었다. 저녁으로 뭘 먹고 싶은지 물었다. 미트소스에 밥을 먹을지 파스타를 먹을지 물었다. 8시 뉴스 전에 장을 보러 갈지 후에 갈지 물었다. 타인들에겐 당연한 일상의 일들. 그의 아내는 일주일간 100시간 이상 그를 보겠지만 그녀는 운이 좋아 봐야 5시간 정도였다. 1년을 기준으로 따지면 그녀는 그의 아내가 일주일간 그와 같이 있는 시간 이상도 누리지 못했다. 8년을 기준으로 보면 그의 아내가 두 달간 보내는 시간의 합만큼을 그와 보내는 거다. 하지만 8년 후에 모든 게 달라질 거다. 영원히 함께 있을 수 있게 될 거다. 그래도 시간은 무게가 있다. 그 없이 보내는 20시간보다 그와 함께하는 1시간이 더 값지다.

그녀는 늘 아껴두기를 잘했다. 빵 조각보다 작은 토핑을 올려두고 토핑을 마지막까지 밀면서 빵만 먹다가 마지막에 토핑과 빵을 함께 먹는 일의 달인이었다. 바로 지금 꿈을 써버리기보다는 미래를 위해 꿈을 간직하는 걸 더 좋아했다. 아이들의 생일 파티에 아주 가끔 초대받아서 간식을 받았을 때도 몇 년간이나 보관하곤 했다. 사탕 위에 하얀색 곰팡이가 낄 때까지 아껴두었고 엄마는 사탕을 버려야 한다고 말했다. 그녀는 너무 속상해서 울어버렸다.

이제 그녀는 야콥과의 시간을 아껴두기 시작했다. 만나기로 약속한 날이 아니면 빌헬름 비에르크네스관의 로비에 앉아 있었다. 그곳에선 그의 연구실 창문이 보였다. 창문에 불이 켜지면 그녀 안의 그리움이 깨어났다. 하지만 그를 찾아가지는 않았다. 그가 일에 집중하고 있다면 그녀에게도 의미 있는 시간이고 아껴둘 가치가 있는 시간이었다. 혹시 금요일에 함께 수영을 하러 갈 수 있지 않을까? 그녀는 그가 불을 끄고 집에 갈 때까지 기다렸다. 보통 4시와 5시 사이였다. 그러면 그녀는 재빨리 아벨관으로 갔다. 엘리베이터가 어디에 있는지 표시등을 쳐다보았다. 엘리베이터가 7층에서 멈추지 않는다면 그가 계단으로 내려온다는 걸 알 수 있었다. 그가 계단으로 내려오는 길에 그녀를 지나칠 수 있도록 위치 선정을 잘 해두는 게 관건이다. 그녀는 살짝이라도 그를 보고 싶다는 희망으로 계단에서 많은 시간을 할애했다. 하지만 자주 그러진 않았다. 너무 간절할 때만 그랬다. 너무 노골적으로 보이면 안 될 테니까. 보통은 빌헬름 비에르크네스관의 창문으로 그가 지하철을 타기 위해 광장을 가로질러 가는 모습을 보는 것만으로도 만족했다. 그의 강의 시간표도 확인했다. 그가 소푸스 리관으로 강의하러 가는 길에 마주칠 수 있도록.

어느 날 그가 귀가할 때 계단에서 기다리지 않은 걸 후회했다. 그를 쫓아 지하철역으로 가는 언덕길을 급히 걸어 내려갔다. 내리막길이라면 아프기 전처럼 빨리 걸을 수 있었다. 오르막길이 문제였다. 그녀가 그의 목소리를 들었을 때엔 막 그를 지나치며 목례를

한 참이었다. "발을 내뻗듯 힘차게 걷는 기술에 늘 감탄한다니까. 이렇게 빨리 걷는 여자는 거의 본 적이 없어." 그녀는 속도를 줄였다. "어릴 때 아빠를 빨리 따라가야 했거든요." 그녀가 말했다. "롱다리셨거든요." "왜 아빠가 네게 발걸음을 맞춰주는 대신에 네가 아빠를 쫓아가야만 했어?" 야콥이 물었다. "오히려 긍정적이었다고 보는데요. 제가 기술을 연마해서 지금처럼 빨리 걸을 수 있게 되었으니까요." 그녀가 답했다. "그렇네. 역시 넌 항상 긍정적인 면을 본다니까." 야콥이 말했다.

라켈은 부모님과 함께 걷는 어린 소녀를 상상했다. 아빠가 앞장서서 걷고 소녀는 종종걸음으로 아빠의 뒤에 바싹 붙어서 따라가고 엄마는 떨어져서 걷고 있다. 소녀는 걸음을 멈추고 엄마가 너무 멀리 뒤처지지 않도록 잠시 기다렸다. 아빠는 앞으로 휙휙 큰 걸음으로 나아갔다. 그래서 소녀는 아빠와 엄마 사이의 중간 지점에서 혼자 걸어가는 셈이었다. 아빠와 엄마 사이의 거리가 족히 50미터는 됐을 거다.

"수영복 안 가져왔어요?" 라켈이 물었다. 수영하러 왔는데 수영복을 안 가져올 만큼 야콥이 바보 같을 수 있는지 이해하지 못했다.

"이런 날씨엔 수영을 할 수 없을 것 같았어." 야콥이 말했다.

"그레스홀멘 섬에 올 때마다 수영을 했잖아요." 그녀가 말했다.

"그때마다 날씨가 맑았었잖아." 야콥이 말했다.

"그래도 공기는 따뜻한데." 그녀가 말했다. "난 비 올 때 수영하는 거 좋아하는데."

"내가 바보 같은 실수를 했네." 야콥이 라켈과 함께 쓴 우산을 든 채 봉투에서 소시지빵을 꺼내려고 노력하면서 말했다.

"그럼 수영복 없이 수영하면 되겠네요." 소시지빵을 먹은 후 그녀가 말했다.

야콥은 고개를 가로저었다. "죽어도 안 돼."

"여기 아무도 없잖아요." 그녀가 말했다.

"누가 오면 어떡해." 그가 말했다.

"이렇게 비가 오는 날에?" 그녀가 말했다.

그녀는 윗도리를 벗고는 청바지와 비키니 상의 차림으로 그 앞에 섰다.

"홀딱 벗은 채로 수영 한번 안 해보기엔 인생은 너무 짧다고요."

"그러는 너는?" 그가 말했다.

"나는 수영복이 있는데 뭘." 그녀가 말했다.

그녀는 청바지를 벗고 물로 들어갔다.

"생각보다 따뜻해요." 그녀가 소리쳤다. "당신도 빨리 들어와요."

그는 고개를 가로저었다.

"그럼 물 바로 앞까지는 옷 입고 왔다가 물에 풍덩 뛰어들 때 벗어버려요."

그는 주변을 둘러보았다. 그녀가 옳다는 걸 금방 깨달았다. 주변엔 진짜 아무도 없었다. 8월 말의 비 오는 날에 수영을 하러 오는 사람은 많지 않다. 설사 누가 수영을 하러 오더라도 멀리 떨어진 이 해변까지 굳이 찾아올 확률은 낮았다. 그녀는 그가 망설이는 걸 보았다. 그는 신발, 양말, 티셔츠, 바지를 벗더니 바위에서 내려왔다. 해변은 조약돌로 가득 차 있었고 그는 비틀거리며 조심스럽게 물가로 걸어왔다. 그는 물에 발을 담근 채 최후의 변명거리를 찾으려는 듯 보였지만 물은 별로 차지 않았다. 그는 허리밴드를 잡더니 팬티를 벗었다.

"그렇지, 잘한다!" 그녀가 소리쳤다.

바닥엔 돌이 많았고 얕은 수심 구간이 길었기에 그녀가 말한 대로 물에 풍덩 뛰어들 순 없었다. 하지만 이윽고 그는 앞쪽으로 몸을 던져 물속으로 사라졌다.

*

그녀는 평영을 몇 번 했다. 주변은 고요했다. 멀리서 들리는 사이렌 소리와 물의 표면으로 떨어지는 빗방울 소리뿐이었다.

"홀딱 벗은 채로 수영 한번 안 해보기엔 인생은 너무 짧다는 네 말은 옳았어." 그가 소리쳤다.

"옷 없이 수영하면 달라요?" 그녀가 말했다.

"응, 달라."

"어떻게 달라요?" 그녀가 말했다.

"직접 해보지 그래." 그가 말했다.

그녀는 수면 밑에서 뒤척거리더니 의기양양하게 비키니 하의를 그를 향해 흔들었다. 그녀는 상의도 벗고 아기 물개처럼 그를 향해 살금살금 미끄러져 갔다.

"다르긴 다르지?" 그가 말했다.

"네. 다르네요." 그녀가 말했다.

"어떻게?" 그가 말했다.

"더 가까워요." 그녀가 말했다.

"뭐가?" 그가 말했다.

"자연이랑." 그녀가 말했다.

그리고 그녀는 그의 머리를 꼭 안고 그에게 오랫동안 키스했다.

"수면 아래에서도 딱딱해질 수 있는 줄은 몰랐어요." 그녀가 말했다.

"나도 몰랐어." 그가 말했다.

"딱히 물이 뜨겁지도 않은데." 그녀가 말했다.

"너에 대한 칭찬으로 받아들여." 그가 말했다.

"그러려고 했어요." 그녀가 그의 허벅지에 걸터앉으며 말했다. 그녀가 생각했던 것보다 그를 안으로 받아들이는 일은 쉬운 일이었다. 물속에서 마찰은 거의 느껴지지 않았다. 그가 그녀의 안에 있을 때 그의 호흡이 거칠어졌고 그녀는 골반을 빙빙 돌렸다. 그는 조절하지 못하고 그녀 안에 깊게 비워냈다. 콘돔이 없었는데도.

"이 방식이 더 좋아요." 그녀가 말했다.

"어떻게?" 그가 말했다.

"더 가까워요." 그녀가 말했다.

"자연에?" 그가 말했다.

"멍청이. 당신이 쏟아내는 걸 느끼는 거 말이에요."

"천방지축 어린애처럼 굴면 안 돼." 그가 말했다.

"왜 안 되는데?" 그녀가 말했다.

"바보 같은 질문을 하긴." 그가 말했다.

그녀는 물속에서 비키니를 주섬주섬 챙겨 입기 시작했다.

"여기 아무도 없잖아." 그가 말했다.

"그렇다고 우리가 누드주의자는 아니잖아요." 그녀가 말했다.

"넌 네가 원하면 누구든 만날 수 있었어, 라켈." 야콥이 말했다. "우리 과의 모든 남학생이 너에게 관심을 갖고 있다고 생각해." "하지만 나를 제대로 아는 건 당신뿐이잖아요." 라켈이 말했다. "내가 원하는 건 당신뿐이에요. 내가 필요한 건 동거인이 아니라는 걸 이해하고 있지 않아요? 난 그 이상을 원한다고요. 나는 **동시인**이 필요해요. *함께 시를 쓸 사람*요." 그가 한숨을 쉬었다. "다른 사람이랑 이런 비슷한 감정을 경험해본 적 없었어?" 그가 물었다. "없었어요." 그녀가 답했다. "이런 감정을 함께 경험할 수 있을 거라고 상상해볼 만한 사람은 있어?" 그가 물었다. 그녀는 오랫동안 생각했다. "그런 경우라면, 작가님이 있어요." 그녀가 답했다.

작가님은 대학 첫 학기 때 그녀의 삶에 들어왔다. 그녀는 기숙사 거실 한가운데 서 있었다. 라디오가 켜져 있었다. 갑자기 무언가가 그녀의 심금을 울리는 듯했다. 소리 내어 책을 읽는 소리였다. 그녀는 책 제목도 작가 이름도 몰랐다. 단지 그곳에 우두커니 서서 그의 언어에 흐르는 음악에 귀를 기울였고 그가 빚어내는 아름다운 풍경이 그녀의 안으로 들어오는 소리를 들었다. 그녀는 그 내용이 그녀를 확장시키는 걸 느꼈다. 그 내용은 그녀가 전에는 알지 못했던 공간을 보여주었다. 내면에서부터의 확장. 저항할 수 없다.

그녀는 몇 년 후 야콥의 집에서 작가님을 다시 만나게 되었다. 그때 야콥이 그녀에게 그가 가장 좋아하는 노르웨이 작가의 책을 한 권 빌려주었다. 그녀는 그 책에서 라디오에서 들었던 그 챕터를 발견했다. 그리고 그녀는 이번에도 저번처럼 압도당했다. 만약 그녀가 이런 글을 쓸 수 있다면 그녀의 삶은 살 만한 가치가 있는 것일 터였다. 마치 문장들이 그녀 안에 달라붙어 영원히 그녀의 안에서 노래를 부르며 그녀의 일부분이 되는 듯했다.

후에 야콥은 작가님의 여러 책들을 빌려주었다. 야콥이 가장 좋아하는 위대한 연애소설이지만 거의 아무도 읽지 않는 책을. 작가님은 인터뷰에서 이 책은 그의 최고작이라고 생각하고, 이 소설을 읽은 사람을 언젠가 만난다면 그의 신발에 입을 맞추고 싶다고 말한 적이 있었다. 라켈은 작가님에게 야콥을 소개해주고 싶었다. 그럼 한 사람이 다른 사람의 신발에 입을 맞추는 걸 볼 수 있을 것이다. 그리고 그들에게 얼마나 그들이 비슷한지를 보여줄 수 있을 것이다. 아직까지는 오직 그녀만이 눈치챈 우주의 공통점을.

작가님을 처음으로 실제로 만난 건 비겔란 박물관의 콘서트에서였다. 연주자는 바이올린을 켜는, 어리고 재능 있는 소년이었다. 어두운 곱슬머리를 한 그는 겨우 열여섯 살이었지만 벌써 라켈의 취향을 사로잡는 남자가 되어가는 중이었다. 세자르 프랑크의 바이올린 소나타가 프로그램에 있었다. 그녀의 몇 줄 뒤에는 중년의 남자가 빨간 머리를 한 여자와 함께 앉아 있었다. 라켈은 허리가 아파서 자리에 앉아야 할 때까지 최대한 서 있고 싶었다. 하지만 자리에서 앉았다 일어났다 하는 일은 이상하게 보일 것 같아 출입문 쪽을 살피며 누군가를 기다리는 척했다. 그녀는 알지도 못하는 관중들을 향해 펼치는 연기가 바보 같다는 생각이 들었다. 그러곤 중년 남자가 그녀를 바라보고 있음을 알아챘다. 작가님이었다. 그는 누가 나타날지, 그녀가 기다리는 건 누구일지 궁금해하며 지켜보고 있었다. 애인일까? 혹은 여자 친구? 그녀가 얼마나 조바심이 날까? 그녀는 그가 그녀가 하는 연극의 공동 작자란 걸 알아챘다. 아니면 그는 단순히 이렇게 생각하고 있을지도 모른다. '저 여자는 허리가 아파서 서 있군. 다른 사람들은 다 앉아 있는데 혼자 서 있는 게 부끄러워서 다른 사람의 자리를 맡아놨다고 알려주려고 누군가를 기다리는 척하고 있군.'

그와 두 번째로 만난 건 구내 서점의 지하층에서였다. 언젠가 「잃어버린 시간을 찾아서」 전집 열두 권을 모두 산 적이 있는 그 서점이었다. 그는 자신의 신작 소설을 발췌하여 읽어주었다. 그는 그녀와 눈이 마주쳤고 몇 년 전의 일을 기억하는 게 불가능했음에도 불구하고 그녀를 알아보는 것 같았다. 왜냐하면 그는 자신의 신작에 대해 이야기하며 그녀에게 계속 시선을 두었기 때문이었다. 마치 그가 이야기를 해주고 싶은 사람이 그녀라는 듯이. 이후 그녀는 가장 좋아하는 챕터가 있는 책에 사인을 해달라고 부탁했다.

"라켈에게, 그대도 나를 더 읽어주었으면 하는 특별히 강한 소망을 담아." 그가 적었다.

그를 다시 보게 된 건 국회의사당길의 음반 가게 앞에서였다. 그는 거기에서 방금 산 음반이 들어 있는 봉지를 들여다보고 있었다. 그의 표정은 아리송했다. 그녀는 그가 자신이 산 물건을 마음에 들어 하는지 궁금했다. 그때 그가 긴가민가한 표정으로 고개를 들어 그녀가 자신을 보고 있었다는 걸 알았다. "당신, 우리전에 만난 적 있지요." 그는 눈빛으로 말했다. 하지만 눈이 뇌에 신호를 보내기도 전에 그녀는 휙 그를 스쳐 지나가 음반 가게 안으로 들어가버렸다.

"참 이상하죠. 매번 특별한 방법으로 나를 알아챈 것 같아요." 라켈이 말했다. "그때마다 제가 같은 사람이었다는 걸 알지도 못했을 텐데 말이죠." "이상할 것도 없는데." 야콥이 말했다. "멀쩡한 지각 능력을 가진 사람이라면 누구든 너에게 특별한 무언가가 있다는 걸 즉시 알아챌 거야." 그리고 그는 사려 깊게 덧붙였다. "그 작가가 데뷔 단편소설집의 첫 번째 단편소설에서 다룬 사람은 바로 너야. 주인공이 봄날의 구내 식당에서 만난, 수학을 전공하는 여자가 너 말고 누구겠어? 부드럽게 곱슬기가 있는 검고 풍성한 머리를 하고 차분한 얼굴에 살아 있는 눈을 가진 여자. 모나리자의 미소를 가진 여자. 너무나 순수해서 영원히 함께할 수 있기 전에는 그와 잠자리를 하려 하지도 않는 여자이고, 그가 만난 여자들 중 가장 똑똑한 여자의 예인 여자가."

"너는 위대한 연애소설에서 주인공이 몰두하는 여자와도 닮았어. 깊이 집중해 있는 얼굴이 그를 반하게 한 여자 말이야. 가여운 작가님이 네가 현실에서도 존재하고 자기 앞에 살아 있는 존재로 서 있는 걸 발견하고, 현실이 가상을 앞지를 수 있다는 걸 발견하고 놀란 것이 이상한 일도 아니지. 만약 네가 계속 이런 식으로 나타난다면 그는 어느 날 다음과 같은 소설을 쓸 수밖에 없을 거야. 가상이 현실보다 더 우월하다는 걸 증명하기 위해 소설을 써오던 작가가 있어. 그런데 그의 소설 속 등장인물을 떠올리게 하는 한 여자가 그의 사인회에 불쑥불쑥 나타나. 마치 현실이 가상보다 더 우월하다는 걸 증명하려는 듯 말이야. 그래서 그 소설 속 작가는 혼란스러워하게 되지." 라켈은 웃을 수밖에 없었다. 라켈이 야콥을 사랑하는 이유가 바로 이것이다. 어디로 튈지 모르는 상상력. 그녀가 바라는 바로 그 방식으로 그녀의 영혼을 간지럽히는 능력이었다.

라켈은 그녀가 참가할 만한 수학 학회를 찾기 시작했다. 병 때문에 출장을 가기엔 힘들었음에도 불구하고. 그녀는 자주 어지러운 나머지 잠시 누워 있어야만 했다. 공항에서도. 대학의 복도에서도. 학회 장소에서도. 그나저나 그녀는 연구 결과를 발표하는 일이 싫었다. 강당에는 항상 그녀에게 질문을 던지는 중년 남자들이 몇 명 있었다. 그녀가 한 연구에 궁금증이 있어서가 아니라 자기 자랑을 하기 위해 질문을 하는 남자들이. 분명히 그녀가 알지 못한 뭔가를 안다고 보여주려는 남자들이. 그녀를 코너로 몰아붙이려는 남자들이. 그런 남자들을 보면 그녀가 처음으로 그룹 세미나 강의를 맡았을 때 만난 학생을 떠올랐다. 그는 다른 학생들보다 나이가 좀 많았는데 라켈이 그에게 어떤 것도 가르칠 수 없을 거라고 생각했다. 그녀는 그룹의 대다수 학생들보다 나이가 더 어려 보였으니까. 남자는 겉으로 듣기엔 근사해 보이지만 알맹이는 없는 질문을 던지기 시작했다. "완전성의 원칙에 위배되는 거 아닌가요?" 이를테면 이런 식이었다. 그 문제가 완전성의 원칙과는 전혀 무관한 거였는데도 말이다. "아니요. 완전성의 원칙에 위배되지 않습니다." 라켈이 말했다. "아닌데요, 위배되는데요." 남자가 말했다. "왜 그렇게 생각하는지 설명을 해주셔야겠네요." 라켈이 말했다. "명백하잖아요." 남자가 말했다. 라켈은 그룹의 나머지 팀원들 쪽으로 몸을 돌렸다. "같은 의문점이 있는 사람이 더 있나요?" 그녀가 물었다. 모두 고개를 가로저었다. "그렇다면 쉬는 시간에 이 문제에 대해 따로 논의해보는 게 좋겠군요." 그녀가 남자에게 말했다. 하지만 그는 그녀가 풀이를 해설하려고 할 때마다 끼어들기를 멈추지 않았다. "하지만 완전성의 원칙에 위배되잖아요." 그가 반복했다. 결국 그룹의 다른 남학생 중 한 명이 그를 돌아보며 말했다. "아니라고요. 완전성의 원칙에 위배되지 않는다고요. 완전 바보인 거야, 뭐야?" 그러자 남자는 조용해졌고 쉬는 시간 후 그룹에서 영원히 사라져버렸다.

학회에서 그녀를 아는 사람은 아무도 없었다. 그녀를 방어해줄 사람은 아무도 없었다.

하지만 야콥과 함께 학회를 가는 일은 좋았다. 밤새 그의 곁에 누워 있을 수 있었다. 손과 손을 맞잡고 거리를 걸었다. 야콥은 거리에서 길을 잃기 전까지는 도시를 제대로 안다고 말할 수 없다고 주장했다. 그래서 그들은 새로운 도시를 가게 되면 항상 제대로 길을 잃어버리려고 늘 신경을 썼다. 누군가와 함께 길을 잃어버린다는 건 편안하고 기분 좋은 일이다. 비밀스러운 뒷길을 찾아다니고 유난히 좁은 골목을 발견하는 일. 그러나 그녀는 단 한 번도 홀로 길을 잃을 엄두를 내지 못했다. 두려움은 그녀가 어렸을 때 학교에서 혼자 집으로 가는 버스를 타야 했을 때부터 생긴 거였다. 그 당시 그녀는 좌석 위로 올라가지 않으면 하차 버튼이 손에 닿지 않았다. 하지만 신발을 신고 좌석 위에 올라가면 안 된다. 누군가 그녀에게 뭐라고 하기라도 하면 어떻게 할 것인가. 아빠는 그녀가 버스기사에게 정확한 정류장에서 내려달라고 부탁만 하면 된다고 말했다. 라켈은 아빠에게 뭐라고 말해야 하는지를 물었다. 그녀는 문장을 반복해서 연습했다. "실례합니다. 크링스타 길 가까운 곳의 정류장에서 절 내려주실 수 있나요? 하차 버튼이 손에 닿지 않거든요." 그녀는 가는 내내 자리에 앉아 버스기사가 멈추는 걸 잊어버릴까 봐, 그녀가 어딘지도 모르는 곳에 그녀를 내려줄까 봐 두려워했다.

"저거 보여요?" 라켈이 말했다.

"뭔데?" 야콥이 안을 들여다보려고 창문 유리에 머리를 갖다 대며 물었다.

그의 눈엔 상자와 병 들이 가득한 선반과, 완벽한 피부와 빛나는 머릿결을 하고 얇은 옷을 걸친 여자의 광고 포스터만 보였다.

"저거 보여주려고 호텔에서 여기까지 날 끌고 온 거야 진짜?" 그가 말했다. "네가 독특한 구석이 있다는 건 알았지만 약국에 대한 특별한 애정까지 있다는 건 몰랐는데."

"저기요." 그녀가 벽을 가리키며 말했다. "그림요."

풍경처럼 보이는 추상적인 색채 구성이었다. 푸른 색감에 기이하고 거친 질감을 가진 그림이었다. 그녀는 여러 겹으로 그려진 유화인지, 사진에 천 조각을 덧입힌 것인지 알 수 없었다. 너무 아름다워서 보자마자 그 그림을 사고 싶어질 정도였다. 하지만 야콥은 왜 그녀가 그 그림을 마음에 들어 하는지 이해하지 못했다.

"멋지지 않아요?" 그녀가 말했다. "제가 딱 원하던 그림이 저거예요. 매끈하지도 않고 적당히 뻣뻣함도 있고. 그래도 완전 아름답고." 그녀는 사람이 가득한 장소를 탐내듯이 응시했다.

"안으로 들어가서 제대로 한번 봐봐 그럼." 야콥이 말했다.

그녀는 미심쩍은 표정으로 그를 바라보았다.

"그냥 사고 싶은 물건을 찾는 척하면 되잖아." 그가 말했다.

그녀는 다시 한 번 미심쩍은 표정으로 그를 바라보다가 천천히 문을 열고 들어갔다. 그녀는 선반 앞을 왔다 갔다 하며 마치 찾는 물건이 있는 것처럼 행동했다. 중간중간 그림을 훔쳐보았다.

"너 마치 어른들의 구역에 몰래 숨어들어간 청소년이 언제라도 쫓겨날 거라고 생각하는 표정이었어." 그녀가 밖으로 다시 나오자 야콥이 웃으며 말했다.

"생각보다 훨씬 더 아름다웠어요." 그녀가 말했다. "들어가서 봐 봐요, 당신도." 그녀는 그를 문 앞으로 밀다시피 했다.

그는 그녀의 전략을 반복했다. 물건들에 관심 있는 척 들여다보다가 틈틈이 그림을 슬쩍 쳐다보았다.

그녀는 거의 꼼짝도 않고 서 있다가 그가 밖으로 나오자 그에게 달려들었다.

"멋지지 않았어요?" 그녀가 말했다. "누가 그린 건지 알면 좋을 텐데."

"그럼 물어보면 안 되나?" 그가 내뱉어버린 말이다. 그가 순식간에 후회하는 듯한 표정을 지었다. "그럼 **당신**이 물어보면 안 돼요?" 그녀가 말했다. "나보다 영어 더 잘하잖아요."

"말도 안 돼!" 그가 말했다. "네 영어도 유창하다고. 적어도 포르투갈인과 대화를 나누기엔 충분해. 게다가 뭐라고 질문할지 아는 건 바로 너잖아."

"당신이 그냥 화가가 누구인지만 물어보면 되잖아요." 그녀가 말했다. "그리고 이 근처에 사는지도요."

그가 고개를 가로저었다.

"제발." 그녀가 말했다.

그녀가 애원하는 눈빛을 사용하는 일은 흔치 않은 일이었다. 어쩌면 바로 그런 이유로 매번 효과가 있는지도 모른다.

야콥은 약국 안으로 다시 들어가서 이리저리 둘러보았다. 그의 얼굴이 새파랗게 사색이 되었다. 라켈은 왜 자신이 이런 일을 극렬하게 싫어하는지 이해하지 못했지만 그 역시 싫어하는 건 마찬가지였다. 그들이 해외로 학회에 올 때마다 그들은 사람들과 이야기하지 않기 위해 많은 시간과 노력을 들였다. 그들의 유일한 차이는 때때로 그녀의 호기심이 너무 강한 나머지 그녀가 **반드시** 물어봐야만 하는 경우가 있다는 거였다. 만약 그녀 대신 그가 물어보도록 하는 일에 성공하지 않는다면.

그녀는 밖에 서서 유리창을 통해 그를 보았다. 그는 선반을 들여다보더니 손톱깎이를 손에 들었다. 아마도 자신이 뭐라도 산다면 상대방이 좀 더 친절하게 응대할 거라 생각하는 듯했다. 계산대엔 줄이 길었고 그는 줄의 끝에 가서 섰다. 그녀는 그가 얼마나 열심히 앞으로 할 말을 중얼중얼 연습하고 있을지를 상상했다. 그가 만난 계산원은 영어를 전혀 하지 못하는지 커튼 뒤로 사라졌다가 하얀 가운을 입은 남자를 잡아끌며 밖으로 나왔다. 야콥은 질문을 다시 했고 남자는 친절하게 대답했다. 야콥은 도와줘서 고맙다는 듯 예의 바르게 고개를 숙이더니 손톱깎이 값을 계산하고 스스로 꽤 자랑스럽다는 표정을 지어 보였다.

그녀는 밖에 서 있다가 그가 밖으로 나오자 후다닥 다가갔다.
"불쌍해라!" 그녀가 말했다.
"그렇게 끔찍하지는 않았어." 이제 모든 일을 마친 야콥이 기세등등하게 말했다.
"당신 완전 새파랗던데!" 그녀가 말했다.
그는 고개를 가로저었다.
"그런데 진짜 그랬다니까!" 그녀가 주장했다. "완전 새파랗게! 늘 이건 그냥 수사적 표현이라고 생각했는데 얼굴이 완전 새파랗게 변하는 게 가능하다니!" 그녀가 크게 웃었다.

그는 자신이 알아낸 사실을 그녀에게 말해주었다. 하얀 가운을 입은 남자는 그림이 약국 주인의 친구가 그린 걸로 추정하는데 종종 그가 자기 그림을 걸려고 찾아온다고 했다. 안타깝게도 지금 당장은 주인이 자리에 없으며 이번 주 다른 날에 찾아온다면 그들을 친절히 도와주고 싶다고 말했다고 했다. 라켈은 다른 날에 다시 찾아와야만 한다고 열광적으로 주장했다.

호텔로 돌아가는 길에 그녀는 그의 새파란 얼굴에 잘 어울릴 만한 파란 옷을 장난스럽게 가리키며 재잘거렸고 그들은 손을 붙잡고 시내 중심가 길을 내려왔다.

하지만 그들이 호텔방으로 돌아왔을 때 그녀는 갑자기 슬퍼졌다. "당신이 완전 새파랬던 거 생각해봐요." 그녀가 말했다. "내가 얼마나 큰 잘못을 한 건지." 그녀는 벽 쪽으로 몸을 돌리고 침대에 누웠다. 야콥은 별거 아니었다고 말했지만 그녀는 무릎을 턱까지 끌어 올리고 몸을 말았다. 그녀가 이런 끔찍한 일을 그에게 해버렸다니. 그녀는 절대로 자신을 조절하는 법 따위는 배우지 못한다니.

그녀의 상태는 점점 나빠졌다. 목이 만성적으로 아팠다. 설사와 두드러기를 유발하는 음식 알레르기가 심했다. 그녀는 잼이 담긴 유리병의 뚜껑도 열 수 없을 정도였다. 손에 쥐는 모든 물건을 놓쳐버렸다. 좀 힘든 일을 했다 하면 열이 났다. 저녁엔 39도까지 열이 올랐고 갑자기 열이 올랐던 것처럼 다음 날 아침이면 말짱해지곤 했다. 그럴 때면 그저 가만히 침대에 누워 재차 몸에 부담을 주지 않는 수밖에 없었다. 어깨뼈 사이에 작은 응어리도 생겼다. 그가 응어리를 문질러주면 미열의 기운으로 응어리가 거의 가라앉곤 했다. 하지만 그가 다음번에 오기까지 응어리는 다시 크게 자라났고 그녀는 그에게 어깨뼈 사이를 다시 손으로 문질러달라고 부탁했다. Strumming my pain with his fingers. **그는 나의 고통을 손끝으로 가볍게 연주하고.**[•]

"영혼이 어깨뼈 사이에 있다고 생각해봐." 야콥이 말했다. "그랬다면 그들은 알았을 텐데. 인간에게 영혼이 없다고 믿는 사람들 말이야. 어깨뼈 사이는 그들이 찾아볼 생각을 하지 못한 곳일 거야." "영혼은 응어리가 뭉칠 때만 앉아 있을 수 있어요." 라켈이 말

[•] 로버타 플랙, 푸지스 등이 부른 「그대는 달콤한 노래로 나를 감동시키네 (Killing Me Softly With His Song)」의 한 구절.

했다. "거기 말고 영혼이 앉아 있을 곳이 어디 있겠어?" 야콥이 말했다. "아니라면 영혼은 흘러 다닐 테고 그러면 영혼을 찾아내기 어려울 거예요." 라켈이 답했다. "가엽고 겁이 많고 작은 영혼. 여기에서 열 치료를 받으렴. 다시 흘러 다니는 형태로 변할 수 있도록." 야콥이 말했다. "그래도 지금 당장은 내가 네 영혼이 있는 곳에 키스할 수 있겠네."

그가 그녀를 떠나기 전에 그녀는 무게 변환이 필요했다. 처음에 그는 그녀가 시간을 끌려고 지어낸 이야기라고 생각했다. 하지만 그녀가 진실로 무게 변환 시간이 필요하다는 걸 이해한 후로는 거부하지 않고 자신의 모든 무게를 실어 그녀 위에 다정히 누웠다. "이제 네가 맑고 새롭고 좋은 무게를 좀 얻을 수 있겠지." 그가 말했다. "이렇게 하면." 그녀는 그가 떠난 후에도 오랫동안 그녀의 몸을 누르는 그의 자취를 느낄 수 있었다. 이건 그녀가 그녀의 몸을 인식할 수 있는 유일한 방법이었다. 그렇지 않다면 그녀의 몸은 무게를 잃고 서서히 시들어만 갈 것이다. 또한 그의 무게 덕분에 순간이 좀 더 오래 지속되었고 시간이 좀 더 천천히 흘렀다. 중력이 가장 강한 우주 공간, 특히 블랙홀 주변에서 시간이 좀 더 천천히 흐르는 것처럼.

가장 최악의 상태일 때 그녀는 엄마와 아빠의 보살핌을 받으러 파랑의 도시로 갔다. 그녀는 혼자 저녁을 만들어 먹을 수도 없었다. 마트에 가서 장을 볼 기력조차 없었다. 하지만 이따금 상태가 호전이 되어 아빠와 함께 크링스타 목초지로 산책을 갈 수 있었다. 아빠는 마치 그녀가 어린 소녀였을 때처럼 가파른 언덕길에서는 그녀의 손을 잡아끌어주었다. 라켈은 어렸을 때 아빠와 함께 걷던 조용한 골목들을 떠올렸다. 손에 손을 잡고. 낮은 짧고 어두웠지만 집집마다 창문으로 빛이 새어 나왔다. 길엔 사람이 아무도 없었다. 그들은 크링스타 목초지로 가는 숲길이 나타날 때까지 크링스타 길을 지나 크링스타 농장의 밭을 지나갔었다. 숲의 어둠은 더 오싹했지만 아빠와 라켈은 걸으며 두 개의 음정으로 성가를 불렀다. 「고요한 초원에 빛이 내리네」. 아빠가 높은 음으로 부르면 라켈은 낮은 음으로 불렀다. 나중엔 순서를 바꾸어서 불렀다. 그녀가 걸어가면서 사방에 어두운 숲이 끝없이 이어질 것만 같다 싶을 때 크링스타 목초지가 불쑥 나타났다. 목초지가 펼쳐졌고 좁은 길은 계단으로 이어졌다. 그들은 그 계단에 앉아 챙겨 온 간식을 먹었다. 라켈은 하늘에서 별자리를 찾아보았다. 북두칠성, 오리온의 허리띠, 작은곰자리. 아빠는 별빛이 지구에 닿기까지 영원의 시간이 걸린다고 말해주었다. 그래서 그녀가 별이 수놓인 하늘을 바라볼 때면 그녀는 몇백 년 전의 시간을 마주하는 거라고 했다. 라켈은 어지러웠다. 그렇다면 지구에서 나가는 빛도 저 멀리 어딘가에 존재할 테니까. 저 멀리 어딘가에서 누군가가 바로 지금 라켈이 태어나는 걸 볼 수도 있으리라. 빛이 이런 식으로 퍼져나가는 건, 세상의 역사가 우주 공간의 어딘가에 존재한다는 건 멋진 일이다.

이런 산책길에서 아빠는 소리만이 진동을 갖는 건 아니라는 걸 설명해주었다. 빛도 파장이며, 파장이 짧은 파란 빛이 가장 넓게 퍼지고 파장이 긴 빨간 빛은 멀리까지 갈 수 있다고 말해주었다. 파란 빛이 사방으로 잘 퍼져나가기 때문에 하늘이 파란색으로 보이는 거라는 것도. 그리고 같은 이유로 무지개에서 빨간색이 가장 바깥쪽에 있고 남색과 보라색이 가장 안쪽에 위치하게 되는 것도.

하지만 색의 가장 의문스러운 점은 자신의 색과는 정반대의 색으로 발현된다는 점이었다. 파란색으로 보이는 물체는 파란 빛을 반사하고 다른 빛을 흡수하기 때문이라고 했다. 그렇다면 파란색으로 보이는 물체는 파란색을 제외한 다른 색인 셈이다. 그 물체가 흡수하지 못하고 반사한 것이 파란 빛인거니까. 그리고 모든 색을 흡수하는 물체는 검은색이라고 말해주었다. 모든 색을 다 지니고 있어서 어떤 색도 반사하지 않기 때문에 검은색이라는 거였다. 죽은 별들의 자취인 우주 공간의 블랙홀처럼. 중력이 너무나 강력해서 한번 붙잡히면 절대로 빠져나갈 수 없는 공간인 블랙홀 안으로 빨려 들어가버리고 만다. 나선형의 움직임으로. 중력이 너무나 강력해서 시간마저 빨아들이기 때문에 블랙홀 주변에서는 시간이 천천히 흐르게 된다.

라켈은 어릴 적부터 써오던 방의 침대에 누워 인생은 불공평하다고 생각하고 있었다. 어제는 너무 많은 활동을 했다. 그녀는 절대로 조심하는 법 따위는 배우지 못했다. 하지만 때때로 인간은 자신에게 한턱내듯 경험을 즐겨야만 한다. 비록 지나고 나서 그 대가를 치러야만 할지라도. 그렇지 않으면 인생이 무의미해질 테니까.

이 모든 것이 우연이라니. 그녀가 수학자가 된 것도. 그녀가 아프게 된 것도. 게다가 야콥을 만난 일까지도. 그녀는 노란 꽃무늬 벽지로 눈길을 돌렸다. 만약 소피야 코발렙스카야가 어릴 적에 이런 꽃무늬 벽지가 붙여진 방에서 살았다면 아마도 그녀는 절대 수학자가 되지 않았을 것이다. 어쩌면 수학자 대신 작가가 되었을까? 어쩌면 더 행복해졌을까? 수학을 향한 소피야의 관심은 우연히 일깨워진 것이었다. 집을 재단장할 때 그녀 가족은 벽지가 부족했었다. 그래서 아이 방의 벽은 다락에서 찾은 종이로 도배했다. 종이는 아버지가 젊은 시절 들었던 수학 수업의 낡은 노트들이었다. 소피야는 벽의 신비한 기호들에 마음을 뺏겼다. 몇 시간 동안이나 기호들을 바라보았다. 벽에 쓰인 수학은 너무 복잡해서 가정교사가 그녀를 도와줄 수 없었다. 하지만 소피야는 호기심이 많은 소녀였다. 그녀는 수학의 신비를 스스로 풀기로 결심했다. 그녀는 수학책 하나를 구해서 저녁마다 이불 속에서 몰래 읽었다. 그녀의 아버지가 여자는 수학 공부를 할 필요가 없다고 생각했기 때문이었다.

그 당시 대학에서는 여자의 입학이 허락되지 않았다. 그래서 소피야는 바이어슈트라스를 만나지 못했다면 수학자가 될 수 없었을 것이다. 그런데 왜 그녀는 6년간 수학을 멈춘 것일까? 1874년 박사 학위를 딴 후 그녀는 러시아로 돌아갔다. 그녀는 바이어슈트라스와 연락을 끊었다. 그가 보낸 편지에 답장조차 하지 않았다. 그 대신 문학에 관심을 갖기 시작했다. 그녀는 병이 났었을까? 아니면 혹시 이별의 슬픔 때문이었을까?

야콥은 그녀에게 만화 『xkcd』의 링크를 핸드폰 문자 메시지로 보내주었다. 만화의 제목은 「회전 운동량」이었는데 방에서 빙글빙글 돌고 있는 여자와, 침대에 걸터앉아 그녀를 신기한 듯 쳐다보는 남자 친구의 이야기였다. "뭐 하는 거야?" 그의 말풍선에 써 있는 말이다. "시계 반대 방향으로 회전하는 중이야. 한 번 돌 때마다 행성의 회전 운동량을 빼앗잖아. 그럼 지구의 자전 속도는 미미하게나마 줄어드니까 밤은 길어지고 새벽은 밀려나겠지. 그럼 당신과 조금이라도 더 오래 같이 있을 수 있어." 회전하는 여자가 답한다. 라켈은 감명을 받아서 야콥에게 답장을 했다. "나는 지금 그녀의 반대 방향으로 돌고 있어요. 지구의 자전 방향으로. 우리 행성이 미미하게나마 빨라지길 바라는 마음으로. 그럼 시간이 빠르게 흘러서 당신을 다시 만나기까지 오래 기다리지 않아도 될 테니까요." "영특하네. 당신은 양쪽 방향으로 회전을 할 수 있군, 당신은." 그가 답했다.

수학의 아름다움 중 하나는 시의 아름다움과 비슷하게 그녀에게 새로운 공간을 열어준다는 점이었다. 그녀 안의 새로운 공간을. 추상적인 공간을. 좀더 높은 차원의 공간을. 무한 차원의 공간을. 평범한 방식으로는 크기나 거리를 측정하는 것이 불가능한 공간을. 그녀가 수학을 공부하기 전에는 항상 두 점 사이의 거리를 잴 수 있다는 것을 당연하게 여겼었다. 하지만 이제 그녀는 이것이 수학자들이 '거리'라고 부르는, 두 점 사이의 간격이 계량되는 공간이라고 부르는 곳에서만 가능하다는 것을 이해한다. 두 점 사이의 거리가 정의된 공간, 수학자들은 이걸 '거리(計量, metric)'라고 부른다.

인간의 거리도 가능할까? 한 인간이 글자와 수로 측정될 수 있을까? 라켈은 대학교 도서관에서 프랙털 공간의 거리 구조에 대한 논문을 찾는 중이었다. 그녀는 거리라는 뜻의 메트릭(metric)이라는 단어로 인터넷 검색을 했다. 그러다 '휴먼 메트릭스(Humanmetrics)'라는 이름의 웹 페이지로 들어가게 되었다. 72개의 질문에 답을 하면 그녀가 어떤 사람인지 설명하는 유형 지표를 얻을 수 있었다. 4개의 알파벳과 4개의 수로. 마이어스-브릭스 유형 지표(MBTI)의 분류에 따라서. 그녀는 늘 인간을 분류하고 개개인을 일반화하는 심리학에 회의적이었지만 오늘만은 오락을 즐기고 싶은 기분이 들었다. 그래서 그녀는 질문에 답을 하고 그녀의 유형 지표를 얻었다. INFJ. I는 내향, N은 직관, F는 감정, J는 판단을 의미했다. 각 알파벳은 1부터 100까지의 수 지표로 정리되는데 그녀의 성격이 각각 어느 정도인지 수치화해주었다. I:67, N:62, F:12, J:67.

그녀는 이 MBTI 검사를 여러 사람에게 적용해보아야 했다. 아빠에게 웹사이트 링크를 보냈는데 결과는 자명했다. 아빠는 그녀와 영혼의 쌍둥이였다. 거울처럼 서로를 비추지만 약간의 변형만을 가진, INTJ. 그녀가 감정의 F를 얻은 자리에 아빠는 사고의 T를 받았다. *페리 키스* 대신 *페리 크로스*를. 더욱 놀라운 것은 아빠의 수치는 그녀의 수치와 정확히 일치했다. 그들은 정확히 같은 정도로 내향적이고 직관적이고 판단적이었다. 단지 가장 낮은 수치를 받은 성격에서만 달랐다. 그녀는 감정이 지배하는 유형이었고 아빠는 사고가 지배하는 유형이었다. 그녀는 야콥에게도 검사를 적용해봐야만 했다. 다음번 그의 연구실에 방문했을 때 그를 설득해서 검사를 받게 했다. 그 역시도 INTJ가 나왔다. 수치만 달랐다. 그녀는 늘 그가 아빠를 닮았다고 생각해왔다. 야콥은 라켈의 유형 지표를 알고 싶어 했고 그녀의 성격 유형에 대해 읽어 내려가기 시작했다. 그는 놀랍다는 표정을 지었다.

"가장 드문 성격 유형이다." 그가 읽었다. "성격의 복잡함 정도와, 재능의 엄청난 다양성과 깊이에서 모두 두각을 나타내는 유형이다. 이들은 보통 선생님들의 마음에 특별히 남는 모범생이다. 이들은 타인에게 매력적으로 보이지만, 보통 그 부분에 중점을 두지 않다 보니 그 사실을 모른다. 이들은 특히 발달된 도덕심이 있고 자신의 도덕적 신념을 확고히 지키고 산다. 그들은 타인에 대해 많은 관심을 보이며 매우 사교적이어서 사람들이 그들을 외향적이라고 잘못 판단하지만 사실은 내성적이며 선택된 가족과 친구, 명백한 영혼의 쌍둥이와만 친밀한 감정을 교류하는 걸 선호한다."

"이들은 모든 성격 유형 중 가장 시적이며 아름답고 복잡한 예술품을 창조할 수 있는 능력이 있다. 말보다는 글로 자신을 표현하는 걸 더 쉽다고 느끼며 글쓰기에 소질이 있다. 이들은 또한 강한 개인적 아우라가 있고 교육자(특히 고등 교육 과정)나 종교 지도자 등 타인에게 영향을 줄 수 있는 역할을 잘 수행한다. 음악가, 작가, 연기자도 이 유형에 적합한 직업이다. 이들은 타고난 심리학자들이며 타인의 숨겨진 동기를 꿰뚫어 볼 수 있는 재능이 있다. 하지만 이 유형은 명확한 커리어 방향을 지정하기 가장 어렵다. 이들 다수는 자연과학 분야의 논리성을 어려워하기에 인문학 분야를 전공한다. 하지만 기술적인 과학 분야를 커리어로 삼는 일부의 사람들은 비슷한 유형인 INTJ처럼 큰 성공을 이루게 된다. INFJ 유형의 지배적인 성격인 직관 덕분에 추상적인 이론을 이해하고 창의적인 방법으로 이론을 적용하는 능력이 뛰어나기 때문이다."

야콥은 그녀를 바라보았다. "이거 완전 너의 요약본이네." 그가 말했다. 라켈은 고개를 가로저었다. "다 맞는 말은 아니에요." 그녀가 말했다. "전 타인에게 매력적으로 보이지 않아요." "쉼표 뒤에 나오는 말도 같이 봤어야지." 야콥이 말했다.

그녀는 친구를 사귀는 법을 한 번도 이해해 본 적이 없었다. 학교 아이들 그 누구도 그녀를 좋아하지 않았다. 그들은 그녀의 어두운 머리카락을 가지고 그녀를 놀렸다. 이름을 가지고도. 라켈이란 이름을 가진 아이는 아무도 없었다. 어두운 머리카락을 가진 아이도 없었다. "오 라켈●, 오 라켈, 넌 델포이에서 왔지." 그들이 소리쳤다. 나에게 하는 말이 아니겠지, 그녀는 생각했다. 그들은 날 알지도 못하는 사람들이었다. 그리고 절대로 서로 알게 될 일도 없을 것이다. 선생님들만 그녀를 좋아했다. 그녀가 공부를 잘했기 때문이었다. 그녀는 선생님들이 그녀를 더 좋아할 수 있도록 공부를 더욱 잘하기로 결심했다.

야콥은 라켈이 타인들이 그녀의 삶에 들어오도록 해야 한다고 말했다. "넌 나에겐 굉장히 열려 있고 허물없이 지내잖아." 그가 말했다. "왜 타인들에겐 그러지 못하는 거야?" "난 내가 무한대로 좋아할 수 있는 사람들이라는 걸 알 때만 마음을 열 용기가 있는 걸요." 라켈이 말했다. "내가 좋아할 수 있는 것보다 누군가가 더 나를 좋아하게 되는 건 부담스러워요. 그런데 내가 좋아할 만한

● 오라켈(orakel)은 '신탁'이라는 뜻.

사람은 아주 적거든요." "네가 나보다 더 관심 가졌던 남자들은 있었겠지?" 야콥이 말했다. 라켈은 고개를 가로저었다. 그녀는 학교의 남자아이들 중 마음에 드는 아이는 하나도 없었다. "내 주변에 남자애들은 다 최악이었어요." 그녀가 말했다. "내가 자기랑 결혼 안 해주면 때리겠다고 협박했죠." 유치원에서 그녀는 한 번에 세 명의 아이와 약혼한 적이 있었다. 거절할 용기가 없었기 때문이었다. 어른이 되기 한참 전의 일이니 그들은 분명 다 잊었을 거라고 스스로를 위안했다. 하지만 여전히 두려운 일이긴 했다. 비록 그들 중 단 한 명하고만 입맞춤을 했지만 말이다. 그들이 밧줄 사다리를 타고 올라갔을 때였는데 그는 그녀의 입에 침을 한가득 내뱉기만 했다.

하지만 그녀는 밝은 곱슬머리를 한 남자아이를 기억했다. 그녀보다 몇 살 정도 나이 많은 아이였는데 바이올린을 매우 잘 켰다. 그녀가 바이올린을 켠 지 약 3년 정도 되었을 때 그녀는 오슬로 필하모니 관현악단과 음악 대학교 선생님들이 지도하는 오케스트라 학교에서 일주일을 보냈다. 그들은 오래된 자유학교●에서 머물렀다. 라켈은 캠프의 첫날에 누군가 바흐를 연주하는 소리에

● 자유학교 : 성인을 대상으로 예술, 체육, 언론을 포함한 다양한 과목을 자유롭게 가르치는 교육 기관. 주로 고등학교를 졸업하고 대학에 들어가기 전의 젊은이들이 많이 교육을 받는다. 노르웨이를 비롯한 스칸디나비아 지역에 있는 자유학교는 대부분 기숙 학교이다.

일찍 잠에서 깼다. 그녀가 몰래 연습하기 시작한 바로 그 곡이었다. 바이올린 협주곡 A단조. 그녀는 잠옷 차림으로 살금살금 복도로 빠져나가 소리를 따라갔다. 복도 가장 안쪽에 작은 모임 장소가 있었다. 그곳엔 소파가 놓여 있었고 양쪽에 유리 창문이 있었다. 바로 거기 그가 서 있었다. 밝은 곱슬머리를 한 남자아이가. 그는 연주를 하며 창문 밖을 내다보고 있었다. 마치 그가 온 세상을 바흐로 채우는 듯했다.

그러나 소년은 그녀와 눈이 마주치자 연주를 멈췄다. "혹시 내가 깨웠니?" 그가 물었다. 라켈은 잠을 깨우는 방법 중 세상에서 가장 멋진 방법이었다고 말하고 싶었지만 그저 고개를 가로저었다. "배가 고파서 깬 것 같아." 그녀가 말했다. "8시 전에는 아침 안 주는데." 소년이 말했다. "그래도 난 먹을 걸 구하는 방법을 알고 있지."

출입문은 자물쇠로 잠겨 있어서 그들은 문을 통해 밖으로 나갈 수 없었다. 하지만 소년은 그녀를 그의 방으로 데려가 창문을 열었다. 그는 창턱으로 올라서더니 바깥 잔디로 사뿐히 내려앉았다. 그는 웃으며 그녀를 향해 손을 흔들다가 그녀가 무서워하는 걸 알아챘다. "하지만 문이 닫혔으니 다시 들어올 수 없잖아." 라켈이 말했다. "8시 되기 15분 전에는 문을 열어. 30분만 있으면 열리는 거지." 소년이 말했다.

라켈은 이슬을 머금은 잔디 위로 사뿐히 내려앉았다. 그리고 맨발로 선생님들이 자고 있는 주 건물 쪽으로 소년을 따라 뛰어갔다.

그들은 1층 창문이 살짝 열려 있는 곳에 멈추었다. "여기서 기다려." 그가 속삭였다. 소년은 창턱으로 올라가더니 창문을 통해 안으로 사라졌다. 그가 다시 나타났을 때 마리에 쿠키와 카세트 플레이어를 들고 나왔다. "이따가 원래 있던 곳에 되돌려놓을 거야." 그녀의 표정을 읽은 그가 말했다.

그들은 호숫가 근처에 앉아 마리에 쿠키를 먹었다. 소년은 카세트 플레이어를 켰다. 오케스트라 음악이었다. 그는 소리를 높였다. 라켈은 음악이 그간 들어본 곡 중 가장 아름다운 곡이라는 생각이 들었다. "무슨 곡이야?" 라켈이 물었다. "그리그의 「봄」이야." 소년이 말했다. "그런데 난 영어 제목이 더 좋아. 「The last spring」."

다음 날 아침 그녀는 조심스럽게 방문을 두드리는 소리에 잠에서 깼다. 문밖에는 소년이 한 손에는 카세트 플레이어를, 다른 손에는 안 뜯은 마리에 쿠키 봉지를 들고 서 있었다. "내가 깨운 거야?" 그가 말했다. 라켈은 고개를 가로저었다. "네가 오늘도 배가 고픈가 해서." 소년이 말했다.

그는 창문을 열고 창턱에 앉아 두 다리를 창밖으로 내밀고 달랑달랑 흔들었다. 라켈은 그의 옆에 앉았다. 갓 깎은 잔디 냄새가 물씬 풍겼고 그리그의 오케스트라 음악이 그녀의 방을 봄으로 채웠다. 그 후로 그녀는 그 음악을 듣거나 마리에 쿠키를 먹을 때마다 그 소년이 떠올랐다.

라켈은 음악 학교의 교수님이 어제 첫 연주 시간에 그녀가 단한 번도 음계 연습을 해본 적이 없다는 걸 알고는 깜짝 놀랐다고 말해주었다. "음계 연습이 지루하기만 한 건 아니야." 소년이 말했다. "만약 네가 자유롭게 즉흥 연주를 할 수 있다면 말이야." 그는 그녀의 바이올린을 가져가 자신의 말이 무슨 의미인지 보여주었다. 처음에 그는 3화음과 평범한 음계 연습을 시작했다. 그러다 곧 변화를 주어 전혀 새로운 방식으로 연주하기 시작했다. 그는 음을 작은 조각으로 쪼개고 거울처럼 뒤집기도 하고 물구나무서기도 시키고 장조를 단조로 바꾸기도 했다. 바흐의 곡을 듣는 듯했다.

마지막으로 그는 그녀가 본 적이 없는 연주 방법을 보여주었다. 플라지올레트●. 그가 한 손가락으로 바이올린 줄을 가볍게 누르자 으뜸음은 사라지고 배음만이 흘러나왔다. 소리는 부드러웠고 플루트의 소리 같았다. 그가 현의 중간을 누르자 음은 한 옥타브가 올라갔다. 그가 현의 1/4 지점을 누르자 두 옥타브가 올라갔다. 두 손가락으로 플라지올레트를 연주하는 일도 가능했다. 그는 한 손가락으로 눌러서 현을 짧게 하더니 다른 손가락으로는 완전 4도와 완전 5도로 플라지올레트를 연주했다.

"학교에서 분수 계산법을 배웠니?" 소년이 물었다.

"어느 정도는." 라켈이 말했다.

● 플라지올레트(flageolet): 현악기에서, 손가락으로 줄을 가볍게 눌러서 진동의 마디를 만들어 배음을 얻는 기법. 피리처럼 부드럽고 투명한 음색을 나타낼 수 있다. '하모닉스(harmonics)'라고도 한다.

"사실 이건 그냥 수학이야." 소년이 말했다. 그는 배음은 으뜸음과 아주 잘 어울리는데 이유는 진동수의 비율이 간단하기 때문이라는 걸 설명해주었다. 한 음이 다른 음의 정확히 두 배의 진동수를 갖기 때문에 순음정은 1옥타브이고 음정비는 1/2이라고 했다. 완전 5도는 2/3, 완전 4도는 3/4이고 계속 비율이 이어진다고 했다.

분수가 늘 그녀 삶의 일부분이었다는 걸 생각해보라. 단지 그녀가 지금까지 그걸 알지 못했을 뿐.

고등학교 때 라켈은 정수, 유리수, 실수 이외의 수 체계는 알지 못했다. 하지만 대학교 첫 학기 때 시인 요한 헤르만 베셀의 동생인 수학자 카스파르 베셀이 기하학적으로 해석한 복소수●에 대해 배웠다. 실수가 x축에 고르고 예쁘게 위치하는 반면 복소수는 평면 전체를 채운다. 어떤 수는 순허수다. 순허수는 y축에 위치한다. 하지만 대부분의 복소수에는 실수부와 허수부가 있다. 라켈은 자신이 실수부보다 허수부가 큰 복소수와 닮았다고 생각했다. 그녀는 늘 소문자 i를 좋아했으니까. i는 자주 단독적으로 쓰이는 알파벳이고, 또 오른쪽에서 봐도 왼쪽에서 봐도 모양이 똑같다. 하지만 i의 가장 멋진 부분은 i가 허수 단위라는 것이다. 마이너스 1의 제곱근. 현실보다 비현실에서 더 잘 지내는 i.

모든 복소수는 켤레복소수●● 쌍둥이가 있다. x축에 대하여 대칭 이동을 한 모양이며 실수부가 같다. 허수부만 다르다. 허수부

● 복소수: 실수와 허수의 합의 꼴로 나타내는 수. a, b를 실수, i를 허수 단위 ($i^2 = -1$)라고 할 때, a+bi로 나타내는 것으로, a를 실수부, b를 허수부라고 한다.

●● 켤레복소수: 실수 부분은 같고 허수 부분의 부호만 다른 복소수. 예를 들어, 1+2i의 켤레복소수는 1-2i이다.

의 크기는 같지만 부호가 다르다. 복소수를 그 복소수 자체와 곱하면 새로운 복소수가 나온다. 하지만 복소수와 켤레복소수를 곱하면 실수가 나온다.

그래서 켤레복소수 쌍둥이를 찾는 일이 중요하다. 그리고 그와의 곱을 구하는 일이. 결과는 항상 실제일 것이다. 하지만 8년을 기다려야만 하는 위험을 감수해야 한다.

라켈은 아이가 없지만 아들 하나가 있는 것과 마찬가지였다. 이웃집 소년. 그녀는 아파트 밖 벤치에 앉아 도스토옙스키의 「카라마조프가의 형제들」을 읽던 어느 날 소년을 만났다.

그가 5개월 때, 엄마의 젖을 빨기보다는 라켈을 보고 싶어서 고개를 돌렸다.

그가 한 살 때, 그녀의 스웨터를 잡아당기곤 그 안으로 기어들어왔다.

그가 두 살 때, 장난스러운 표정으로 그녀를 보며 말했다. "너는 소녀야. 나는 소년이야."

그가 세 살 때, 모래 상자 안에 앉아 말했다. "너는 집이 없어, 너는." 그런 다음 모래성을 짓고는 미소 지었다. "하지만 괜찮아. 나랑 같이 살아도 되니까."

그가 세 살 반 때, 분홍색 진주 하트들을 만들어 그녀에게 주었다. 그가 가장 좋아하는 색은 파란색이었음에도 불구하고. "하트들을 잘 보살펴줄 거라고 약속할 수 있어?" 그가 말했다. 그녀는 고개를 끄덕였다. "영원히?" 그가 물었다. "영원히." 그녀가 답했다.

그가 네 살 때, 그녀의 무릎 위로 올라와 그녀의 머리카락을 가지고 놀았다. "어떻게 하다가 어두운 머리카락이 생겼어?" 조심스럽게 그녀의 머리카락을 손가락으로 빗질해주며 그가 물었다.

그가 네 살 반 때, 그녀의 볼에 자기 볼을 맞대곤 1,000까지 수세는 법을 가르쳐줄 수 있는지 물었다. 앞으로도 거꾸로도.

그가 다섯 살 때, 그는 먼 지역으로 이사를 가버렸다. 그리고 그녀는 아들을 놓아준 엄마가 느끼는 감정이 이럴 거라고 생각했다. 그녀는 그를 영원히 응원할 것이다. 언젠가, 꼬맹아, 너는 한 여자를 아주 많이 행복하게 해줄 거야.

아이가 없다는 것의 가장 안 좋은 점은 시도조차 해보지 않았다는 것이다. 그리고 그건 그녀의 잘못이라는 것. 그녀는 운명이 그녀에게 아기를 주지 않는다면 그걸 받아들이며 살 수 있었다. 하지만 시도조차 해보지 않고도 살 수 있을까? 그녀는 옷 가게의 임산부 코너에 들러 임부복 바지를 하나 샀다. 바지를 입고 집 안을 돌아다니며 느낌이 어떤지 알아보려고 말이다. 하지만 그녀는 이번만큼은 장난감 가게를 피하는 일에 성공했다. 그녀는 이웃집 소년에게 줄 생일 선물을 사는 젊은 여자를 상상했다. 스스로 아이를 가질 수 없음에 너무나 슬퍼진 여자를. 그녀가 갖지 못한 아이를 위해 여분의 생일 선물을 사는 여자를. 그녀는 다음 해에도 똑같이 했다. 그리고 이렇게 그녀의 존재하지 않는 아이는 이웃집 소년과 함께 자랐다. 그가 다섯 살이 되었을 때 그녀는 모터가 장착된 레고 회전목마를 발견했다. 다섯 살 아이가 혼자 조립하기에는 고난이도였지만 어른이 도와준다면 멋진 일일 거라 확신했다. 그래서 그녀는 그녀의 존재하지 않는 다섯 살 난 아이를 위해 레고 회전목마를 샀고 레고 조립하는 일에 푹 빠지게 되어 레고 세트를 여러 개 주문했다. 결국 그녀는 거대한 컬렉션을 갖게 되었다.

　　　　　　"제일 예쁜 여자 이름이 뭐라고 생각해요?"
라켈이 말했다.

"잘 모르겠는데." 야콥이 말했다.

"모르겠다고요?" 그녀가 말했다.

"라켈." 야콥이 말했다.

"장난치지 말고요." 그녀가 말했다. "당신 딸들 이름을 라켈이
라고 짓지 않았잖아요."

"정말 모르겠다고! 한 번도 생각해본 적 없어." 야콥이 말했다.

"그럼 아이들 이름은 어떻게 정했는데요?"

"아 그건……."

"그러니까 제일 예쁜 여자 이름이 뭐라고 생각하냐고요?" 그녀
가 말했다.

"아마도 아네. 아니면 이나."

"더!" 그녀가 말했다.

"이레네……?" 야콥이 말했다.

"이레네는 예스러운데." 그녀가 말했다.

"그럼 넌, 괜찮은 이름 있어?" 야콥이 말했다.

"아다랑 이리스." 그녀가 말했다.

"더?" 야콥이 말했다.

"아니면 시리. 이리스(Iris)를 거꾸로 쓰면 시리(Siri)지만 이리스만큼 이쁘지는 않아요."

"그리고 아다(Ada)는 거꾸로 써도 똑같지." 야콥이 말했다.

"날카롭기는." 그녀가 말했다. "그래도 우리가 가장 좋아하는 이름이 뭔지 이제 정해야 해요!"

그녀는 자리에서 일어나 서랍으로 가서 종이와 펜을 가져왔다. 그리고 종이에 아네, 이나, 이레네, 아다, 이리스를 적어 야콥에게 주었다.

"당신이 이름들에 분배할 점수는 총 100점이에요. 나도 똑같고요."

그녀는 자기가 쓸 종이도 하나 가져갔다.

야콥은 종이 가까이 몸을 숙이고는 점수를 분배하려고 집중했다.

"다했어요?" 그녀가 말했다.

"응." 야콥은 종이를 그녀에게 내밀며 말했다. 그는 자기가 제안한 이름에 점수를 가장 많이 주긴 했지만 그녀가 제안한 이름에도 일부분 점수를 주었다. 그녀는 점수의 합을 내기 시작했고 야콥은 소파에 기대어 앉았다.

"자 이제 1등이 나왔어요!" 그녀가 말했다.

"뭔데?" 야콥이 말했다.

"아다가 이리스보다 높아요."

그녀는 아다에게 50점, 이리스에게 50점을 주었다.

"어디 봐!" 그녀의 종이를 휙 낚아채며 그가 말했다.

"여기 이건 사기지!" 야콥이 말했다. "넌 네가 제안한 이름에만 점수를 줬잖아."

"모든 이름에 점수를 줘야 한다고 말한 적도 없잖아요. 그리고 당신이 이기려고 최선을 다하지 않았다는 건 내 잘못이 아니라고요."

"알겠어 그럼." 야콥이 말했다. "별로 중요하지 않아. 네가 이 게임에서 그렇게 이기고 싶다면 내가 져줄 수 있지."

"그럼 남자 이름은요?" 라켈이 말했다.

야콥은 이 게임이 지겨워지기 시작한 듯 보였다.

"아릴드." 그가 말했다. "그리고 스티안. 너는?"

"시누스.●" 그녀가 말했다.

"그건 이름이 아니잖아!" 야콥이 말했다.

"이름 맞거든요."

"장난치지 말고."

"증명할 수 있어요." 그녀는 책장으로 가며 말했다. 그녀는 창고 대방출 세일 때 산 두꺼운 이름책을 꺼내 와서 열정적으로 종

● 시누스(Sinus) : 노르웨이어에서 시누스는 수학의 삼각함수와 관련된 말(사인, 코사인, 탄젠트 등) 중 '사인'에 해당하는 말이기도 하다.

이를 넘기기 시작했다.

"여기 봐요!"

"시누스." 야콥이 읽었다. "우정, 사랑, 내밀함, 마음. 시누스에 이런 뜻도 있었군."

"멋지지 않아요?" 그녀가 말했다.

"그렇긴 해. 그래도 아이 이름을 시누스로 지을 수는 없어." 야콥이 말했다.

"왜 안 돼요?"

"아무도 시누스란 이름이 없으니까."

"아니, 여섯 명 있어요. 이미 통계청 자료를 찾아봤어요."

"불쌍한 놈들." 야콥이 말했다.

"그럼 투표합시다!" 그녀가 말했다.

이번에 그는 그녀의 전략을 간파하고 자기가 가장 좋아하는 이름에만 점수를 주었다. 결과는 시누스와 아릴드가 동점이었다.

"아이 이름을 시누스로 짓는 건 불가능해." 그가 반복했다. "특히나 수학자라면 말이야."

"그 아이를 신드레 망누스라고 부르고 시누스를 약어 애칭으로 쓰면 되잖아요." 그녀가 제안했다.

"그 아이?" 야콥이 말했다. "그 아이가 누군데?"

"우리 아들요." 그녀가 말했다. "만약 아들이라면."

그가 한숨을 쉬었다. "넌 아이를 돌볼 힘이 없잖아. 넌 스스로를 돌보는 일도 힘겨운데."

그녀는 몸을 돌렸다. "내가 다시는 건강해지지 못할 거라고 생각해요?"

"아니야, 넌 꼭 건강해질 거야."

"나랑 아이를 갖기 싫어요?"

"사실 난 내가 가질 아이는 이미 가졌다고 느껴."

"하지만 나는요 그럼?" 그녀가 말했다. "난 절대 아이를 못 가지나요?"

"그렇게 말한 건 아니야. 네가 아이를 돌볼 만큼 충분히 건강해졌을 때 생각해보자."

그녀가 충분히 건강해지기만 한다면, 그는 그녀에게 아이를 줄 수 있을 것이다. 여자아이라면 아다일 것이다. 남자아이라면 신드레 망누스이고. 그래서 약어 애칭으로 시누스라고 부를 수 있을 것이다. 아다와 시누스.

라켈은 그녀 인생 최고의 선물이 아빠라고 늘 생각해왔다. 모든 고통을 견딜 수 있게 하는 유일하고도 큰 행복. 없이는 살지 못할 유일한 사람. 피아노를 치며 그녀와 간지럽히기 놀이를 하던 아빠. 오로라 동화책을 아빠 목소리로 녹음해주어 그녀가 몇 번이고 다시 들을 수 있도록 해준 아빠. 그녀가 자려고 할 때 침대 옆에 앉아 노래를 불러주던 아빠.

나의 작은 라켈,
이리 와 나의 손을 잡으렴.
세상 그 누구도 나처럼 너를 사랑할 수는 없단다.
행복의 햇살과 삶의 기쁨,
이걸 평생 뿌려줄 수만 있다면
네 미래의 길 위에
사랑하는 나의 작은 친구.

라켈은 노래가 너무 슬프다고 생각했다. "이걸 평생 뿌려줄 수만 있다면"이라는 부분이 슬펐다. '~만 있다면'이란 말은 소망을 나타내는 말로, 현실에서는 가능하지 않을 거라는 의미를 내포하고 있기 때문이다. 미래에 아빠가 항상 있지는 않을 것이다. 그런 생각을 하면 견딜 수 없이 슬펐다. 그래서 그 노래를 그만 부르라고 부탁했다. 그녀는 아빠에게 몇 가지 부탁을 더 했다. "오븐과 가스레인지 불을 끄는 걸 잊지 마세요. 문은 꼭 잠그고 저녁이나 밤이나 새벽에는 밖에 나가지 마세요. 내가 잠이 들면 오스카르를 치워주세요." 마지막 부탁은 정말 불필요한 것이었지만, 아빠는 오스카르가 침대에서 차지하는 자리가 너무 크고 인형은 선반 위에서 잠을 자야 한다고 생각했다. 그래서 그녀는 자신이 잠들 때까지 오스카르가 자신과 함께 침대에 누워 있게 해달라고 말한 것이다. "매일 저녁마다 아빠에게 그 숙제를 내주어야만 하겠니?" 아빠가 물었다. 라켈은 아빠가 모든 부탁을 기억하고 있는지 확인하지 않고는 잠들 수 없었지만 나중엔 이렇게만 말했다. "숙제 잊지 마세요!"

한번은 그녀가 아빠가 죽을까 봐 너무 두려워해서 아빠는 일흔 살이 될 때까지 꼭 살 거라고 약속해야 했다. 그녀가 밤에 잠을 잘 수 있게 하기 위해서 말이다. 그녀는 자신이 서른일곱 살이 될 때까지 편히 살 수 있을 거란 계산을 했다. 알베르트 슈바이처의 삶에 대한 어린이책을 읽고 영감을 받아 그녀는 삶을 두 부분으로 나누기로 결심했다. 서른일곱 살이 될 때까지는 바이올린을 켜거나 수학을 공부하는 등 유용하지 않은 일들을 즐기는 이기적인 삶을 살아도 된다. 하지만 아빠를 잃어버리게 되면 그녀는 죽을 가치가 있는 일이나 살 가치가 있는 일을 찾아야만 할 것이다. 그녀는 장기 기증자가 되는 일을 상상해보았다. 그저 병원에 불쑥 찾아가서 모든 장기를 기증하고 싶다고 말 한마디만 하면 될 것이다. 그럼 그들이 그녀를 조용히 잠들도록 도와줄 것이고 그녀의 장기를 유용하게 쓸 것이다. 저 멀리 가난한 나라로 가서 SOS 보육원 마을의 엄마가 되는 대안도 있다.

그녀가 가장 두려워하는 일은 그녀는 천국으로 가지만 아빠는 지옥에 떨어지는 것이었다. 유치원에서 그녀는 신을 믿지 않는 자들은 지옥에 간다고 배웠다. 아빠는 신을 믿지 않았다. 그렇다면 아빠는 지옥에 가게 될 터였다.

하지만 아빠가 천국에 가지 못한다면 그녀도 천국에 가고 싶지 않았다. 그녀는 아빠가 있는 곳에 있고 싶었기 때문이었다. 그래서 그녀는 직접 작성한 저녁 기도문으로 기도를 드렸다.

하나님. 제가 당신을 믿지 않는다는 걸 알아주셨으면 해요. 아빠를 지옥에 보내지 말아주세요. 만약 아빠를 지옥으로 보내신다면 저도 지옥으로 가겠어요. 이런 기도를 올린다고 해서 제가 하나님을 믿는 건 아니에요. 그저 당신이 알아주셨으면 해서 말하는 거예요.

하지만 그녀는 이런 기도가 효과가 있을지 역효과가 있을지 확신할 수 없었다. 그리고 그녀가 하나님에게 기도를 했기 때문에 하나님이 그녀가 하나님을 믿는다고 결론짓고는 아빠와 함께 지옥으로 보내는 대신에 그녀를 천국으로 보낼까 봐 두려웠다.

178

야콥이 그녀의 삶에 들어온 이후 생애 처음으로 그녀는 서른일
곱 살 이상을 살 수 있을 거란 느낌이 들었다.

라켈은 에바 캐시디의 목소리로 몇 해를 채웠다. 「Fields of Gold」. 라켈은 R.E.M의 노래로도 몇 해를 채웠다. 「Everybody hurts」. 그녀는 버지니아 울프의 「등대로」를 읽고 그녀가 읽어본 책 중 단연 으뜸일지도 모른다고 생각했다. 그러다 버지니아 울프가 주머니를 돌로 채우고 익사했다는 걸 알게 되었다. 사건은 3월 28일에 발생했는데 라켈이 야콥과 구내 식당에서 처음으로 이야기를 나눈 날짜와 일치했다. 그리고 일순간 그녀는 크링스타 만에서 돌멩이를 줍는 어린 소녀를 상상했다. 주머니를 돌로 가득 채운 어린 버지니아 울프처럼 그녀는 천천히 생각에 빠질 것이다. 그녀는 크리스티앙 페라스가 연주한 세자르 프랑크의 바이올린 소나타를 들으며 그간 들어본 곡 해석 중 단연 으뜸일지도 모른다고 생각했다. 그리고 그도 자살했다는 걸 알게 되었다.

"무엇보다도 네가 박사 학위를 따냈다는 것부터가 경이로움 그 자체야. 이렇게 아픈 몸으로 말이야." 야콥이 말했다. "하지만 너는 다른 사람들이 100퍼센트의 노동력으로 했을 일보다 더 많은 걸 너의 20퍼센트의 노동력으로도 해냈지. 네가 건강해지기만 한다면 네가 발현할 수 있는 능력이 얼마나 크겠어." 라켈은 어떻게 건강해질 수 있을지 알지 못했다. 어떻게 노동을 하며 살 수 있을지.

그녀는 수업을 진행할 힘이 없었다. 2시간 그룹 강의를 하고 난 후엔 너무나 지쳐서 일주일 내내 쉬어야만 다시 강의를 할 힘이 생겼다. 대학교에서 제안한 연구직을 수락한 것에 죄책감을 느꼈다. 그녀의 몸 상태가 얼마나 나쁜지 알았다면 대학교에서는 절대로 그녀에게 연구직을 제안하지 않았을 것이다. 그녀가 할 수 있는 일이 얼마나 적은지. 얼마나 많이 책상 위에 엎드려 휴식을 취해야만 하는지. 언젠가 그들도 진실을 알게 될 것이다.

그녀는 그가 여전히 확신하는지 야콥에게 물어보지 않을 수 없었다. "곧 8년이 지나가요." 그녀가 말했다. "여전히 나를 선택할 거라고 확신해요?" "당연하지." 그가 답했다. "왜 물어보는 거야? 스스로 불안해졌어?" 늘 주어를 자신에서 라켈로 바꾸어서 마치 그녀의 문제인 양 말을 돌리는 이 기술. "하지만 어떻게 당신 가족을 떠날 수 있겠어요?" 그녀가 말했다. "마침내 너와 함께할 수 있게 될 테니까." 그가 답했다. "당신 아이들이랑 좋은 사이가 될 수 있도록 도와줘야만 해요." 그녀가 말했다. "아들은 별문제 없을 거야. 딸들이 더 문제겠지. 하지만 우리는 잘 헤쳐나갈 수 있을 거야." 그가 말했다. "아이들이랑 가까이 살면 아이들이 원할 때 언제든 우리를 방문할 수 있어요." 그녀가 제안했다. 그는 고개를 끄덕였다. 그녀는 왜 그가 이토록 걱정이 없어 보이는지 이해할 수 없었다. 그가 이 일을 심각하게 생각하지 않거나 제대로 곱씹어본 적이 없기 때문일까?

마지막 여름. 곧 그는 가족을 떠날 것이다. 마침내 그들은 영원히 함께하게 될 것이다. 때가 되었다. 그녀는 곧 서른세 살이었다. 그녀가 파랑의 도시에 있을 때 그가 보낸 문자 메시지는 이랬다. "스테인 메렌의 연애시를 읽다가 네 생각이 났어." 그녀는 가장 좋아하는 구절을 마음속으로 들어보았다.

사랑을 하는 얼굴에서 나오는 빛, 막을 수 없이 퍼지고
지구 너머로
사랑을 하는 얼굴의 빛은
절대로 끝나지 않기에, 퍼지는 중, 늘 퍼지는 중
새로운 사람들에게서, 새로운 연인들에게서, 끝이 없는 영원
의 시간에서

그 대신 더 어두운 구절을 들었어야 하나?

그럼 우리는 다시는 헤어지지 않을 거지요?
아니, 우리는 늘 헤어지게 될 거야.
우리의 끝은 끝나지 않아.
(……)

아, 가장 깊은 외로움일 수밖에

낯선 이의 얼굴 깊은 곳에서 나의 외로움을 보는 일

그리고 아는 일. 이 얼굴이야 내가 한때 사랑했던, 마음을 열었던

얼굴이 왔었던 어둠으로 쫓아내버렸던

그녀는 인내심을 가지려고 노력했다. 적어도 조르지는 않으려고. 비록 그의 목소리엔 그녀가 결코 이해할 수 없는 무언가가 있을지라도. 마치 목소리가 조금 다른 조로 가기 시작한 듯했다. 하지만 그게 무엇인지 꼭 짚어 말할 수 있을 정도는 아니었다. 그는 예전처럼 자주 그녀에게 전화를 걸지 않았다. 혼란스러웠다. 왜 그는 전에는 늘 하던 일을 해내지 못할까? 그녀는 속상해서 전화기를 붙잡고 울었다. 그는 그저 요즘 피곤해서 그렇다고 말했다. 할 일이 많다고. "네가 돌아오면 둘이 같이 이야기하는 게 나을 것 같아." 그가 말했다.

　　　　　　　　　　그는 기차 플랫폼으로 그녀를 마중 나왔다. 그녀는 그를 보게 되어 너무나 기뻤다. 보자마자 그와 함께 눕고 싶었다. 배와 배를 맞대고. 그가 마트에 가서 장을 보는 일에 왜 그토록 집착하는지 그녀는 이해할 수 없었다. 나중에 해도 될 일이었다. 하지만 그녀는 그가 하고 싶은 대로 하도록 내버려두었다.

　"너에게 할 말이 있어." 그녀의 아파트에 들어와서 마트 봉투를 내려놓으며 그가 말했다. 그의 목소리가 너무 심각해서 그녀는 두려워졌다. 누군가 죽기라도 한 걸까? 부모님 중 한 명이? 누가 아픈가? 아 안 돼, 그의 아이들이 아픈 건 아니길!
　"레아가 우리에 대해 알아." 그가 말했다.
　그가 누구에 대해 이야기하는 건지 이해하기까지 어느 정도 시간이 걸렸다. 그가 아내의 이름을 말하는 건 극히 드문 일이었다. 하지만 별일 아니야, 그녀는 안도하며 생각했다. 그리고 그가 바로 그녀의 집으로 이사 와도 된다고 말하려고 했다. 어차피 몇 달 내로 일어날 일이었다. 사실 아내가 스스로 알게 된 게 오히려 다행일지도 모른다. 그가 아내에게 직접 말하는 건 어려웠을 테니까.
　"너랑은 끝내야만 해, 라켈." 그녀는 그가 하는 말을 들었다.
　그녀는 그를 믿을 수 없다는 듯이 바라보았다. 그가 진심으로 하는 말이라고 생각되지 않았다. 그 단어들을 발음할 수 있다는 것도 이해하지 못했다. 그녀가 들은 단어들이 그의 입술이 진짜 내뱉은 말인지 알아보기 위해 그의 입술을 바라보았다. 정적이 흘렀다. 그녀 안의 음악이 멈추었다. 하지만 그래도 그녀는 약한 소리를 들을 수 있었다. 무언가 균열을 일으키는 소리를. 그녀는 그녀의 피부가 뻣뻣하게 조여지는 걸 느꼈다. 그녀가 더는 인간이 아니라 금방이라도 거죽을 뚫고 나와 동물로 변신할 것처럼.

그는 도대체 누구일까? 그리고 그녀는 누구일까? 그녀는 절박하게 "안 돼!"라고 소리치는 자신의 목소리를 들었다. 그녀는 그녀의 입이 벌어져 있고 분명히 입을 다물어야 한다는 걸 깨달았다. 만약 그녀가 그렇게 하는 방법을 기억할 수만 있다면.

"하지만 그녀를 사랑하지 않잖아요?" 그녀가 말했다.

"감정이 다 사라졌다고 생각했는데 최근에 대화를 많이 나누다 보니 지금도 여전히 감정이 있다는 걸 알게 되었어."

"하지만 어떻게 그렇게 단숨에 그녀를 다시 사랑할 수 있어요?"

"그녀의 좋은 성격들을 떠올리게 되었어."

"그게 뭔데요?"

"이를테면 너그러움. 우리가 겪은 문제 중 다수는 내 잘못이었어. 내가 울적해지고 흥미를 잃었으니까. 우리는 지난 시간들보다 지금 더 잘 지내게 되었어. 너에게 고마워해야 할 부분이야, 라켈."

"혹시 내가 아파서 그런 거예요? 내가 최근에 너무 많이 멀리 가 있어서 그런 거예요?" 그녀가 말했다.

그는 머리를 가로저었다. 그녀는 만약 자신이 이곳에 있었다면 분명 모든 게 달라졌을 거라고 확신했다. 그가 이런 결정을 내릴 동안 자신이 멀리 가 있지만 않았더라면. 그가 이 과정에 자신을 포함시키지 않았다는 게 너무나 불공평하게 느껴졌다. 자신에게 아무것도 알려주지 않았다는 게. 자신에게 이런 말을 하고 자신의 삶에서 그냥 사라져버릴 계획을 세워왔다는 게. 그는 자신이 가진 유일한 것임에도 불구하고.

"날 사랑하지도 않으면서 어떻게 이 긴 세월 동안 기다리게 할 수 있었어요?" 그녀는 자신이 하는 말을 들었다. "심지어 우린 우리 아이들 이름까지 정했잖아요."

"잘 모르겠어. 내가 원한 건 그저 이거였어. 너의 외로움을 천천히 나의 외로움에 기대봐." 그가 조용히 말했다.

너의 외로움을 천천히 나의 외로움에 기대봐. 스테인 메렌의 시와 비슷했다. 하지만 야콥은 **천천히**라고 말했다. **조용히**가 아니라. 단순한 말실수일까? 아니면 의식적으로 단어를 바꾸어서 그들 만남의 중력을 잡아 시간을 천천히 흐르게 하고 순간이 영원히 고정되도록 하기 위함이었을까?

내가 원한 건 그저 이거였어. 너의 외로움을 천천히 나의 외로움에 기대봐. 뭐 이런 변명이 다 있나? 타당한 해명조차 아니다. 그는 늘상 그래왔듯 시와 개소리에 취했다. "당신은 취하면 괴상한 말을 많이 해요." 그녀는 종종 그에게 이렇게 말하곤 했다. "하루 종일 와인 한 방울도 입에 대지 않았어." 맨 처음에 그는 살짝 기분 나빠하며 답했다. "당신은 취하면 괴상한 말을 많이 해요." 그녀가 반복했다. "영혼에 취하고, 눈빛에 취하고, 애무에 취하면."

그저 몇 마디 말로 황금이 잿빛 돌멩이로 변할 수 있을까? 미래 언젠가 오늘의 행복한 순간을 되돌아보면 행복한 순간이 불행한 순간으로 바뀔 수 있을까? 언젠가 그는 그녀에게 이렇게 물은 적이 있었다. "이혼한 사람들은 대부분 그들의 결혼 생활이 전부 다 거지 같기만 했다고 생각하는 것 같아." 그가 말했다. 당시 그녀의 대답은 이러했다. "미래 언젠가 그들이 그렇게 생각하더라도 과거의 순간에 행복했었다는 사실은 변하지 않아요."

하지만 그의 몇 마디 말은 단숨에 그녀를 황금에서 잿빛 돌멩이로 바꾸어놓았다. 이제 그녀는 자신이 더는 귀금속이 아니고 타인들이 더 나아지도록 하기 위해 자신을 희생하는 존재란 생각이 들지 않았다. 이제 그녀는 그저 잿빛 돌멩이일 뿐이다. 아니다, 더 최악이다. 그녀는 돌멩이 밑의 진흙에 불과하다. 단순한 정부. 그가 그녀로 하여금 믿게 만들었던 것처럼 그의 삶의 위대한 사랑이 아닌.

그날 밤 그녀는 8층의 발코니로 나갔다. 그녀는 난간 밖으로 다리를 두고 앉아 있었다. 이제 그녀는 결국 그녀를 발견하고야 말 가여운 사람 따위에는 신경 쓰지 않기로 했다. 더는 못 하겠다. 그녀는 잠든 도시를 내려다보았다. 비가 내리지 않는 흐린 날씨. 별 하나 없는 밤하늘. 눈물 한 방울 흐르지 않는다. 동쪽에선 하늘이 이미 밝아지기 시작했다. 도시가 깨어나면 그녀는 더는 여기 있지 않을 것이다.

그때 그녀는 보았다. 네소든 위에 뜬 무지개를. 지금쯤이면 야콥이 집으로 돌아가 가족과 함께 있겠지 하고 생각하며 그녀가 응시하던 바로 그 위에. 그녀에게 그 순간 가장 필요했던 무지개가. 태양도 아직 안 보이는데. 빗방울도 없는데. 그런데 어떻게 무지개가 뜰 수 있지? 하늘로 쭉 뻗은 직선이. 마치 뭔가를 막으려는 손처럼. *그런 짓을 하면 안 돼, 라켈. 그 누구도 널 용서하지 못할 거야.*

다음 날 아침 라켈은 야콥에게서 핸드폰 문자 메시지를 받았다. 그는 그녀가 걱정이 된다고 적었다. 그녀가 원하면 찾아올 테니 이야기를 해보자고.

그녀는 그러고 싶었다. 그녀는 그를 다시 차지하고 싶었다.

"아내에게 모든 걸 말했어요?" 그녀가 물었다.

"그녀는 얼마나 오래된 건지 알고 싶어 하지 않았어. 그냥 오래 됐다고만 답했어."

"그런데도 당신을 완전히 용서할 수 있대요?"

"이번만큼은 날 용서하려고 노력하겠대. 내가 전에는 이런 적 없었으니까. 하지만 또 다시 불장난을 저지르면 문밖으로 바로 쫓아내겠대."

"그런데도 당신은 여기에 온 거예요?" 그녀가 말했다.

"너를 친구로서도 잃을 순 없어. 레아에게 난 너를 계속 만나야 만 한다고 말했어. 지금 네 집에 와 있는 것도 알아."

정말 너그러운 여자구나, 그녀는 생각했다. 내가 그녀에게 사과 를 할 수 있다면 좋으련만.

*

그러자 울음이 그녀를 휩쌌다. 그녀는 온몸이 떨렸다.

"왜 그래, 라켈?" 그가 말했다.

"당신이랑 친구가 될 수 있을지 난 잘 모르겠어요. 우리가 같이 뭘 할 수 있을지도 이제는 모르겠어요."

"우린 거의 모든 걸 할 수 있어." 그가 말했다.

"하지만 당신 가까이 누웠던 게 미치도록 그리워질 거란 말이에요. 배와 배를 맞대고요."

그는 한숨을 쉬었다. "가까이 누워도 돼, 친구. 이리 와봐."

그리고 그들은 그녀의 침대에서 배와 배를 맞대고 누웠고 그녀는 그의 몸이 얼마나 그녀와 사랑을 나누고 싶어 하는지를 느꼈다. 비록 머리로 안 된다고 생각하더라도. 그는 그 자리에 거대한 모순처럼 누워 있었다. 그녀는 이건 친구라는 개념의 특이한 해석이라고, 레아가 기대했던 우정의 형태는 절대 아닐 거라고 생각했다. 레아는 만약 그가 또 다시 불장난을 저지르면 문밖으로 바로 내쫓겠다고 말했다. 그리고 이 의미는 그녀가 그로 하여금 또 다시 불장난을 저지르게 만든다면 그는 그녀의 것이 된다는 뜻이었다. 적어도 라켈은 그들 사이가 끝이라는 그의 말이 진심인지 알 필요가 있었다. 그녀는 그의 입술에 입을 맞추곤 그가 키스를 피하지 않는다는 사실에 만족감을 느꼈다. 그리고 그녀는 그의 몸 위로 올라갔고 그가 적어도 머리로는 원하지 않는다는 걸 알면서도 천천히 그의 경직된 중심으로 몸을 낮추었다.

동의 여부를 표현한 남자를 강간하는 건 이런 일일 것이다. 그
녀는 지금 하고 있는 일에 대해 절망하고 있는 그의 눈빛을 보았
다. 자기 약속을 하루도 지키지 못했다는 것에 대해. "이렇게." 그
녀가 그의 귓가에 속삭였다. "여기 안으로 들어갈 거야. 처음엔 좀
아플 거야. 나중엔 괜찮아져." 그러자 그는 더는 저항하지 못하고
그녀 안으로 깊숙이 들어왔고, 그녀가 끝난 게 아니라고 확신할
만큼 진지하고 열정적으로 그녀와 사랑을 나누었다.

"당신은 나를 사랑해." 그녀가 말했다.

"맞아. 널 사랑해." 그가 답했다. "문제는 바로 그거야."

다음 날은 그가 먼저 주도권을 잡았다. 그녀는 뭐든 처음이 힘든 거라는 걸 알고 있었다. 일단 죄를 저지르고 나면 인간은 죄를 쉽게 반복한다. 하지만 그녀에겐 일종의 변화가 있었다.

"우리 중 누구를 원하는지 선택해요." 그녀가 말했다. "이런 식으로 계속할 수는 없어요. *그녀*에게 너무나 큰 죄책감을 느껴요. 당신이 어떤 결정을 내리든지 그 결정을 고수할 수 있도록 내가 도울게요. 하지만 당신이 원하는 게 뭔지 나는 정확히 알아야겠어요."

그는 자신이 원하는 게 뭔지 몰랐다. 선택할 수 없었다. 그녀는 그의 얼굴에 서린 절망을 보았다.

"1년 줄게요." 그녀가 말했다. "하지만 난 꼭 1년 안엔 답을 얻어야겠어요. 이왕이면 빠를수록 좋아요. 당신이 확신하자마자."

라켈에게. 문제를 찾아내는 감각이 탁월하군요! 이게 그가 그녀에게 처음으로 쓴 문장이라는 걸 생각해보라. 그의 말이 얼마나 옳았는지는 다수가 알았을 것이다. 그녀는 빨간 벽돌 건물의 학생 기숙사를 지나며, 방금 이사 온 기숙사 밖 잔디밭에 앉아 있는 어린 여자를 상상했다. 그녀가 매우 좋아하는 노르웨이어 선생님이 작별 선물로 준 책에 푹 빠져서 세상 따위는 완전히 잊어버린 소녀를. 미래의 어느 날 자신의 문장을 만들기 위해 얼마나 고심할지 아직 상상도 못 하고 있는 소녀를. *그리고 사랑은 세상의 근원이고 지배자이다. 하지만 사랑의 모든 길은 꽃과 피로 가득 차 있다. 꽃과 피로.*●

하지만 그녀가 이토록 수치심을 느끼는 이유는 무엇일까? 대체 수치심이란 무엇일까? 그녀는 어떤 책에서 이 단어의 정의를 찾았다.

수치심은 우리가 부족하고 그리하여 사랑과 유대감을 가질

● 노르웨이 소설가 크누트 함순의 소설인 「빅토리아」의 일부.

자격이 없다는 믿음에서 오는, 극심하게 고통스러운 감정이나 경험이다. 수치심은 분리에 대한 불안이다. 왜냐하면 우리가 한 일이나 하지 않은 일 혹은 지키고 살지 못한 이상이나 도달하지 못한 목표 때문에 사랑과 유대감을 가질 자격이 없다고 느끼기 때문이다.

그 책의 저자는 자신의 연약함을 강점으로, 모든 사랑과 공감의 기초로, 진실한 인류애가 형성되는 재료로 여기는 것이 비결이라고 적었다. 그리고 행복한 사람들이 불행한 사람들과 다른 점은 자신이 행복하고 사랑받을 자격이 있다고 믿는 것이라고도 적었다.

하지만 정의와 비결을 알아도 그걸로 뭘 할 수 있을지 모르겠다면 그것들이 그녀에게 무슨 소용이 있을까? 그녀는 여전히 사랑과 용서가 존재하는 인간관계를 형성하는 법을 몰랐다. 스스로를 용서하는 법을 배울 수 있는 인간관계도. 그녀는 그녀의 삶에 대해 너그러운 사람들이 필요했다. 그녀가 어떤 짓을 저질렀는지, 그녀가 진짜 어떤 사람인지 알게 되더라도 등 돌리지 않을 사람들이.

그녀 곁에 항상 있어준 유일한 사람은 아빠였다. 그녀를 위해 세상을 엮어준 아빠. 세상에는 어디서나 통용되는 몇 안 되는 기본 법칙들이 존재한다는 걸 알려준 아빠. 하늘을 파란색으로 만들고 무지개가 뜰 수 있도록 하는 기본 법칙들이. 그녀는 눈을 감았다. 아빠는 그녀 옆에서 무릎 한쪽을 굽히고 아스팔트 위에 앉아 있다. 그들은 신기루를 연구하는 중이었다. 실은 존재하지 않는 것을 볼 수 있게 만드는 일종의 자연의 장난을. 아스팔트가 완전히 건조했음에도 마치 물이 있는 것처럼 보였다. 아빠는 물 표면에서 빛이 반사되는 것과 마찬가지의 방법으로 땅 바로 위의 따뜻한 공기가 빛을 반사하기 때문이라고 설명해주었다. 피요르가 하늘을 거울처럼 비추는 것과 같이 길이 하늘을 거울처럼 비추는 것처럼 보이게 된다고. 그래서 길에 물이 있는 것처럼 보이게 된다고. 또한 그녀의 손가락을 물속에 넣으면 손이 구부러진 것처럼 보이는데 이것은 물이 빛을 굴절시키기 때문이라고. 그리고 그녀가 수면 아래 누워서 하늘을 똑바로 바라보게 된다면 위에서 햇빛이 통과하여 해만 밝은 원 모양으로 보이고 다른 부분은 어두워 보일 거라고.

야콥이 학생을 이용하는 사람이라고 생각해 보라. 값을 지불하는 게 아니라 도리어 그가 값을 받기도 하는 성적 서비스를 얻어내는 사람. 그렇다면 젠장할 편한 방법이다. 그녀는 그가 학교의 여학생들에게 얼마나 인기가 있는지를 알고 있었다. 여학생들이 엘리베이터에서 그에게 얼마나 다정하게 인사를 건네는지를. 그들이 어떻게 그의 연구실에 자꾸 들르게 되는지를. 그리고 지나가는 여학생의 엉덩이를 보고 예쁠 것 같으면 그들을 가까이에서 보고 탱탱함과 몸매로 그들을 분류하고 싶어서 그가 얼마나 반사적으로 속도를 내는지도. 그녀는 그가 시도한 첫 번째는 결코 아닐 것이다. 혹시 그녀가 통계청에서 계약직 자리라도 구한다면 아마 궁금한 점에 대한 답을 얻을 수도 있을 것이다. "네, 좋은 하루 보내고 계시나요. 통계청에서 전화를 걸었습니다. 국민의 성 습관에 대해 설문 조사를 하고 있습니다. 기혼이거나 동거인이 있고 스무 살 이상이고 파트너보다 생일이 먼저인 가족 구성원이랑 이야기를 나눌 수 있을까요? 첫 번째 질문은, 얼마나 자주 배우자나 동거인과 잠자리를 합니까? 두 번째 질문은 지난 8년간 얼마나 많은 성생활 파트너를 두셨습니까?" 하지만 야콥이 전화를 받는다면 그녀의 목소리를 알아챌 것이다. 그녀는 이 정도로 바닥까지 떨어지고 싶지는 않았다. 그녀는 상상을 멈추었다.

그 대신 라켈은 억지로라도 고통을 기억하려 애썼다. 끊임없이 버림받은 고통을. 그녀를 떠나는 게 그에겐 얼마나 쉬운 일인가의 고통을. 그에게 가장 편한 시기에 그의 삶에서 그녀를 제외해버리는 고통을. 그것은 좋은 것이 절대로 좋기만 할 수 없다는 교훈을 주는 일이었다. 고통이 늘 동반된다는. 첫 성 경험처럼. 학과에서 세미나에 갔을 때 아침을 함께 먹으러 갔는데 사람들 모두 그가 그녀의 지도교수임을 알았음에도 그는 거의 그녀를 모르는 사람처럼 대했다. 그는 그녀만 빼고 다른 사람들과 신나게 이야기를 나누었다. 대학교로 돌아가는 버스에서 그는 꼬리를 잘 치는 행정 직원 옆에 앉았다. 라켈은 그날 오후에 파랑의 도시로 갈 예정이었지만 그에게 작별 인사를 할 기회도 갖지 못했다. 그리고 그날 그는 라켈에게 이별 통보를 했고 곧장 예전 여제자와 함께 카페로 향했다.

하지만 그건 좋은 것과 고통 둘 중 하나가 아니었다. 둘 다였다. 순간적으로 그녀는 절친한 친구와 배와 배를 맞대고 누워 있는 젊은 여자를 상상했다. 친구는 중년 남자이다. 그들은 그레스홀멘 섬에서 인적이 드문 해변가를 찾았고 바다에서 방금 수영을 마친 터였다. 이제 그들은 큰 바위 위에 나란히 누워 소금기가 묻은 몸을 햇살의 기운으로 덥히고 있다. 높은 부들이 그들을 가려주고 있다. 그녀는 좋은 의도도 죄책감도 잊게 하는 하복부의 감촉에 빨려 들어간다. 그가 그녀 자신을 가득 채워주기만을 바라는 굶주림 외에는 다 잊게 하는 감촉에. 그를 더욱 깊숙이 받아들여, 우주가 그녀의 몸을 관통하며 퍼져가는 열기로 폭발하기 전에, 우주가 열점으로 완전히 수축되어버렸으면 하는 갈망을 일으키는 감촉에. 내면에서 일어나는 우주의 탄생을, 빅뱅을 느낄 수 있기를 갈망하게 만드는 감촉에. 저항할 수 없다. 삶이 우리에게 줄 수 있는 가장 좋은 것에 저항하는 일은 쓸모없다. 이런 순간은 세상의 모든 고통을 감수할 가치가 있다. 그녀는 그것 없이는 살 수 없다. 잿빛 돌멩이가 주된 색채일 때에도 황금빛이 더욱 강렬하게 빛날 수 있으니까.

나이 든 시인. 세기의 아름다운 사랑 이야기를 쓴 그녀. 유부남이고 나이가 훨씬 많은 작가에게 빠져서 그를 얻기까지 몇 년이나 기다렸지만 그가 완전 이기적이고 알코올 중독자이며 아내 학대범이라는 걸 알게 된 그녀. 게다가 번개처럼 명민하고 신의 자비를 받은 작가라는 걸. 라켈은 릴레함메르 문학 축제 기간에 난센 학교 앞 계단에서 그녀와 마주쳤다. 라켈은 방금 그녀로부터 그녀 자신의 삶에 대해 들은 터였다. 어떻게 남편과의 폭풍 같은 관계와 가정생활의 사소한 문제들이 그녀의 글쓰기를 방해했는지에 대해. 라켈은 그녀가 다른 선택을 했더라면 자신이 더 좋은 글을 썼을 거라고 생각하는지 궁금했다. 사랑과 대작 집필 중 한 가지만 선택해야 하는지도.

"작가님의 인생에 대해, 그리고 남편과의 어려운 관계가 집필을 어떻게 방해했는지에 대해 들려주신 말씀 잘 들었습니다. 작가님과 남편의 관계가 일종의 경쟁 관계였다고요. 하지만 그분과의 관계가 작가님이 쓰신 멋진 작품의 소재가 되었던 것 아닐까요. 그래서 젊은 작가에게 조언을 좀 해주실 수 있을까 궁금하네요. 젊은 작가였던 예전을 회상하시면서요. 젊은 작가가 다른 선택을 하길 추천하시겠어요?"

라켈은 자신이 방금 던진 사적인 질문에 화들짝 놀라서 재빨리 덧붙여 말했다. "아실지 모르겠지만, 제가 최근에 사랑과 대작 집필 중 한 가지만 선택해야 하는지 고민하는 젊은 작가에 대한 책을 읽었거든요. 작가님의 생각은 어떤지 정말 듣고 싶어요."

나이 든 여인의 얼굴에 놀라움이 담긴 미소가 스쳤다. 마치 이질문이 자신의 삶을 바라보는 새로운 시각이라도 된다는 듯이. 그녀의 얼굴이 다정한 사려 깊음으로 빛나자 라켈은 곧바로 그녀가 좋아져버렸다. "아시겠지만 우리가 거대한 사랑을 마주하게 되었을 때는 도망가는 것 자체가 불가능하죠." 그녀는 이렇게 답했다. 라켈은 그것이 자신이 바랐던 최고의 위로라고 생각했다.

다음 날 그녀는 강연장의 맨 뒷줄에 앉아 나이 든 시인이 가장 좋아하는 시집의 시를 낭독하는 것을 들었다. 그녀는 나이 든 여인의 얼굴에 잡힌 아름다운 잔주름들을 찬찬히 뜯어보았다. 현명지만 동시에 천진난만한 표정을 만드는 잔주름들을. 그리고 그녀는 자신도 언젠가 딱 저렇게 늙기를 소망했다. 박수갈채가 터졌을 때 나이 든 여인은 관중들을 보려 고개를 들었다. 어쩌면 태양이 창문 사이로 굴절하며 라켈을 비췄기 때문일까. 나이 든 여인은 낭독을 마치자마자 라켈을 발견했고 그녀의 얼굴을 알아본다는 듯 눈길이 머물렀다. 마치 그녀 역시도 라켈의 얼굴 생김새를 관찰하고 있는 듯. 그녀 자신의 젊은 버전을 언뜻 보는 듯한 놀라운 느낌으로.

"넌 내가 생각했던 것보다 자신의 패배를 인정하는 데 서툴군." 야콥이 말했다. "넌 완전 좌절해서 볼이 붉어졌어." 그는 즐거워 보였다. 그녀는 경기의 마지막에 엄청난 실수를 저질렀고 거의 그에게 승리를 갖다 바친 셈이었다. 그들은 늘 작은 상품을 걸고 게임을 했다. 그녀는 훗날을 위해 상품을 저축해두기를 좋아했다. 그녀는 54개의 상품을 비축해두었다.

하지만 야콥은 경기에서 이기면 곧바로 상품을 받고 싶어 했다. 그가 너무 기뻐해서 그녀는 붉어진 볼이 원상태로 돌아오기도 전에 그에게 상품을 주어야 했다. "게임에서 90퍼센트는 네가 이기잖아." 그가 말했다. "네 실력이 내 실력보다 월등할 뿐만 아니라 넌 나보다 더 무섭게 집중력을 발휘해. 종종 집중한 너를 보는 게 너무 좋아서 게임의 흐름을 따라가는 걸 잊어버리곤 해. 네가 가장 최근에 사용한 전략을 떠올리며 그것에 대처해서 점수를 모으려고 내가 바삐 노력하는 동안 넌 새로운 전략을 찾아내고 쉽게 이겨버리지. 그러니 내게 유일한 상품 정도는 줄 수 있겠지?"

"원하는 상품은 뭐예요?" 라켈이 말했다. "네가 피아노를 치는 걸 듣고 싶어." 야콥이 말했다. "네가 할머니에게서 물려받은 오래된 피아노에 손도 대지 않잖아." 라켈은 망설였다. 피아노는 그녀의 악기가 아니었고 연습을 안 한 지도 오래되었다. 20년 넘게 치지 않았다. 하지만 야콥은 이게 그가 원하는 유일한 상품이라고 했다. 그리고 지금 당장 받고 싶다고. 그녀는 피아노 앞에 앉아 그녀의 손가락이 뭐라도 기억하고 있는지 고민해보았다. 그녀는 드뷔시의 곡을 쳐보기로 했다. 가장 마지막에 쳤던 곡 중에 하나였다. 「아라베르크」. 그녀는 기억을 더듬어 연주했고 많은 음을 실수했다. 어떤 부분의 기억은 완전히 끊겨서 처음부터 다시 시작해야 했다. 그녀는 상심하여 고개를 가로저었다. 그래도 점차 나아졌다. 그녀의 손가락은 여전히 곡을 기억했고 그녀는 음악 속으로 녹아들 수 있었다. 하지만 다시 음이 삐걱거렸다. 결국 곡 전체를 완곡했다. 그녀는 야콥 쪽으로 몸을 돌렸다. "이제 봤죠." 그녀가 말했다. "거의 기억하지 못한다고요. 엉망진창이네."

야콥은 격정적으로 박수를 쳤다. "이제 난 음악적 재능이 뭔지 제대로 알게 되었는걸." 그가 말했다. "네가 피아노를 치는 방법은 진짜 날 사로잡는 뭔가가 있었어. 감정 이입과 끝 처리, 속도와 강약의 변주가 다 있어." "하지만 엄청 많이 틀렸는데." 라켈이 말했다. "이 곡을 처음 듣는 나로서는 아마도 잘된 일이었겠네." 야콥이 말했다. "네가 음을 찾아가야 했기에 나로선 네가 찾고 있는 게 뭔지 훨씬 이해하기 쉬웠으니까."

제임스 조이스는 사랑을 나누는 그들을 지켜보았다. 두 다리를 크게 벌리고 남자답게 손을 깊숙이 바지 주머니에 찔러 넣고 고개를 비스듬히 하고 서서 그들을 관찰했다. 그는 말이 없었다. 감정을 드러내지도 않았다. 인사를 하기 위해 모자를 들어 올리는 일도 없었다. 하지만 그래도 그녀는 그가 자신이 보고 있는 걸 좋아한다는 느낌을 받았다.

때로 그녀는 그가 그들에 대해 글을 쓴 것 같다는 의아한 느낌을 받았다. 「피네간의 경야(經夜)」를 진지하게 받아들인다면 어쩌면 그들은 그들이 태어나기 오래전에 쓰여진 책 속에 존재할지도 모른다는 이야기였다. 그들을 드러내는 건 디테일이었다. 그녀의 작은 별난 구석들. 오금, 발가락, 목젖, 귀. 얼마나 많은 사람이 귀를 핥을 때 흥분하겠는가? 혹은 나중에 나오는 그의 즉흥스러움들도. 그녀의 벗은 엉덩이를 두드리며 연주한 비틀스의 노래들. 혹은 모든 가사를 「보르소그」 음정에 맞춰 부를 수 있다는 걸 놀랍게도 성공적으로 증명했던 일도. 때때로 그들이 아직 인식하지 못하고 있지만, 결국 완전 일치해서 그들도 인정할 수밖에 없는 것이 더 있을 것이다. 그래, 이거 우리 이야기야!

그녀는 책장의 다른 책들 앞에 제임스 조이스의 책 「율리시스」의 앞 표지가 보이게 세워두었다. 그리고 거기에 그가 서 있었다.

손을 깊숙이 바지 주머니에 찔러 넣고 고개를 비스듬히 하고 서서. 그녀가 야콥에게 빌린 책이기에 나중에 돌려주는 걸 잊지 않기 위해 그렇게 세워두었다. 하지만 야콥은 그녀에게 그 책을 가지라고 말했다. 그는 책이 책장의 그 위치에 어울린다고 말했다. 책이 목격한 사랑의 순간을 위한 영원한 기념물로서.

"내 상품은 어떻게 하죠?" 라켈이 말했다.

"그래, 그건 어떻게 하지?" 야콥이 말했다.

"지금 받고 싶어요." 그녀가 말했다.

"여기서?" 그들 주변의 사람들을 재빨리 둘러보며 그가 말했다. "우리끼리만 있을 때까지 기다리는 게 낫지 않을까?"

"비행기 소리 때문에 듣지도 못할 텐데요 뭐." 그녀가 말했다.

순간 그는 그녀가 여름 원피스 안의 팬티라도 몰래 벗고 그의 허벅지에 걸터앉는 게 그녀가 원하는 상품이라도 된다고 생각하는 듯한 표정을 지어 보였다. 하지만 그녀는 그 정도로 미치진 않았다. 비록 그녀가 고작 6도밖에 안 되는 10월에 야외에서 옷을 벗어 나체가 되었을 때 그가 깜짝 놀라긴 했었지만. 그 당시 밖은 별로 어둡지 않아서 피부가 황혼 빛에 창백하게 빛날 정도였다. 누군가 지나가다가 그들을 볼 수 있을 터였고 그 생각만으로도 그는 그녀 안으로 들어갈 수 없었다.

"좋아." 그가 말했다. "상품으로 뭘 원해?"

"상품을 질문 열 개로 교환하고 싶어요."

"질문 열 개? 오셀로 게임에서 이긴 게 질문 열 개를 할 만한 일이라고 생각하는 거야 진짜?"

"좋아요, 그럼 세 개. 하지만 반드시 솔직하게 대답해야 하고 충분한 대답을 하지 않으면 추가 질문을 던질 수 있어요."

"그럼 충분한 대답인지 아닌지는 누가 결정하고?" 그가 말했다.

"그건 내가 결정하죠." 그녀가 말했다. "하지만 각 주제에 대해 추가 질문을 한 개만 할 수 있고요."

"그래서 질문 세 개 대신 질문 여섯 개를 갑자기 획득한 거네?" 그가 말했다.

"준비됐나요?" 그녀가 말했다.

"그다지 아닌데, 그래도 내게 다른 선택권이 있는 것 같진 않네."

"벨트 꽉 매고 단단히 준비해요." 그녀가 장난스럽게 말했다.

그는 이미 비행기 좌석에 벨트를 꽉 매고 앉아 있었다.

"삶에서 가장 수치스러운 열 가지 일이 뭐예요?" 그녀가 말했다.

"이건 속임수지!" 그가 말했다. "열 가지 일에 대해 물으면 안 되지. 그럼 네가 질문 열 개를 한 게 되잖아."

"하지만 난 질문 한 개만 했는데." 그녀가 말했다. "대답해야만 해요."

그는 적당한 답을 찾으려고 노력하는 것처럼 보였다.

"10대 시절엔 남자에게 매력을 느끼는 게 수치스럽곤 했어."

"그건 수치스러워할 일이 전혀 아닌데요." 그녀가 말했다.

"그리고 나는 내가 여자들을 찰싹 때릴 때 흥분하는 게 수치스러워." 그는 그녀의 반응을 기대하는 표정으로 말했다.

"그럼 당신이 연구실에서 몰래 하고 있는 일이 그건가요?" 즐거운 미소를 지으며 그녀가 말했다. 그녀는 그가 이 주제에서 벗어나기를 바랐지만 이미 그를 멈추기엔 너무 늦은 듯했다.

"그리고 스스로 찰싹 맞는다는 생각만 해도 흥분이 된다는 게 수치스러워."

"그것도 수치스러워할 일이 전혀 아닌데요." 그녀가 말했다.

그는 그녀가 아무것도 이해하지 못한다는 듯이 그녀를 바라보았다.

"세 개 말했으니까 여전히 일곱 개가 남았네요." 그녀가 말했다.

"지금 당장 더 생각나는 게 없는데." 그가 말했다.

"그래도 더 생각이 나면 나중에라도 꼭 이야기해줘요." 그녀가 말했다.

"다음 질문?" 그가 말했다.

"지금까지 몇 명이랑 자봤어요?"

"별로 많지 않은데." 그가 말했다.

"충분한 대답이 아닙니다."

그는 그녀와 눈빛이 마주치는 걸 피했다.

"그럼 추가 질문을 할게요. 자본 여자들의 이름이 뭐예요?"

"그건 결코 추가 질문이 아니지." 그가 말했다. "본 질문보다 더 심하잖아."

"당신이 대답을 제대로 안 하니까 이런 일이 생기죠."

"내 전 여자 친구들을 너에게 넘겨주지는 않을 거야." 그가 말했다. "만약 내가 다른 여자 친구에게 너와의 관계에 대해 디테일까지 다 말하면 네 기분은 어떻겠어?"

그녀는 그를 바라보았다.

"나 말고 다른 여자 친구를 구할 생각을 해봤어요?"

"그만할래!" 그가 말했다.

"하지만 아직 내 질문에 대답하지 않았잖아요."

"이제 그만해!" 그가 말했다.

"이건 내 상품이잖아요. 이름을 다 말하지 않아도 돼요. 첫 글자만 말해요."

"J, L, H, G, C, E, K, R." 그가 말했다.

"여덟 명이랑 자본 거예요?" 그녀가 말했다.

그는 자기 나이대의 남자들에 비하면 결코 많지 않은 수라고 생각했다.

"아니 세 명뿐인데." 그가 답했다. "이건 내가 사랑했던 여자의 목록이야."

"내가 사랑한 사람은 오직 당신뿐이에요." 그녀가 말했다. "그중 제자였던 사람은 몇 명이나 돼요?"

"두 명 빼고는 다. 하지만 넌 이미 네 질문들을 다 써버렸어."

"당신이 대답을 제대로 안 해서 던진 추가 질문들일 뿐이잖아요." 그녀가 말했다.

"알았어. 그럼 질문 한 개만 남은 거다." 그가 말했다.

"아내랑은 얼마나 자주 잠자리를 가져요?" 그녀는 자신의 목소리가 갈라지는 것을 알아챘다.

"그건 네가 상관할 바가 아니야! 내 아내랑 잘 권리 정도는 있다고." 그는 그녀의 따귀라도 때리고 싶다는 표정으로 그녀를 바라보았다.

"그럼요, 물론 권리가 있죠. 하지만 *내가* 상관할 건 뭔가요, 그럼?"

"사람에게 그런 질문을 던져서는 안 된다고 생각해. 이건 청문회 같잖아. 혼자 간직할 권리가 있는 사항도 있는데 넌 지금 선을 한참 넘었어."

"우리 둘만 있다면 이런 질문을 하지도 않았을 거예요." 그녀가 말했다. "당신 옆에 그녀가 있다는 걸 내가 참아야만 할 때엔 다를 수밖에 없다는 걸 당신도 이해해야 해요. 그러니 내가 안전하다고 느끼기 위해서 더 많은 걸 알 필요가 있어요."

"일주일에 두 번." 그가 답했다.

그녀는 울음을 터뜨렸다.

"알고 싶어 한 건 너야." 그가 말했다. "진실을 견딜 수 없다면 사실대로 말하라고 조르지도 말았어야지."

"여전히 나를 선택할 거라고 확신해요?" 그녀가 물었다.

"네가 이런 식으로 한다고 해서 내가 더 확신하게 되진 않을 거야!" 그가 말했다.

　그녀는 창가 쪽으로 몸을 돌렸다. 그녀가 모든 걸 망친 것만은 아니기를. 그가 그녀가 지겨워진 게 아니기를. 그는 그녀가 긍정적인 걸 부정적인 걸로 바꾸는 능력이 있다고 말한 적이 있었다. 지금 그들은 코펜하겐에서 일주일을 함께 보내고 돌아오는 중이다. 그녀가 오랫동안 조르던 일이었다. 단지 그와 잠자리를 하는 것이 아니라 그와 함께 *자고* 싶었다. 분명한 차이가 있는 일이다. 그는 그가 그녀를 떠날 때마다 그녀가 얼마나 상처를 받는지 이해하지 못했다. 그가 곁에 없을 때 얼마나 그를 그리워하는지를. 하지만 더는 말하지 않는 편이 나았다. 그녀는 자리에 앉아 시에르핀스키 카펫처럼 펼쳐져 있는 도시를 내려다보았다. 비행기가 점점 하강하자 패턴은 천천히 더욱 디테일을 드러냈고 길, 공원, 건물 등의 모습이 보였다. 태양은 하늘에 녹슨 줄무늬 하나를 남기고 있었다.

　그들은 아무 말 없이 비행기에서 내렸다. 야콥은 그녀의 신발 끈이 풀렸다는 것도 지적하지 않았다. 그는 그녀가 신발 끈을 묶으려고 몸을 숙이고 있는 동안 앞으로 걸어갔다.

　수화물을 찾은 후에 그녀는 무슨 말이라도 하지 않을 수가 없었다.
　"내 생일 선물로 뭔가를 바라도 되나요?"

그는 놀란 듯이 그녀를 바라보았다. 분명 그녀가 평소 물질에는 영 관심이 없었기 때문일 것이었다. 그가 그녀와 여행하는 것이 좋은 이유는 그녀의 위시리스트 상단에 절대로 쇼핑이 없기 때문이라고 말한 적 있었다.

"생일은 몇 주나 남았잖아." 그가 말했다.

"내 생일 선물로 바라는 오직 한 가지는 그날 당신이 아내와 잠자리를 갖지 않는 거예요."

라켈은 침대에 누워 라디오를 들었다. 바이올린 곡이었다. 글루크의 「멜로디」. 오페라 「오르페우스와 에우리디케」에 나오는 곡. 그녀가 어렸을 때 아르튀르 그뤼미오가 연주한 LP판으로 자주 들었던 곡이다. 그 당시에 그녀는 오르페우스가 왜 그렇게 바보처럼 빨리 뒤를 돌아봤는지 미처 이해하지 못했다. 그녀는 지금 라디오에서 흘러나오는 곡의 연주자가 누구인지 모른다. 그저 누워 그의 음조의 색에 귀를 기울이고 있다. 시적인 울림에. 그녀 안에서도 무언가 진동하게 만드는 울림에. 그녀를 웃고 싶게 만드는 동시에 울고 싶게 만드는 울림에. 그뤼미오의 곡보다 더 애상적이다. 마치 사랑하는 사람을 영원히 볼 수 없다는 고통과 사랑을 동시에 느끼는 것 같다.

그녀는 신발을 가져와서 이불 위에 놓았다. 만약 그녀가 신발 끈을 잘 묶게 되면 야콥은 어쩌면 그녀가 더 좋아하게 될지도 모른다. 그녀의 신발 끈이 풀릴 때마다 그는 늘 짜증을 냈다. 처음에 그는 이걸 매력적이라고 생각했다. 하지만 처음에는 매력 있던 것이 대부분 나중에는 짜증 나는 것이 된다고 흔히들 말한다. 그녀는 여러 방법으로 실험을 해보았다. 먼저 왼쪽 끈을 오른쪽 끈 위로 교차시키고 뒤로 통과시킨 다음 두 번째 손가락으로 앞으로 빼는 방법으로 밑부분에 간단한 매듭을 묶는 것부터 시작했다.

그리고 왼쪽 신발 끈으로 고리를 만들었다. 만약 그녀가 평소 하던 대로 오른쪽 신발 끈을 고리의 밑에서 위로 돌려 고리를 감은 다음 구멍 사이에 넣어서 고리를 만든다면 매듭은 약해진다. 하지만 만약 그녀가 오른쪽 신발 끈을 고리의 위에서 밑으로 돌려 고리를 감은 다음 구멍 사이에 넣어서 고리를 만든다면 매듭은 튼튼해진다. 그녀는 야콥이 눈치채게 될 것인지 궁금해졌다. 그녀가 향상되었다는 걸.

그녀는 인터넷에서 산 책 한 권을 꺼내 들었다. 『The Ashley Book of Knots』, 매듭의 백과사전. 이 책에는 4,000개의 다른 매듭을 묶는 방법이 실려 있다. 그녀는 매듭을 묶는 기술의 매력에 푹 빠져서 매일 다섯 개씩 새로운 매듭을 묶는 기술을 배웠다. 언제 매듭 묶는 기술을 쓰게 될지 모르는 채. 맞매듭. 접친매듭, 고리매듭, 꼰매듭, 줄임매듭, 반매듭, 두매듭, 겹장구매듭, 고매듭. 그녀는 마술도 배웠다. "매듭 네 개는 매듭이 아닌 것과 같다." 우선 반매듭 두 개를 만들고 나중의 매듭 두 개로 앞의 매듭 두 개를 푸는 방법이다. 하지만 야콥이라는 줄로 묶인 매듭이라면 매듭 이론의 전문가가 되는 게 무슨 소용이 있을까?

1년은 곧 지나게 된다. 시간 계산을 거꾸로 했던 1년. 그녀의 미래를 그가 결정하게 될 순간만을 기다리며 카운트다운을 해온 1년. 4주 남았다. 3주. 2주. 그녀는 자신이 시간이 빨리 가길 바라는지 천천히 가길 바라는지 알 수 없었다. 기다리는 건 지치는 일이지만 동시에 그와 함께 보낼 수 있는 마지막 시간일지도 몰랐다.

그녀가 그에게 결정을 내렸는지 물어볼 때마다 그는 그녀를 다시는 놓아버리지 않을 거라고만 답했다. "그건 내가 할 수 없는 일이야." 그가 말했다. 그런데도 그가 가족을 떠날 거라는 어떤 암시도 없었다. 그러니 가장 어려운 건 나에게 떠넘기는구나, 그녀는 생각했다. 내가 당신을 떠나도록 강요하는구나. 그녀는 그가 차라리 가족과 함께 살길 원한다는 걸 이제 알기 때문이었다. 만약 그가 그녀의 매력에 저항할 강력한 의지만 있다면.

그래서 그녀는 그를 압박했다. 그가 정해진 날짜 내에 가족을 떠나지 않는다면 다 끝이라고 말했다. 종국에는 그가 그녀를 선택하길 바라는 마음으로. 레아에게 지난 1년간 빛 뒤에서 얼마나 완벽하게 속여왔는지 말하고 싶은 유혹을 참는다는 게 자랑스러웠다. 그가 수학 학회에 간다고 말한 한 달 전 그 주에 그는 라켈과 함께 코펜하겐에 있었다는 걸. 공원의 커다란 나무 밑에 누워 어두움이 그들을 감쌀 때 함께 별을 보았다는 걸. 그리고 야콥이 그녀의 가장 큰 소망을 이루게 해주었다는 걸. 별이 가득한 하늘 아래 야외에서 사랑을 받게 되는 일. 왜냐하면 그녀는 이런 방식으로 그를 차지하고 싶지는 않았기 때문이었다. 그가 그녀를 선택하지 않는다면 그녀는 그를 가지지 않을 것이다. 그리고 그는 그녀를 선택하지 않았다. 날짜에 그녀의 행운의 수인 19와 그녀가 가장 좋아하는 수인 8이 둘 다 들어 있었는데도. 그가 떠날 때 그녀는 침대에서 몸을 둥글게 말고 누워 있었다.

이제 넌 모든 걸 잃었어, 라켈. 건강, 일, 네가 가장 사랑했던 그도. 이제 네겐 아빠와 엄마만 남았어. 부모님이 진실을 알게 되면 너를 수치스러워할 거라고 생각하지? 차라리 네가 사고로 죽으면 슬픔을 이겨내기 쉬울지도 모른다고 생각하지? 하지만 네가 지금 죽는다면, 라켈 네가 남기는 거라곤 고작 몇 개의 글자와 수뿐이야.

라켈 하브베르그. 1974. 08. 19. - 2008. 08. 19.

그리고 너의 인생은 저 수들 사이의 작은 선 하나에 불과해지는 거지. 물론 네 생일 날짜와 아름답게 어울리는 다른 날짜를 찾는 일도 어려울 거야. 그래도 뭔가 조금 더 남겨야만 해. 글자 몇 개라도 더.

그녀가 어릴 적부터 쓰던 방은 옛날과 거의 똑같았다. 하지만 아빠는 기능성 침대를 사서 낮에 그녀가 침대의 머리 부분을 들 수 있도록 해주었다. 그리고 엄마는 커튼을 새로 바느질해서 그녀가 밤에 더 잘 잘 수 있도록 해주었다. 그녀는 낮 시간의 대부분을 침대에서 보냈다. 잠시만 앉아 있어도 몸의 기력이 다 떨어져 다시 침대에 누워야 했다. 전에는 기다려지는 야콥과의 시간이 있었다. 병 외에 생각할 무언가. 이제 더는 그녀에게 미래는 없다. 그녀는 여생을 혼자 보내게 될 것이다. 하루 종일 이불 밑에 누워 있어야 한다면 새로운 사람을 결코 만날 수가 없을 테니까.

야콥은 매일 저녁마다 그녀에게 리머릭 시를 보냈다. 그에게 연락하지 말라고 금지해야만 한다는 건 꽤 가슴 아픈 일이었다. "제발 저 좀 그냥 내버려둬요." 그녀가 썼다. "저를 좋아한다면 이제는 저를 놓아주세요. 안 그러면 제가 블랙홀 속으로 영원히 사라지고 말까 봐 두려워요." 그리고 그녀는 후회했다. 그가 절대로 그녀를 놓아주지 않을 거라고 답을 하길 바랐다. 그가 내린 선택을 후회한다고. 결국 그녀 없이는 살 수 없다는 걸 알게 되었다고.

하지만 답장은 오지 않았다. 그녀는 일어나자마자 핸드폰을 확인했다. 그녀가 잠들 때까지 매시간마다. 그가 아픈 건 아닐까. 그녀가 그를 다시 보기도 전에 그가 죽은 건 아닐까. 그렇다면 너무 늦은 일이 될 터였다. 그렇다면 그녀는 여생을 후회하며 살아야만 한다. 젠장할 그가 아무 일도 일어나지 않았던 것처럼 계속 살게 해주세요. 강의할 힘을 주세요. 리머릭 시를 쓸 여력을 주세요. 여제자들과 카페에 갈 수 있도록 해주세요. 한 가정의 아빠로 살 수 있도록 해주세요. 아내와 잠자리를 가질 수 있도록. 새로운 여자친구를 사귈 수 있도록. 라켈이 그와 같은 도시에 있을 수도 없는 동안에. 그와 같은 도시에 있다면 그녀는 그를 찾아가고 싶은 욕구를 참을 수 없었을 것이다. 그를 보기 위해 무슨 일이든 했을 것이다. 전처럼 다시 만나자고 애원해버렸을 것이다.

책장의 맨 위에는 그녀가 어렸을 때처럼 오스카르 인형이 있었다. 그리고 책장의 맨 밑 칸에는 학창 시절에 쓴 공책들이 쭉 세워져 있었다. 그러다 그녀가 잊고 있었던 뭔가가 눈에 들어왔다. 라켈이 작가가 될 거라고 확신했던 여선생님이 학교의 마지막 날에 선물로 주었던 책이었다. 책의 낱장들에는 금테가 둘려져 있었고 표지는 가죽으로 되어 있었다. 책은 성경처럼 보였다. 하지만 책의 낱장들은 비어 있어서 라켈이 채워야만 했다. 책 표지엔 라켈의 이름이 금색 글씨로 적혀 있었다. 글씨를 쓴 건 다비드였다. "라켈 하브베르그(Rakel Havberg)." 그가 만족스러운 듯 말했다. "만약 네가 네 글들을 출간하게 된다면 가명을 쓸 수 있어.""왜 그래야 해?" 라켈은 알고 싶었다. "너 자신을 좀 더 솔직하게 드러낼 수 있지. 또 네가 한 번도 되지 못한 누군가가 되어볼 수도 있고." 그가 답했다. "네 이름의 글자들은 그대로 써도 돼. 글자는 같지만 순서만 다르게 하는 거지. 네가 다르게 선택했다면 네 이름이 되었을 수도 있는 걸로. 베라 H. 칼베르그(Vera H. Kalberg) 어때? 클라라 H. 베르그베(Klara H. Bergve)? 아니면 브라게 H. 라클레브(Brage H. Raklev)?"

책의 안엔 여선생님이 쓴 편지가 있었다. 진짜 작가다운 평가가 담긴. "라켈 하브베르그의 시 뭉치를 대강이라도 훑어볼 수 있어서 기쁘다."라고 쓰여 있었다. "나는 이토록 젊은 작가들이 어떻게 이렇게 신선하고 생생하고 감명을 주는 글을 쓸 수 있는지에 매번 놀라움을 멈추지 못하는 고질병이 있다. 시들 중 다수가 잉에르 하게루프를 떠올리게 했지만 라켈 하브베르그는 따라가야 할 위대한 우상이 필요한 사람은 아니라는 생각이 든다. 그녀는 어린 나이에도 이미 문학적인 면과 본인의 목소리로 글을 쓰고 있다. 도대체 앞으로 어떤 글을 쓰게 될까?" 하지만 라켈이 기억하는 최고의 문장은 이거였다. *라켈, 너는 반드시 글을 쓰게 될 것이다. 하지만 그래야만 할 때가 올 때까지 그냥 두거라. 그전에는 이왕이면 다른 걸 해보도록 하렴.*

그녀가 글을 쓰기 시작해야 할 때가 지금인가? 그녀는 그래야만 하는지 잘 느끼지 못했다. 그리고 종이에 써 내려갈 수 있는 건 두서없는 텍스트의 파편들뿐이었다. 키워드에 가까운. 그녀는 하루에 몇 줄 정도만을 쓸 수 있었다. 블랙홀에 대한 글. 중력. 시간.

잃어버린 시간을 찾아서. 소피야 코발렙스카야. 스테인 메렌. 황홀한. 그녀는 야콥에게 그 누구에게도 이야기하지 않겠다고 약속했다. 하지만 그것에 대해 쓰지 않겠다고 약속하지는 않았다. 그녀는 적당히 모욕적인 소설의 헌사를 상상해보았다.

야콥에게. 여기 여자 주인공은 나보다 더 크고, 여자 주인공에게 적대적인 남자 주인공은 당신보다 더 작은 소설이 있어요.

그녀는 서평도 상상해보았다. 에드바르 베위에르의 문학사책에 한 공간을 차지한 서평. "크리스틴 라브란스다테르*이후로 가장 아름다운 여성의 초상화." **파편적인 구조주의**를 선구한 혁신적인 소설." 아니면 최고의 극찬은 이것이다. "침대 협탁에 이 책이 있으니 덜 외로운 것 같다."
하지만 그녀는 소설의 첫머리도 쓰지 못했다.

---

* 노르웨이의 여성 작가 시그리드 운세트가 쓴 소설 제목이자 주인공 이름.

어쩌면 그녀는 쉬운 것부터 먼저 시작해보아야 할지도 모른다. 장편소설을 쓰기 전에 단편소설을 먼저 써보는 것도 나쁘지 않을 것이다. 하지만 그녀는 하고 싶은 일을 실제로 하는 것이 아니라 다른 걸로 연습해보는 걸 좋아해본 적이 없었다. 바이올린 음계 연습도 그러했다. 그녀는 연주하고 싶은 곡을 먼저 시작해버리고 연주하면서 배워야 할 부분을 배워갔다. 수학도 그러했다. 그녀는 해결하고 싶은 문제부터 시작했다. 그리고 후에 필요한 이론들을 배워갔다. 그녀는 가만히 자리에 앉아 수학책을 첫 장부터 끝 장까지 정독하는 일 따위는 해내지 못했다. 그녀는 정확한 맥락 속에서 사물을 볼 필요가 있었으니까. 맥락이 중요한 역할을 한다. 학창 시절 노르웨이어 시간에 배운 전형적인 글쓰기 연습은 달을 비유한 문장을 하나 만드는 것이었다. "달은 마치 ~ 같다." 그리고 학생들은 빈칸에 알맞은 연상을 골라 채워야 했다. **노란 치즈**보다 더 창의적인 것이면 더 좋았다. 하지만 이 방식은 라켈에겐 무의미했다. 왜냐하면 빈칸에 알맞은 단어란 전체적인 상황이 어떤지에 달려 있기 때문이다. 정확히 그 순간에 과거와 현재의 총합이 어떤지에. 그녀에게 달이 무엇을 닮았는지 말해줄 수 있는 건 바로 그 맥락이다.

비결은 그녀가 연상한 이미지를 보여주는 것이 아니라 타인의 시선을 통해서 보여주는 것이다. 누군가에게서 굴절된 빛이 그 빛을 굴절시킨 대상에 대해서 말해주는 방식으로 말이다. 한 물질에서 다른 물질로 이동할 때 빛이 굴절되고, 그 빛의 굴절각이 빛이 통과하는 물질의 종류와 밀도를 말해주는 것처럼. 입사각과 굴절각의 규칙. 빛이 고밀도의 매질을 지날 때 입사각과 굴절각은 항상 같다.

그녀는 침대의 머리 부분을 높였다. 침대에 누워서 여전히 책장에 꽂혀 있는 동화책들을 쳐다보았다. 안네 카트 베스틀뤼의 오로라 책 시리즈. 그리고 어린이 오케스트라단에서 바이올린을 켜는 구로에 대한 책 시리즈. 오로라와 구로는 그녀의 가장 가까운 친구였다. 그리고 다비드도. 비록 다비드는 그녀가 지어낸 상상 친구이긴 했지만. 그녀는 다비드를 엄마에게서 받은 책 표지에서 발견했다. 그녀는 방금 인생의 첫 번째 비극을 경험한 터였다. 5월 17일 제헌절에 아빠에게서 받은 노란 풍선의 줄을 놓쳐버린 일이었다. 그녀는 그 자리에 우두커니 서서 하늘 위로 사라지는 풍선을 바라보았다. 점점 더 작아지다가 온통 파란 하늘에 점 하나로도 남지 않고 가뭇없이 사라져버린 태양을. 놓쳐버린 풍선을 3일이나 애도한 후에 엄마가 이 책을 들고 그녀에게 왔다. 책의 표지엔 파란색 원피스를 입은 소녀와, 그녀 곁에 가까이 서 있는 소년이 있었다. 소년은 풍선의 줄을 붙잡고 있었고 소녀는 풍선을 향해 두 팔을 쭉 뻗고 있었다. 라켈은 소녀가 풍선을 잃어버렸기 때문에 소년이 자신의 풍선을 소녀와 나눠 가지려고 한다는 걸 알아챘다. 그는 오빠이거나 절친한 친구일 것이다. 그녀는 그를 다비드라고 불렀다.

　그녀의 눈길은 노란 꽃무늬 벽지를 지나 벽에 걸린 유일한 포스터에 멈추었다. 엄마에게서 받은 거였다. 자유롭게 날아가는 새 한 마리의 사진이었는데 포스터 밑엔 이렇게 써 있었다.

If you love something, set it free.
If it comes back to you, it's yours.
If it doesn't, it never was.

무언가를 사랑한다면 놓아주어라.
당신에게로 돌아온다면 당신의 것이다.
아니라면 한 번도 당신의 것이었던 적이 없는 것이다.

엄마는 아기 토끼를 집에 데려왔다. 라켈이 딱 원했던 거였다. 그녀가 토끼를 상자에서 풀어주었을 때 토끼는 부엌 의자 밑으로 뛰어 내려가 구석 깊은 곳으로 몸을 밀고 들어갔다. 하얀 털에 주름이 잡혔다. 라켈은 자신이 인내심을 가져야만 한다는 걸 이해했다. 그녀는 바닥에 자리 잡고 앉아 기다렸다. "네가 엄마를 그리워한다는 걸 잘 알아." 그녀가 속삭였다. "하지만 앞으로는 내가 널 보살필 거야. 우리는 진짜진짜 좋은 친구가 될 거야. 너랑 나랑."

그녀가 학교에 갔다가 돌아오면 점프사사가 그녀를 향해 깡충 뛰어올랐다. 라켈은 점프사사를 무릎에 앉혀놓고 자신의 입을 가능한 한 크게 벌렸고 점프사사는 코를 그녀의 입으로 들이밀었다. 그들만의 은밀한 인사법이었다. 라켈은 슬플 때면 점프사사의 부드러운 털에 얼굴을 묻었고 점프사사는 거칠고 따뜻한 혀로 그녀의 손을 핥았다. 하지만 라켈의 기분이 좋을 때면 점프사사는 장난치듯 베란다를 뛰어다녔고 붙잡는 게 불가능할 정도였다. 술래잡기를 하는 것 같았다. 먼저 라켈은 점프사사 뒤를 쫓아 달렸고 점프사사를 잡으려고 노력했다. 후에는 점프사사가 그녀를 쫓아와 발로 그녀를 밀었다.

하지만 어느 날 아빠는 토끼가 베란다에서 자유롭게 뛰어다니더라도 갇혀 사는 건 좋지 않다고 말해주었다. "점프사사가 난간을 문 자국이 보이지?" 아빠가 말했다. 그리고 라켈은 점프사사가 자유롭게 사는 것이 더 낫다는 걸 이해했다. 그래서 그녀와 아빠는 점프사사를 숲으로 데려갔다. 처음에 점프사사는 꼼짝도 않고 앉아 있었다. 하지만 이내 헤더꽃 쪽으로 뛰어갔다. 처음엔 조심스러웠지만 곧 깡충깡충 뛰어가 블루베리 덤불 뒤로 사라졌다. 라켈은 속으로는 슬펐지만 점프사사가 행복해 보여서 기뻤다. 누군가를 사랑하는 건 이런 거야, 그녀는 생각했다.

밤마다 라켈은 점프사사가 자신을 보고 싶어서 숲에서 깡충깡충 뛰어나오는 꿈을 꾸었다. 토끼를 3주간이나 애도한 후에 엄마는 포스터를 들고 왔다. 라켈은 책상 위 벽에 포스터를 걸어두었다. 그녀는 그것이 자신이 바랐던 최고의 위로라고 생각했다.

하지만 이번엔 그 누구도 그녀를 위로해줄 수 없다. 그녀는 그 누구에게도 말할 수 없으니까. 혹시라도 엄마가 라켈이 한 짓을 알게 되면 굉장히 부끄러워할 것이다. 그리고 사람들은 엄마가 나쁜 엄마라고 생각할 것이다. 라켈을 위해 자신의 전 인생을 희생한 엄마를. 모두가 그녀를 무시하는 나라로 이사 온 엄마를.

항상 겁이 많은 가여운 엄마. 누가 현관 벨을 누르면 침실로 숨던 엄마. 아빠가 없을 땐 침대맡에 도끼를 두고 자던 엄마. 혼자 영화관에 갔던 유일한 날에 가방에서 칼을 꺼내 든 엄마. 그녀는 마하트마 간디 영화를 보기 위해 목숨을 걸 의지가 있었다. 그녀가 집에 돌아왔을 때 말을 할 수 없을 정도로 가쁜 숨을 몰아쉬었다. 완전 큰일 날 뻔했었다. 그녀가 영화관에서 나왔을 때 한 남자가 그녀에게 불쑥 다가왔고 그녀는 그에게 붙잡히기 전에 재빨리 택시로 뛰어들었다. 아빠와 라켈이 엄마를 잘 보살피지 않으면 생기는 일이었다. 라켈에게 아직도 엄마가 있는 건 그저 행운에 불과했다.

12월 13일. 성 루시아 축일. 라켈과 야콥의 날. 라켈은 병원에 들렀다가 집으로 가는 길이었다. 그녀는 불 꺼진 촛불처럼 빛을 잃은 루시아 성녀처럼 눈이 덮인 들판을 걸었다. 눈은 그녀의 장화 아래에서 애절하게 한숨을 내쉬었다. 크링스타 길로 내려가 자신이 방금 지나온 들판을 뒤돌아보니 자신의 발자국들이 백지 위 기호들처럼 보였다. 마치 그녀가 하늘에게 크리스마스카드를 쓴 것 같았다. 그녀는 한 번이라도 답장을 받게 될까? 눈이 내리기 시작했다. 하늘에서 천천히 내리는 크고 하얀 가루. 고요했다. 그녀는 혀를 내밀어 눈송이 몇 개를 낚아챘다. 입안에서 눈이 녹도록 내버려두었다. 죽어가는 눈의 맛을 느낄 수 있도록. 그때 그녀는 알게 되었다. 눈송이는 하늘이 땅에 보내는 크리스마스카드라는 걸. 그녀는 답장을 받은 게 확실했다.

그녀가 야콥에게 연락하지 말라고 했음에도 야콥은 그녀에게 크리스마스 선물을 보냈다. 앨리스 먼로의 단편집이었다. 『Too much happiness』. 표제작은 불행한 사랑에 빠졌고 이탈리아 해변가의 제노바에서 애인 막심을 방문하고 스톡홀름의 집으로 돌아오는 길에 폐렴에 걸린 소피야 코발렙스카야에 관한 단편이었다. 그녀의 심장에는 무리가 가는 책이었다. 그리고 책 속에서 소피야의 마지막 말은 "Too much happiness."였다.

그녀는 토마스 하디의 「더버빌가(家)의 테스」를 다시 읽었다. 언젠가 기자가 야콥에게 전화를 걸어 무인도로 가져가고 싶은 책 다섯 권이 무엇인지 묻는다고 가정하고, 야콥이 그 질문에 대한 답으로 제시했던 책 중 하나였다. 책을 읽다 보니 어쩌면 테스는 야콥의 이상형일지도 모른다는 생각이 들었다.

그녀는 품위 있고 잘생긴 처녀였다. 얼굴이 다른 사람들보다 더 잘생겼다고는 할 수 없었지만 움직이는 작약빛 입술과 크고 순결한 눈은 그녀의 피부색과 전체 모습을 더욱 두드러지게 했다. (……) 그녀는 너무 겸손했고 표정이 너무 강렬했다. 얇은 하얀 가운을 입은 그녀가 너무 연약해 보여 그는 자신이 어리석게 행동했었다는 마음을 지울 수가 없었다.

그녀는 풍경 묘사를 음미했다. 풍경 묘사가 어떻게 이야기와 어우러지는지를. 그런데 책의 결말 부분에서 기적이 일어났다. 우주의 마법 같은 우연의 일치가. 테스가 삶의 마지막 날에 스톤헨지에서 깨어나 자신의 삶이 끝났다는 걸 알고 사랑하는 사람에게 했던 말이 이럴 수 있단 말인가? "이런 행복은 어차피 영원할 수 없을 거예요. 이런 행복은 너무 과분해요." ***Too much happiness.***

봄은 사계절 중 가장 슬픈 계절이다. 연초록 삶의 기쁨으로 빛나는 5월. 그녀 주변의 삶과 그녀 안의 죽음 사이의 극명한 대조. 그녀는 하인리히 하이네가 왜 5월을 골랐는지 이해했다.

Im wunderschönen Monat Mai,
als alle Knospen sprangen,
da ist in meinem Herzen
die Liebe aufgegangen.

눈부시게 아름다운 5월에
꽃봉오리들이 모두 피어났을 때
나의 마음속에서도
사랑의 꽃이 피어났네.

라켈은 침대에 누워 슈만의 연가곡 『시인의 사랑』을 들었다. 테너 프리츠 분덜리히의 목소리로. 그녀가 태어나기 9년 전 그녀의 생일날에 잘츠부르크 콘서트에서 부른 곡을. 그리고 그녀는 그녀가 그간 들어본 곡 해석 중 단연 으뜸일지도 모른다고 생각했다. 그의 목소리에 담긴 서정적인 울림. 그녀를 웃고 싶게 만드는 동시에 울고 싶게 만드는 울림. 그리고 그녀는 그 역시도 젊은 나이에 죽었다는 걸 알게 되었다. 고작 서른다섯 살에.

그녀는 곡을 반복해서 재생했다. 바다 밑으로 가라앉는 관에 그녀의 사랑과 고통을 묻을 수 있다는 것에서 위안을 얻었다.

Wisst ihr, warum der Sarg wohl
so gross und schwer mag sein?
Ich senkt' auch meine Liebe
und meinen Schmerz hinein.

어째서 관이 그렇게 크고
무거운지를 알고 있는지?
그 관 속에는 나의 사랑과
사랑의 번뇌도 들어 있기 때문이지.

그가 부른 노래의 마지막 부분이다. 하지만 곡이 끝난 것은 아니었다. 피아노 반주의 후주곡이 계속 이어졌기 때문이었다. 마치 삶은 계속될 거라는 약속처럼. 그녀가 아는 후주곡 중 가장 위로가 되는 곡이었다.

작곡가 로베르트 슈만도 연인을 8년간이나 기다렸다. 하인리히 하이네의 시집 『노래의 책』의 시를 가사로 하여 『시인의 사랑』을 작곡할 당시 슈만은 젊은 피아니스트 클라라 비크와 불행한 사랑에 빠져 있었다. 라켈은 그 이야기에 매료되었다. 하인리히 하이네의 시에서 슈만은 자신도 느꼈던 행복, 불안, 좌절의 잔향을 보았다. 그가 처음으로 클라라가 콘서트에서 연주하는 것을 들었을 때 그녀는 고작 여덟 살이었다. 그는 열일곱 살이었고, 그녀의 연주에 넋을 빼앗겨 그녀의 아버지 집에서 피아노 레슨을 받기 위해 법학 공부를 포기했다. 그는 비크 집안의 작은 방에서 하숙하며 클라라에게 오빠와 같은 존재가 되었다. 클라라가 열세 살 때 서로를 향한 감정이 깊어졌고 2년 후 그들은 사랑하는 사이임을 사람들에게 공개했다. 하지만 클라라의 아버지는 그들이 만나는 걸 반대했고 그들이 주고받은 편지들을 불태워버리라고 명령했다. 그들은 몰래 만났다. 슈만은 클라라가 콘서트를 마친 후 그녀와 짧은 순간이라도 함께하기 위해 카페에서 몇 시간이고 기다렸다. 클라라가 열여덟 살 때 그는 그녀의 아버지에게 결혼을 허락해주십사 간청했다. 하지만 아버지는 딸이 가난한 작곡가에게 인생을 허비하지 않기를 바랐다. 슈만은 지난한 전쟁을 치뤄냈고 1840년 클라라가 스물한 살이 되기 바로 전날 그녀와의 결혼을 허락받게 된다. 같은 해 그는 『시인의 사랑』을 완성했다.

그녀는 음악에서 그의 고통을 들을 수 있는 것 같았다. 오프닝 곡 「눈부시게 아름다운 5월에」의 마지막 부분에서 불협화음을 이루는 피아노 화음이 이루지 못한 사랑의 그리움을 어떻게 표현해내는지에서. 또 피아노가 첫 화음을 들어갈 때 곡은 마치 올림바(F#)단조처럼 들리지만 노래 부분의 멜로디가 시작될 땐 A장조처럼 들리는 불확실한 조 선정을 통해 불확실한 사랑이 어떻게 강조되는지에서.

그녀가 세자르 프랑크의 바이올린 소나타에 빠져들었던 것과 비슷했다. 기쁨과 슬픔이 촘촘히 엮여 있어서 둘을 분리하는 게 불가능했던 것처럼. 세자르 프랑크는 조를 변환시키는 기술이 뛰어난 사람이었다. 그는 테마의 장조와 단조를 바꾸고 서로 촘촘히 엮어내고 도치해서 테마가 약간의 변형을 지니고 새로운 방법으로 지속적으로 등장하게 했다. 그의 소나타는 순환 구조여서 곡 중 한 부분의 테마가 후반부에 다시 등장했는데 보통 변형된 형태로 나타났다. 그녀는 언젠가 같은 방식으로 소설을 쓸 수 있게 되기를 바랐다.

세자르 프랑크는 1886년 바이올린 소나타를 작곡했을 때 성숙한 남자였다. 지금의 라켈보다 거의 서른 살이나 많았다.

가장 고통스러운 점은 이야기를 나눌 사람이 없다는 것이다. 오롯이 혼자 외로움을 안고 가야 한다는 것이다. 그 누구에게도 말하지 않기로 약속을 했기 때문이다.

아니다.

그 무엇보다 가장 고통스러운 것은 수치스러움이다. 수치스러워서 그 누구에게도 차마 털어놓을 수 없다. 만약 그녀가 사실은 어떤 사람인지, 그녀가 한때 어떤 일을 저질렀는지 알게 된다면 그 누구도 그녀를 좋아하지 않게 될까 봐 두렵다.

굉장한 행운. 이 단어는 사용하기엔 너무 거창하다고 생각해왔다. 「인형의 집」의 노라도 8년을 기다렸다. 어쩌면 최악의 부분은 헬메르에 대한 실망이 아니라 황금이 잿빛 돌멩이로 변했다는 것일지도 몰랐다. 그녀가 고귀한 행동, 사랑을 위한 희생이라 생각했던 것이 죄가 되었다는 것. 그녀는 구원자가 아니라 구원을 받아야만 하는 사람이었다는 것. 그녀가 고대했던 굉장한 행운은 죄가 없다고 느끼는 것이었다. 수치스러움을 느끼지 않는 것.

여전히 야콥은 그녀가 하는 모든 일에 존재
했다. 마치 그녀 삶의 어느 한 구석도 그가 침투하지 않은 곳이 없
는 것 같았다. 그를 너무 그리워한 나머지 침대에 누워 있는데도
온갖 곳에서 그가 보였다. 《A 잡지》의 연애 상담 칼럼을 읽었을
때 그녀는 조언을 구하는 상담자가 야콥일 거라고 확신했다. *실패*
한 사랑. 그는 여전히 그녀를 그리워한다고 썼고 여생 동안 누군
가를 사랑하는 게 진짜로 가능한지를 물었으며 그가 내린 결정을
평생 후회하게 될 건지 물었다. 모든 게 맞아떨어졌다. 어투도. 그
의 막내딸이 아기였을 때 서로 만났다는 것도. 그가 그녀를 만날
때면 살아 있게 된다는 것도. 집에서는 그를 말 없는 괴짜라고 생
각한다는 것도. 그가 그녀를 향해 끝없이 감탄한다는 것도. 그는
여전히 자신의 아이들을 저버릴 수 없다는 것도.

다만 몇몇 디테일이 그녀를 의아하게 했다. 그가 같이 살지 않
는 아이가 하나 있다고 쓴 부분이었다. 하지만 글을 쓴 사람이 야
콥이 아닐지도 모른다는 의심이 드는 대신 그녀는 야콥이 그녀에
게 아이를 숨겼다는 사실에 화가 났다. 그러나 아이 부분은 글쓴
이가 그라는 걸 아무도 알아채지 못하도록 하려고 그가 일부러
추가한 거짓말일 수도 있다. 그녀 말고는 아무도 알아챌 수 없도
록. 그는 그녀가 언제라도 그의 어투를 눈치챌 거란 걸 알았을 테

니까. 그리고 그녀는 그 글이 그가 그녀에게 보내는 일종의 연애 편지나 다름없다는 걸 이해했다. 그녀가 그로 하여금 직접 연락하지 못하게 했기에 그가 그녀에게 닿을 수 있는 유일한 방법이었을 테니까. 그녀는 그 글을 그녀가 몇 년 동안 줄곧 보관해온 다른 것들과 같이 숨겨두었다. 그의 책장을 구경하러 그의 집에 함께 가게 되었을 때 탔던 배의 티켓. 코펜하겐에서 함께 묵었던 호텔 영수증. 그리고 그녀가 가장 수치스럽다고 생각하는 것, 사용한 콘돔. 내용물은 오래되어서 갈색으로 응고되어 있었다. 그러나 그녀는 그걸 버릴 수가 없었다. 어쩌면 미래의 언젠가 내용물이 그의 복제 인간을 만들 수 있는 생물학적 재료가 될지도 모르니까.

그녀는 침대에 누워 있었다. 배가 고팠지만 부엌으로 가서 음식을 만들 기력이 없었다. 그 대신 침대에 누워서 차라리 감옥에 가는 것이 더 낫지 않았을까 하는 생각을 했다. 적어도 감옥에서는 매끼를 제공받을 수 있다. 그리고 매일 다른 수감자들과 한 시간씩 사회적 교감을 할 수 있다. 어쩌면 감옥 목사님의 방문도 받을 수 있고. 문제는 양심상 감당할 수 있는 수준의 범죄를 찾는 일이었고 범죄를 실행할 만큼의 에너지가 필요하다는 것이었다.

그녀는 언젠가 야콥이 소푸스 리에 대해 말해준 게 불현듯 생각났다. 1870년 소푸스 리가 20대 후반이었을 때 저명한 수학과 교수를 방문하러 파리에서 밀라노로 도보 여행을 갔었다. 하지만 그는 멀리 가지 못했다. 프랑스-독일 사이의 전쟁이 막 발발했고 도보 여행 중인 외국인은 의심받기 쉬운 대상이었다. 프랑스인들이 그의 배낭을 압수해서 조사했다. 그들은 이해할 수 없는 수학 기호로 가득 찬 종이들을 발견했고 그가 독일 스파이라고 확신했다. 그래서 그는 프랑스 포로수용소에서 몇 개월간 수감 생활을 해야 했다. 그는 이 시간을 박사 논문의 많은 부분을 쓰는 데 사용했다. 그는 후에 수감 시기를 "인생 최고의 연구 기간 중 하나"라고 회상했다. "수학자들은 감옥 속에서도 유난히 잘 지내지." 야콥이 결론지었다.

　하지만 머리가 시럽으로 가득 차서 수학을 할 만큼 맑은 생각을 할 수 없는 수학자의 경우에는 어떨까?

그녀는 영어로 된 책 한 권을 찾아냈다. 『작은 참새 : 소피야 코발렙스카야의 초상화』. 그녀는 소피야의 삶에 대해 읽어 내려가기 시작했다. 어렸을 때부터 시를 썼고 운율을 좋아한 소피야. 부끄러움이 많았던 소피야. 검은 곱슬머리에 영혼이 충만하고 구스베리 절임처럼 녹색 눈을 가진 소피야. 방금 잠에서 깨어난 듯 방금 꿈속에 빠져든 듯 생기 있는 얼굴, 그리고 아이스러운 순수함과 거대한 생각의 깊이가 기묘하게 혼합된 얼굴. 애정에 굶주려 누군가 그녀에게 친절한 말을 건네거나 그녀를 좋아할 때마다 가슴이 부풀어 올랐던 소피야. 하지만 누군가 그녀보다 타인을 더 좋아하거나 그녀를 실망시키면 곧장 마음의 문을 닫아버렸던 소피야. 충분히 어른인 나이임에도 불구하고 그녀가 얼마나 젊은 아가씨처럼 보였는지와, 실제 그녀의 나이보다 더 어려 보였는지. 몸이 작고 날쌔서 *작은 참새*라는 별명이 있던 소피야. 평생을 간직한 그녀의 천진난만함과 장난기 많음. 외모에 신경을 쓰지 않았고 조금은 단정치 못했던 소피야. 그럼에도 그녀가 만나는 사람들에게 긍정적인 첫인상을 남긴 소피야에 대해.

스웨덴의 수학자 예스타 미타그 레플레르는 1876년 스물여섯 살이던 소피야를 처음으로 만난 후 친구에게 보낸 편지에 이렇게 썼다.

여자로서 그녀는 매력적이었어. 아주 예뻤고 말을 할 때면 여성스러운 성정과 빼어난 지식이 드러나는 표정 덕분에 얼굴이 반짝였지. 눈이 부실 정도였어. 그녀의 성격은 소박하고 솔직했고 아는 체하거나 많이 배운 티를 내지 않았지. 그녀는 '위대한 세계의 여인'이었어. 학자로서 그녀는 매우 명확하고 정확한 표현을 썼을 뿐 아니라 아주 재빠른 판단을 내리는 사람이었지. 그녀의 연구가 얼마나 깊은지를 알아채는 건 어려운 일이 아니었고 왜 바이어슈트라스가 그녀를 그의 제자 중 가장 재능이 넘치는 사람으로 여겼는지 완전히 이해할 수 있었지.

소피야를 오랫동안 동경한 또 다른 사람인 세르게이 라만스키는 1891년 그녀가 죽었을 때 이렇게 썼다.

이런 상실을 운명이라고 생각하며 받아들이는 건 힘들다. 지성, 재능, 명랑함, 생생함의 행복한 조합을 이루고 있는 다른 성을 찾는 일은 어려울 것이다.

소피야의 사촌인 소피 아델룽은 한 글에서 소피야는 굉장히 다채로운 성향이었고, 그녀가 굉장한 열정과 정열을 가지고 발전시킨 그녀의 세가지 성격, 즉 상상력, 감성, 지성을 자극하는 모든 일에 몰두했다고 썼다.

그녀는 소피야의 단점들도 알게 되었다. 소피야가 우정에 너무 많은 기대를 했었다는 것과, 그녀가 일에 푹 빠져 열성적으로 일을 하던 시기에 가장 가까운 사람들을 포함하여 그 어떤 것도 신경 쓰지 않았다는 것. 현실적인 집안일 따위엔 관심을 두지 않고 가능한 한 단순하게만 집안일을 했다는 것 등. 소피야는 편지에 이렇게 썼다.

도저히 미룰 수가 없는 우스꽝스럽고 현실적인 이런 일들은 나의 인내심을 시험하고 나는 이제 왜 남자들이 현실적인 일에 능한 주부들에게 고마워하는지 이해하기 시작했어. 내가 남자였다면 이런 집안일에서 나를 해방시켜줄 작고 아름다운 아내를 골랐을 거야.

라켈이 어렸을 때 엄마는 잼통으로 파리를 잡아 파리를 해치지 않고 집 밖으로 내보내는 방법을 가르쳐주었다. 그녀가 다음 생에 파리로 태어날지도 모르는 위험을 감수하지 않도록 하기 위해서였다. 라켈은 불교 신자가 아니었지만 여전히 파리와 거미를 자유롭게 살도록 풀어주었다. 환생을 믿는 사람들이 옳을 수도 있다는 걸 생각해보라. 인간이 약간의 변형만 있는 자신의 새로운 버전으로 계속 다시 태어난다는 걸 말이다. 그럴 경우 우리는 자신이 전생에 누구누구였는지, 어떤 삶들을 살았는지 알아챌지도 모르는 일이다.

만약 환생을 믿는 사람들의 주장이 맞다면 라켈은 전생에 소피야 코발렙스카야였을지도 모른다. 소피야도 그녀를 보살펴준 나이가 한참 많은 교수님에 의해 발견되었다. 하지만 소피야는 작가 도스토옙스키와도 친구였고, 현재로서는 그녀 자신이 소피야 수준이 되기에는 아주 부족하다. 비록 그녀도 작가님과 친구일 수 있다고 생각하지만. 그리고 아직도 미스터리인 부분이 남아 있다. 소피야가 수학을 떠나 소설을 쓰기 시작했다는 것 말이다. 라켈도 어떤 면에서는 수학을 떠났고 아직 소설을 쓰고 있지는 않지만 조만간 쓰게 될 거란 느낌이 들었다.

어쩌면 그녀는 작가님과 현실에서 절대로 아는 사이가 되지 못할지도 모른다. 하지만 그녀는 작가님의 소설에서 금덩어리 하나를 찾았다. 황홀한 가능성의 세계를 열어주어 그녀를 확장시키는 그런 공간이었다. **올림바와 내림사 사이의 공간.** 그녀는 언제나 올림바와 내림사가 같은 음이라고 생각해왔었다. 피아노의 파와 솔 사이의 검은건반. 하지만 작가님은 올림바와 내림사 사이의 공간에 대해 쓴 적이 있다. 오직 진짜로 위대한 바이올리니스트만 알고 있는 공간. 그녀가 열쇠를 찾아야 하는 공간이 바로 이거였다. 그래야 비로소 그녀는 글을 쓸 수 있을 것이다.

시간이 가진 최악의 단점은 시간이 지루하게 멈춰 있다는 점이다. 그녀가 시간을 채울 기력이 없을 때에.

아니다.

시간이 가진 최악의 단점은 흐른다는 것이다. 모든 일이 이미 늦고야 만다. 거의 살아 있는 상태라고 볼 수 없을 때에는 흘러간 시간을 공제를 해줘야만 한다.

〈계산 문제〉

병이 난 나이: 25살

현재 나이: 35살

아픈 기간의 평균 잔여 능력: 20퍼센트 $= \frac{1}{5}$

아픈 기간 조정 비율: 아픈 상태의 1년 = 달력의 5년

아픈 기간을 반영한 현재 나이: 병이 난 나이 + (현재 나이 − 병이 난 나이) × 아픈 기간의 평균 잔여 능력 $= 25 + (35 − 25) \times \frac{1}{5} = 27$살

이 경우 그녀는 서른 살이 될 때까지 달력의 15년이 남는 셈이다. 식은 이러하다.

아픈 기간의 설정 요인 산출값 × (30살 − 아픈 기간을 반영한 현재 나이)

= 5 × (30 − 27) = 달력의 15년

하지만 작가협회의 문학이사회에 이 계산을 제출한다고 해서 달라질 건 없었다. 그녀는 절대로 타리에이 베소스 신인상*을 받지 못할 것이다.

난소들에게 이 산술식을 제출한다고 해서 달라질 건 없었다. 난소들은 매달 하나씩 꾸준히 난포를 생성했다. 창고가 텅 비게 된다면 그땐 이미 늦은 거다.

● 타리에이 베소스 신인상: 1964년부터 매년 3월 노르웨이 작가협회에서 올해의 젊은 신인 작가 중 최고의 작가에게 수여하는 상.

라켈은 침대에 누워 만약 야콥이 지금 여기에 있다면 그가 무슨 말을 할지 생각해보았다. 아마 뭔가 웃긴 말을 하겠지. 그녀는 그와 함께 있을 때면 늘 웃을 수 있었다. 가끔은 왜 웃는지 이유조차 알지 못하면서.

그들이 학회에 갔을 때 저명한 수학자가 칠판을 보고 머리를 긁적이면서 강연의 절반을 썼을 때도 그랬다. 라켈은 그가 강연을 제대로 준비하는 책임감을 발휘해서 청중들의 시간을 가치 있게 대하지 않는 것에 짜증이 났다. 그래도 모인 사람들은 경건하게 앉아서 그를 바라보았다. 야콥은 그녀에게 몸을 기울여 속삭였다. "그가 서서 자기 자신과 여기 와 있는 우리들을 위해 사색에 빠졌네."● 마치 잉에르 하게루프의 시 「강림절」과 비슷했다. 그녀는 아무도 그녀가 웃는다는 걸 눈치채지 못하도록 책상 쪽으로 몸을 숙여야만 했다.

야콥. 그녀가 바라는 바로 그 방식으로 그녀의 영혼을 간지럽혔던 사람. 그녀를 거울처럼 비추어서 그가 그녀를 보는 것처럼 그녀가 그녀 자신을 밖에서 잠깐씩 볼 수 있게 해주었던 사람. 이제

● 잉에르 하게루프의 시 「강림절(Advent)」의 한 구절인 "촛불이 서서 자기 자신과 여기 와 있는 우리들을 위해 불을 비추네."를 변형한 것.

누가 그녀를 거울처럼 비추어줄까? 그녀가 어렸을 땐 다비드가 있었다. 비록 상상 친구에 불과했지만. 지금 그녀에겐 아무도 없다. 그녀의 외로움을 기댈 사람이 아무도 없다.

그녀는 소피야 코발렙스카야에 관한 책을 꺼내들었다. 『작은 참새』. 만약 환생을 믿는 사람들의 주장이 맞다면 소피야의 삶을 공부하는 일이 도움이 될지도 모른다. 같은 잘못을 반복하는 일을 막고 같은 방식으로 불행해지는 걸 피할 수 있게. 살아 있는 사람들 중에 친구가 없다면 죽은 사람들 중에서 말동무를 찾아야만 한다.

소리와 빛은 뇌가 마구 날뛰게 만든다. 하지만 사람은 과도한 침묵 때문에도 미쳐버리곤 한다. 그녀는 라디오를 켰다. 공영방송국 NRK '항상 클래식' 채널에서는 모차르트의 G단조 교향곡이 흘러나왔다. 처음으로 그 곡을 들은 건 엄마 아빠와 함께 차에 타고 있을 때였다. 독일에 갔을 때였다. 덴마크로 가는 페리의 탑승 대기 줄이 길었다. 아빠는 새로운 카세트 플레이어를 샀고 라켈에게 듣고 싶은 카세트테이프를 고르게 해주었다. 그녀는 표지에 무지개색이 있는 걸 골랐다. 그리고 모차르트가 그녀의 삶으로 들어왔다. 교향곡 40번의 전주가 차 안을 가득 채웠다. 엄마와 아빠의 목소리가 앞좌석에서 웅얼웅얼 들렸다. 그녀가 뒷좌석에 누워 몸을 쫙 펴자 한쪽 문에 손끝이 닿았고 다른 한쪽 문에는 발가락이 닿았다. 온 세상이 차안에 갇힌 것처럼 느껴졌다. 기쁘고 안전한 일이었다. 그녀는 탑승 대기 줄이 끝나지 않아 그녀가 차 안에 영원히 있을 수 있었으면 좋겠다고 생각했다. 아빠, 엄마, 모차르트와 그녀가. 모두 함께 여름휴가를.

"아빠, 나 오줌 마려워." 엄마가 말했다.

"저기 페리 선착장 대기실에 화장실이 분명 있을 거야." 아빠가 말했다.

"혼자 거기 갈 자신이 없는데." 엄마가 말했다.

"하지만 수리완, 생각해봐." 아빠가 말했다. "차를 탄 채 배에 탑승하려고 줄을 서 있는데 운전자인 내가 차 밖으로 나갈 수는 없잖아."

"화장실이 독일어로 뭐지?" 엄마가 말했다.

"토일레텐." 아빠가 말했다. "그런데 당신이 영어로 물어봐도 다 이해할 거야."

"그래도 돌아오는 길을 못 찾으면 어떻게 해." 엄마가 말했다.

"우리는 똑같은 장소에서 기다리고 있을 텐데 뭐." 아빠가 말했다. "최악의 경우라고 해봤자 우리가 앞으로 약간 이동하는 것뿐이지."

"나는 당신들을 찾지 못할 거야." 엄마가 말했다.

"하지만 수리완, 생각해봐." 아빠가 말했다. "바로 코앞이잖아."

"거의 참을 수 없을 지경인데." 엄마가 말했다. "내가 차 안에서 오줌을 쌀지도 몰라."

아빠는 엄마가 정신을 차려야 한다고 생각하는 게 라켈 눈에도 보였다. 하지만 엄마는 겁이 났던 거다. 라켈은 엄마를 도와야만 했다.

"엄마, 엄마. 엄마가 어떻게 하면 될지 알아요. 우리 앞에 차가 몇 대나 서 있는지 수를 세어 보고 엄마가 돌아왔을 때 그 수만큼 차의 수를 세어보세요. 그리고 만약 엄마가 우리를 못 찾는다면 앞으로 좀 더 가보기만 하면 돼요. 그렇다면 우리는 분명히 앞줄로 이동했다는 이야기니까요. 뒤쪽은 볼 필요도 없어요, 엄마. 그

냥 우리를 다시 찾을 때까지 앞으로 앞으로 와요. 혹시라도 대기
줄 앞쪽에서도 우리를 못 찾으면 배 안으로 들어오기만 하면 돼
요, 엄마. 그렇다면 우리는 분명히 배에 이미 탑승했다는 이야기
니까요. 엄마가 우리를 배에서 못 찾더라도 너무 무서워할 필요는
없어요, 엄마. 그렇다면 **우리**가 엄마를 찾을 테니까요."

　"날 이해하는 사람은 라켈뿐이야." 엄마가 말했다. "나를 늘 이
해한다니까."

　"라켈이랑 같이 화장실에 가면 되겠네." 아빠가 말했다. "네 살
배기랑 같이 간다면 화장실에 갈 용기가 나겠어, 당신?"

라켈이 아플 때 그녀에게 요리를 해주는 사람은 엄마였다. 엄마는 기초적인 단계에서부터 저녁 요리를 만들었다. 라켈은 첨가물에 극단적으로 예민해졌고, 엄마는 라켈의 몸이 영양소를 흡수할 수 있도록 몇 시간이고 야채를 잘게 다져야 했다. 아빠가 장을 봐주어서 그녀는 마트에 가지 않아도 되었다. 그녀는 이 모든 걸 혼자 할 수 있을 정도의 힘이 없었다. 엄마와 아빠 덕분에 그녀는 삶을 단순히 생존하는 것 이상에 쓸 수 있었다. 부모님 덕분에 그녀는 매일 조금이라도 글을 읽을 수 있었다. 몸이 좋은 날에는 심지어 조금이라도 글을 쓸 수 있었다. 부모님이 없었다면 그녀는 무엇을 할 수 있었을까?

"저녁으로 고기를 먹을래, 생선을 먹을래?" 엄마가 말했다.

"엄마가 하기 쉬운 걸로 해주세요." 라켈이 말했다.

"고기의 제일 좋은 부분을 너에게 줄게." 엄마가 말했다.

"제일 좋은 건 엄마가 먹으면 안 돼요?" 라켈이 말했다. "난 어차피 먹더라도 차이도 모를 거예요."

"엄마는 늘 최고로 좋은 건 너에게 준단다." 엄마가 말했다. "오늘 난 어제 먹던 빵을 먹었어. 네가 신선한 빵을 먹을 수 있도록 말이야."

"하지만 전 어제 먹던 빵을 먹어도 상관없어요." 라켈이 말했다.

"다음번엔 엄마가 생각하기에 가장 좋은 빵을 드세요."

"네가 아침으로 바나나를 먹었던 건 바로 나 때문이었어." 엄마가 말했다. "내가 먹으려고 했었는데 마지막 바나나라는 걸 알아채고는 너 주려고 남겨둔 거야. 물론 난 빵 위에 올려 먹을 토핑이 없었지만 말이야."

라켈은 한숨을 내쉬었다. "난 바나나 대신 사과를 먹었어도 되었는데. 자신을 너무 희생하지 마세요, 엄마."

"난 널 위해 모든 걸 희생할 거야." 엄마가 말했다. "네가 태어난 후로 쭉 그래 왔는걸. 내가 나이가 들면 누가 나를 위해 똑같이 해줄까?"

소피야의 엄마가 소피야를 낳고 갓 태어난 딸을 처음 보게 되었을 때 그녀는 너무 실망해서 고개를 돌리고 울었다. 그녀에게는 이미 엄마를 똑 닮은 밝고 예쁜 여섯 살 난 아뉴타가 있었다. 부모님 모두 아뉴타를 금지옥엽으로 키웠다. 하지만 갓 태어난 아기는 엄마의 아름다움은 전혀 물려받지 못했다. 아빠를 더 닮았다. 6년 동안 그들은 언젠가 유산을 물려받을 아들을 기다려왔다. 상속자를. 그들은 딸 하나가 더 필요한 게 아니었다. 그래서 그녀는 유모에게 소피야를 돌보라고 넘겨주었다. 5년 뒤 오랫동안 고대했던 아들 표도르가 태어났고 아뉴타가 받았던 것보다 더 큰 관심을 부모님께 받았다.

집에 손님이 오면 엄마는 유모로 하여금 아뉴타와 표도르에게 가장 예쁜 옷을 입혀 꾸미도록 했고 손님들에게 자랑스럽게 보여주었다. 유모는 소피야도 치장했으니 소피야도 같이 가게 해달라고 말했다. 하지만 소피야는 수줍음이 많았고 손님들이 그녀에게 말을 걸면 몸을 배배 꼬기 일쑤였다. 그녀는 조용했고 손님들의 질문에도 대답하지 않았다. 그래서 엄마는 결국 폭발하고 말았다. "그럼 유모, 이제 이 작은 짐승을 저리 좀 데리고 가요. 저 애는 손님들 앞에서 우리 가족 망신만 시키잖아."

소피야 부모님의 나이 차이는 스물한 살이었다. 자서전에서 소피야는 아빠가 엄마를 아내라기보다는 딸처럼 대했다고 썼다. 그들이 결혼을 했을 때 그는 마흔네 살이었다. 그녀는 쾌활한 성격과 주변에 기쁨을 퍼뜨리는 보기 드문 능력을 가진 젊고 아름다운 여인이었다. 그는 특히 그녀가 주변에 기쁨을 퍼뜨릴 수 있는 사람이라는 걸 감사해했다. 게다가 그녀는 당대 다른 여인들보다 높은 교육을 받았다. 그녀는 4개국 언어를 유창하게 구사했고 고전문학과 현대문학에도 조예가 깊었으며 특출난 음악적 재능도 있었다. 하지만 그녀는 한 번도 집안일을 돌보는 일 등의 실용적인 부분은 배우지 못했고 대지의 하인들도 경험 하나 없는 신입에게 굴복할 마음이 없었다. 그러다 보니 그녀는 자신의 집에서 손님처럼 지냈고, 소피야의 아버지는 늘 그래 왔듯이 하인들에게 집안일의 관장을 맡겼다.

소피야의 아버지는 결혼했음에도 불구하고 총각 시절의 생활을 정리할 생각이 없었다. 그는 여전히 옛 친구들과 밤 문화의 즐거움을 누렸다. 도박을 하고 집시들이 공연하는 나이트클럽에 갔다. 소피야의 어머니는 일기에 외롭다고 썼다. 클럽에서 공연하는 여자 중 하나가 남편의 전 애인이었다는 걸 알게 된 후 일기에 "질투의 악마가 나를 괴롭힌다."라고 썼다. "우리의 결혼기념일. 남편은 집시들이 노래를 부르는 클럽에 갔다." 일기에는 이렇게 적혀 있다.

엄마가 불행할 때 소피야는 무엇을 했을까? 문틈으로 엄마를 들여다보았을까? 엄마의 무릎으로 기어올라가길 갈망하면서? 긴 머리를 땋아줄 수 있기를. 그녀의 뺨을 쓰다듬어줄 수 있기를. 그녀는 그렇게 할 수 없다는 것을 알았을 것이다. 그저 엄마가 입고 있는 치마에 얼룩을 묻히기만 했을 것이다. 엄마의 머리카락을 엉키게만 했을 것이다. 다행히도 엄마는 위안을 삼을 아뉴타와 표도르가 있었다. 그렇지 않았다면 엄마는 아마도 참을 수 없었을 것이다.

하지만 소피야는 적어도 무남독녀는 아니었다. 의무를 혼자 질 필요가 없었다.

라켈은 문 뒤에 서서 어떻게 엄마를 기쁘게 해줄지 알지 못하는 어린 소녀를 상상했다. 그녀는 방해라도 할까 봐 두려웠다. 그리고 시도조차 하지 않으면 후회할까 봐 두려웠다. 소녀는 늘 후회하는 게 두려웠다. 어쩌면 그녀는 엄마가 했던 말을 생각하고 있을지도 모른다. "내 어머니께 더 감사해할 걸 그랬어. 살아 계실 때 더 잘해드릴걸. 어머니는 내가 어렸을 때 돌아가셨어. 이제는 너무 늦은 거지. 이제 어머니가 내게 해주신 것들을 생각하며 여생 동안 후회할 일만 남았어. 너만은 내가 죽은 후에 같은 후회를 하지 않길 바라." 소녀는 이미 후회할 만한 많은 일을 저질렀다. 저녁 준비가 끝났다는 말을 무시했다. 먼저 그리던 그림을 완성하고 싶었다. 혹은 읽던 책의 챕터를 마저 읽고 싶었다. 그녀는 감사할 줄 모르는 아이였다. 하지만 반면에 그녀는 누군가가 죽을까 봐, 여생 동안 후회할 일을 했을까 봐 항상 두렵기도 했다.

엄마는 문틈으로 보고 있는 소녀를 볼지도 모른다. 그녀에게 들어오라고 손을 흔들지도 모른다. 왜 엄마가 불행한지에 대해 말해줄지도 모른다. 엄마가 희생한 모든 것들에 대해. 왜냐하면 엄마를 이해하는 사람은 소녀뿐이니까. 엄마를 위로해줄 수 있는 유일한 사람이니까. *"언젠가 너를 사랑하는 사람이랑 네가 사랑하는 사람 중에서 한 명을 선택해야 한다면, 너를 사랑하는 사람을 택하렴. 자기가 사랑하는 사람을 택하는 것, 이게 바로 사람들이 살면서 하는 실수거든."*

라켈은 휴먼 메트릭스(Humanmetrics) 웹사이트에 접속해서 오래전에 해본 성격 검사를 찾아보았다. 어쩌면 이번에는 새로운 결과를 얻게 되지 않을까? 어쩌면 그녀도 변하지 않았을까? 하지만 결과는 이전과 같은 알파벳이었다. INFJ. 다만 수 지표는 조금 달랐다. 그녀는 절대로 자기 자신에게서 도망갈 수 없는 게 틀림없다. 하지만 그녀가 성격 유형의 설명을 읽었을 때 야콥이 그녀에게 읽어주지 않았던 부분이 있다는 걸 알아챘다. "모든 성격 유형중 가장 겁이 많은 유형."이라고 써 있었다. "그들은 자주 내면적 갈등으로 괴로워기에 심리학자의 도움이 필요할 경우가 가장 많은 성격 유형이다." 이 성격 유형을 가진 유명한 사람들의 목록도 있었다. 레프 톨스토이, 표도르 도스토옙스키, 마하트마 간디, 테레사 수녀, 예수. 그리고 아돌프 히틀러도.

어쩌면 예수님이 그렇게 된 것도 당연한 일이 아니었을까? 신이 존재하든 존재하지 않든 간에 말이다. 아들에게 너는 신의 아들이라고 말하는 엄마가 있다고 생각해보라. 성령으로 수태했다고 말하는 엄마가. 만약 그게 사실이 아니었다면 그녀는 수태가 수치스러워서 이야기를 꾸며낸 것임이 틀림없다. 그리고 그런 엄마의 아들로서 그 이야기에 맞추어 살기 위해 아이는 최선을 다했을 것이다. 심지어 그가 십자가에서 자신을 희생하게 되는 결과를 낳더라도 말이다. 엄마를 돕기 위해서 무슨 일이든 하는 법이다. 가여운 예수님.

어쩌면 첫 번째 소설을 시작하기도 전에 더 어렵다는 두 번째 소설부터 써야 할까? 이미 도입부는 준비되었다.

엄마는 내가 신의 아들이라고 한다. 모두가 기다려온 사람, 세상을 구원할 사람이라고. 내가 어렸을 때 나와 나이가 같은 모든 아이들은 나 때문에 죽었다. 나는 세상이 이런 걸 기다려왔다는 걸 이해할 수 없다. 그리고 내가 어떻게 그 일을 잘해낼 수 있을지도.

만약 엄마가 라켈을 갖지 않았다면 그녀는 고향으로 돌아갈 수도 있었을 것이다. 대학교의 교수로 계속 일할 수도 있었을 것이다. 라켈을 위해 많은 걸 희생할 필요도 없었을 것이다. 라켈은 엄마가 행복할 때는 어떻게 변하는지 본 적이 있었다. 외할아버지를 뵈러 휴가를 떠났던 여름이었다. 그리고 엄마는 모든 일을 척척해내는 사람이 되었다. 모두가 존경하는 사람이. 옛 제자들이 인사를 하러 찾아오는 대학교수님이. 친구들 사이의 구심점이. 모두 중에 단연 으뜸으로 예쁘고 재미있는 사람이.

늘 그녀가 포기해온 것들을 꿈꿔온 가여운 엄마. "내가 계속 같은 꿈을 꾸는 게 좀 이상하지 않니?" 엄마가 말했다. "우리가 숲으로 산책을 갔는데 내가 길을 잃어버린 거야. 내가 계속 부르는데도 너랑 아빠는 앞으로만 가더라. 난 네가 돌아와서 날 구해주지 않을까 봐 너무나 무서웠단다." "그냥 악몽이에요, 엄마." 라켈이 말했다. "현실에서는 내가 절대로 엄마를 그렇게 내버려두지 않을 거란 걸 알잖아요."

"넌 항상 나보다 아빠를 더 좋아하잖아." 엄마가 말했다. "내가 널 위해 모든 걸 희생할 수 있는데도 말이야."

라켈은 한숨을 쉬었다. "엄마가 얼마나 많은 희생을 했는지 잘 알아요." 그녀가 말했다.

"하지만 내가 얼마나 힘들었는지 너는 모르잖니." 엄마가 말했다. "네가 어렸을 때 네가 근처에 있으면 난 사람들이랑 이야기를 나누지도 못했어. 내가 말을 완벽하게 하지 못하니까 네가 많이 창피해했거든. 난 내가 거의 아무 말도 할 수 없다고 느꼈는걸."

라켈은 자신이 얼마나 창피했었는지를 기억하고 있었다. 하지만 그건 엄마가 엉터리 노르웨이어를 했기 때문이 아니었다. 그건 엄마가 사람들이 묻는 질문을 이해하지 못하고 완전히 엉뚱한 대답을 했기 때문이었다. 그러면 질문했던 사람은 라켈이 엄마의 말을 이해하는지 궁금하다는 듯이 라켈을 바라보았다. 하지만 라켈은 엄마가 질문을 이해한 것처럼 굴 때 사실은 엄마가 오해를 한 거라고 엄마에게 설명해줄 수는 없었다.

라켈은 엄마와 둘이서만 시내로 가는 버스를 타러 갔던 때가 생각났다. 라켈은 둘의 버스비를 내려고 엄마에게 3크로네를 받았다. 하지만 버스기사는 돈이 모자란다고 말했다. 새해부터 버스비가 1크로네가 올랐다는 것이다. "구녀가 아이이다." 엄마가 말했다. "네, 그건 의심할 여지가 없지요." 버스기사가 대답했다. "그래도 4크로네예요." "구녀가 5이다." 엄마가 말했다. "네, 따님이 정말 귀여운 5살 아기군요." 버스기사가 답했다. "5오링?" 엄마가 묻더니 지갑을 뒤져 5외링를 꺼내 버스기사에게 내밀었다.● 그리고 엄마는 자리에 가 앉았다. 라켈은 그 자리에 서서 어떻게 해야 할지 고민했다. 그녀는 엄마가 유리구슬을 사라고 준 50외링이 주머니에 있었다. 충분치 않은 돈이었다. 그녀는 시내까지 절반 정도만 타고 가고 나머지는 걸어가도 되는지 버스기사에게 물어볼 수도 있었다. 하지만 그녀가 길이라도 잃어버리면 어떻게 되겠는가. 그러면 어떻게 다시 엄마를 찾을 수 있을까? "네 50외링은 그냥 갖고 있고 자리에 가 앉으렴." 착한 버스기사가 웃으며 말했다.

- 100외링＝1크로네. 돈의 단위인 외링(øring)과, '~살'이란 뜻인 오링(åring)의 발음이 유사하여 엄마가 잘못 알아들은 것이다.

그녀의 몸은 마치 밤과 낮의 차이를 더는 알지 못하는 것 같았다. 자나 깨나 침대에 누워 있었으니까. 그녀는 침대 협탁의 램프를 켜고 엄마가 보관해온 신문 스크랩 앨범을 펼쳤다. 만약 창조주가 존재한다면, 그의 발상 중 가장 탁월한 것은 어린 시절을 먼저 보내게 해서 여생 동안 살아갈 힘을 준다는 것이다. 앨범의 첫 장엔 라켈이 첫 번째 그림 그리기 대회에서 받은 상장을 엄마가 붙여두었다. 라켈은 다섯 살이었다. 토요일이었고 그녀는 부엌 식탁에 앉아 있었다. 라디오가 켜져 있었다. 프로그램의 이름은 《음악 유치원》이었다. 그리고 그때 무언가가 그녀의 심금을 울리는 듯했다. 음악이 들렸다. 그녀는 곡 제목이나 작곡가 이름은 알지 못했다. 단지 그곳에 우두커니 앉아서 음악에 귀를 기울였고 음악이 빚어내는 아름다운 풍경이 그녀의 안으로 들어오는 소리를 들었다. 후에 그녀는 그 곡이 차이콥스키의 「호두까기 인형」의 일부분이었다는 걸 알았다. 「갈잎 피리의 춤」. 그녀는 작은 소녀 클라라가 신비에 싸인 드로셀마이어 아저씨에게 호두까기 인형을 선물받은 이야기를 들었다. 라켈은 무대에서 피루엣* 포즈를 취하고 있는 커다란 호두까기 남자를 그렸다. 작은 소녀가 옆에 서서 그를 보고 있었다. 그녀는 황금빛 호두 세 개를 손에 들고 있었다. 발레리나 세 명이 무대에서 뛰어다니는 생쥐들을 피하려고 노력하며 발끝으로 서서 춤을 추고 있었다. 검정 망토와 실크해트를 쓴 남자가 배경에서 피아노를 치고 있었다. 장난감들이 모두 살아나서 크리스마스트리 주위를 빙글빙글 돌며 춤을 추고 있었다. 다음 토요일에 라디오 진행자들은 라켈의 그림에 대해서 이야기했다. 라켈은 상품으로 그림책 「플루트 연주자 페르디난드」를 받았다. 책은 여전히 책상 위의 선반에 꽂혀 있다.

그녀는 앨범을 넘기다가 그녀가 처음으로 오케스트라와 솔로 협주를 했던 콘서트의 서평을 발견했다. 라켈은 무대에 서기 전에 긴장했었다. 배가 살살 아팠다. 하지만 연주를 시작하자 그녀는 음악 속으로 완전히 스며들어 즐길 수 있었다. 생각하면 안 된다. 생각하면 연주를 망치게 된다. 그녀는 느껴야만 했다. 손가락이 어디로 움직일지 알고 있다고 믿어야만 했다. A현에서 3포지션으로 바뀔 때 넷째 손가락이 올림바 음을 제대로 연주할 거라고. 그녀는 그 음을 제대로 연주하곤 했다. 연주 후에 청중 몇 명이 그녀에게 다가왔다. 어떻게 그녀의 손가락이 그렇게 빨리 움직일 수 있는지, 또 어떻게 그녀가 활로 스피카토^{●●}를 멋지게 연주할 수 있는지를 물었다. 하지만 라켈은 눈가에 눈물이 맺힌 나이 든 여인이 그녀를 안아주었던 게 가장 기억에 남았다.

● 피루엣(pirouette) : 발레에서, 한 발을 축으로 팽이처럼 도는 춤 동작.
●● 스피카토(spiccato) : 바이올린 따위의 현악기를 연주할 때, 손목을 움직여 활을 튀게 함으로써 음을 가늘고 짧게 끊는 주법.

앨범의 마지막 장에서 그녀는 열여섯 살 때 신문에 실렸던 시를 발견했다. 「가을의 춤」. 비욘스티에르네 비에른손의 글이 처음으로 실렸던 그 신문이었다. 「몰데인에게 바치는 평화의 전언」. 사실 입센이 받아야 할 상이었지만 비에른손은 노벨 문학상을 받게 되었다. 라켈의 시는 청소년답게 과장되고 거창했지만 그래도 그녀는 그 시에서 무언가를 알아챘다. 가을의 울림을.

어린 시절 소피야는 명랑하고 활발했다. 낯선 사람들에겐 낯가림이 심했지만 그녀가 좋아하는 사람과 같이 있을 때면 폭포처럼 말을 쏟아내곤 했다. 특히 그녀가 흥분했을 때는 단어들이 제멋대로 튀어나왔다. 가정교사 요세프 말레비치는 자신의 어린 제자를 그가 가르칠 수 있는 모든 지식에 만족을 모르는 식욕을 느끼는 호기심이 많은 아이라고 표현했다. 그는 그녀의 수학적 재능보다 문학적 재능에 더 큰 희망을 품었었다.

어느 날 나는 한동안 나의 우수한 제자의 특출난 성취와 미래의 가능성에 대해 생각해보았다. 안타깝게도 우리나라 대학교에서 여성은 고등 교육을 받을 수 없지만, 만약 운명이 그녀로 하여금 고등 교육을 받도록 허락한다면 어떻게 될까? 게다가 같은 운명이 그녀에게서 모든 경제적인 수단을 빼앗아 그녀가 생존하기 위해 글을 써야만 한다면 어떻게 될까? 그렇게 된다면 나는 나의 천재적인 제자가 문학계에서 큰 인물이 될 거라고 확신한다.

하지만 소피야가 공부하게 된 건 수학이었다. 고국의 대학교에는 여자들이 입학은 물론 청강조차 할 수 없었기에 그녀는 독일

하이델베르크로 갔고 그곳 교수들을 설득해 청강을 할 수 있었다. 대학교 첫해 동안 아파트에 같이 살았던 친구 율리아 레르몬토바는 하이델베르크 대학교에서의 행복한 시간을 이렇게 서술했다.

소피야는 공부를 할 수 있게 된 후 열정에 휩싸였고 열의가 넘쳤다. 하지만 지식을 향한 진중한 추구가 그녀로 하여금 사소한 일에 기쁨을 느끼는 일을 방해하지는 못했다. 소피야와 나는 어린아이들처럼 불쑥 길을 따라 달리기 경주를 하기도 했다. 세상에, 대학 생활 초기의 기억 속엔 기쁨이 가득했다. 소피야의 비범한 능력과 수학에 대한 사랑, 놀라울 정도로 동정심이 많은 성격은 그녀가 만나는 모든 사람을 끌어당겼다. 그녀는 분명히 매력이 있는 사람이었다. 그녀를 만난 교수들은 모두 그녀의 재능에 감동했고 게다가 그녀는 열심히 일하는 사람이어서 수학 계산에 빠져 몇 시간이고 책상에 앉아 있을 수 있었다. 그녀의 높은 도덕적 이상은, 내가 만난 그 누구와도 비교할 수 없을 만큼 깊고 복잡한 영적인 정신으로 이어졌다.

소피야의 교수님은 그녀를 '평범함을 한참 넘어서는 사람'이라고 말했고 놀라운 러시아 소녀에 대한 소문이 작은 도시 전체에 퍼져 사람들이 길에서 그녀를 마주치면 몸을 돌려 바라볼 정도였다. 하지만 소피야는 차분한 생활 방식을 유지했다. 교수님들과 학생들과 어울릴 때면 그녀는 굉장히 수줍음이 많았고 불편해했다. 그녀는 공부와 관련하여 꼭 필요한 상황에서만 동기들과 이야기를 나누었다. 그래도 그녀의 재능에 대한 소문이 학생들 사이에서 퍼지는 걸 막을 수는 없었다. 강의 시간에 그녀가 빨개진 얼굴로 칠판 앞에 서서 교수가 미처 알아내지 못한 실수를 바로잡았다는 일화에 관한 소문이.

여자는 대학을 졸업할 수 없었기에 소피야가 공부를 지속할 수 있는 유일한 방법은 그녀에게 개인 과외를 해줄 수 있는 사람을 찾는 것이었다. 그녀는 베를린으로 가서 당대 유럽에서 가장 영향력 있는 수학자 카를 바이어슈트라스를 찾아가기로 결심했다. 베를린 유학 시기는 외로웠다. 소피야는 점점 더 고립되어갔다. 친구 율리아를 제외하고는 바이어슈트라스와의 만남이 그녀의 유일한 사회적 접촉이었다. 율리아에 따르면 소피야는 수학에 정신을 잃을 정도로 완전히 빠져드는 성향이 있었다고 한다.

책상을 뜨는 일 없이 연달아 몇 시간 동안이나 초집중의 정신노동에 몰두하는 그녀의 능력은 진실로 입이 다물어지지 않는 일이었다. 그렇게 하루 종일 고된 생각 노동으로 시간을 보낸 후에 그녀는 마침내 종이를 옆으로 밀어놓고선 의자에서 일어났다. 그녀는 항상 생각에 사로잡혀 있었기에 재빠른 걸음으로 방안을 왔다 갔다 하기 시작하다가 종국에는 달리기까지 하며 크게 혼잣말을 했고 때때로 웃음도 터뜨렸다. 이런 순간이면 그녀가 현실에서 완전히 분리되어 상상의 세계로 빨려 들어간 듯했다. 그녀를 존재의 경계 너머로 데려가는 상상의 세계로. (……)

그녀는 절대로 안주하지 않았고 지속적으로 새로운 목표를 설정했고 목표에 도달하기 위해 격정적으로 질주했다. 그럼에도 불구하고 나는 추구하던 목적을 달성한 이후만큼 그녀가 크게 우울해하는 모습을 보지 못했다. 현실의 성취는 그녀가 상상에서 만들어놓은 기대에 미치지 못하는 듯했다. (……) 그녀의 감정은 슬픔에서 기쁨으로 끊임없이 바뀌었기에 그녀를 알아가는 것이 굉장히 흥미로웠다.

바이어슈트라스는 소피야에게 집을 열어주었다. 그녀가 가족이 있는 러시아의 고향으로 가지 못할 때는 크리스마스 파티에 그녀를 초대했다. 그녀를 동등하게 대했다. 그녀에게 아벨 함수의 연구를 소개했다. 그는 그녀가 가까이에 있지 않을 때면 수학 문제를 푸는 시간이 더 오래 걸린다고 주장했다. 그가 위대한 수학자들 사이에서도 비교할 사람을 보지 못했을 만큼, 그녀에게는 직관적으로 사고를 전환하는 능력이 있었기 때문이었다. 그는 늘상 그녀를 걱정했고 그녀가 공부할 때 쉬는 시간을 좀 가지고 신선한 바깥 공기도 마시고 건강도 챙기라고 충고했다. "이 우정에는 시적이고, 이상적이고, 솔직함이 있었고, 나에게 막대한 만족감과 행복을 주었다."라고 소피야는 편지에 썼다. 하지만 동시에 그녀는 바이어슈트라스와 로맨틱한 사이라는 소문을 부인했다.

야콥은 서른다섯 살의 나이 차가 너무 커서 소피야가 바이어슈트라스에게 관심을 가질 수 없었을 것이라고 생각했다. 하지만 이미 어린 시절부터 소피야는 나이 차가 많이 나는 남자를 좋아했다. 바로 표도르 외삼촌. 그는 소피야에게 처음으로 지적 불꽃을 붙인 사람이었다. 강한 질투심도 함께. 매일 저녁 그는 그녀를 무릎에 앉히곤 과학적 발견들을 이야기해주었다. 다섯 살인 소피야에게 하루 중 최고의 순간이었다. 하지만 어느 날 같은 나이의 여자아이가 집에 놀러 왔다. 소피야는 소녀가 외삼촌과의 대화 시간을 방해할까 봐 염려가 되었다. 소피야는 하루 종일 소녀가 어떤 놀이를 할지 결정하게 해주는 대신 외삼촌과의 대화 시간에는 끼어들지 않겠다는 약속을 받아냈다. 그러나 외삼촌이 저녁에 소피야를 데리러 왔을 때 신뢰 따위는 모르는 소녀는 외삼촌에게 자기도 함께 가도 되는지 물어보았다. "물론이란다." 외삼촌이 친절하게 답했다. "하지만 저 애는 우리가 무슨 이야기를 하는지 이해하지 못할 거예요." 소피야가 항의했다. "그렇다면 저 애가 이해할 만한 이야기를 나누면 되겠구나." 외삼촌이 답했다. 소피야는 소녀의 지시를 받아가며 하루 종일 바보 같은 놀이를 같이 해주었는데도 약속을 지키지 않은 소녀에게 너무나 화가 났다. 외삼촌이 소피야를 올려 무릎에 앉히려고 했을 때 소피야는 거부 의사를 표현했다. 그녀는 구석으로 달려가 뾰로통한 표정으로 서 있었다. 외삼촌은 깜짝 놀랐다. 그러고서는 소녀에게로 몸을 돌려 말했다. "소피야가 내 무릎에 앉고 싶어 하지 않는다면 네가 앉는 건 어떻겠니?" 소녀는 두 번이나 신뢰를 저 버렸다. 소녀는 외삼촌의 무릎으로 올라가 소피야의 자리를 차지했다. 소피야는 구석에 서서 외삼촌의 품에서 행복감으로 빛나는 소녀를 노려보았다. 부지불식간에 소피야는 그녀에게 달려들어 피가 나도록 그녀의 팔을 세게 물어버렸다.

라켈은 어떻게 소피야가 바이어슈트라스의 접근을 1년 가까이 막을 수 있었을지 상상해보았다. 그가 그녀를 바라볼 때 느꼈던 배의 간질거림. 그녀를 빨아들일 것 같았던 세인트버나드 같은 눈빛. 망막에 사진 찍힌다는 것. 그러다 어느 날 그의 서재에서의 첫 키스. 흘러내리던 보닛 모자. 텐트처럼 그들 주변으로 풀어지던 곱슬머리. 그녀의 골반 위에 놓인 그의 손. 쇄골과 유두에 입 맞추는 그의 입술. 그녀의 귓가에 속삭이던 목소리. "처음엔 좀 아플 거야. 나중엔 괜찮아져." 그가 그녀 안으로 들어올 때 느껴진 찌르는 듯한 아픔. 그리고 이어진 따뜻한 기운. 그녀가 그날 이후로 그것 없이는 살지 못할 온기.

아빠는 라켈이 크링스타 목초지로 함께 산책 가기를 바랐다. "네가 완전히 시들어 사라져버릴 것만 같아. 우리가 볼 수 없는 곳으로 말이야." 아빠가 말했다. "전에 그랬던 것처럼 가파른 언덕길에서 너를 끌어 올려줄게." 보통 그녀는 우체통까지 걸어갈 기운조차 없었다. 몸 상태가 조금 괜찮은 날에도 밖에 나갈 용기가 없는 건 매한가지였다. 혹시라도 길에서 라켈에게 '주간(晝間) 활동 프로그램'에 참여해야 한다고 말하는 노르웨이 노동복지청 여직원을 만나기라도 하면 어쩌나. 월요일에는 기구 종목, 화요일에는 산행, 수요일에는 수영, 목요일에는 조깅, 금요일에는 카페 방문 등. 이런 프로그램에 다 참가할 기운이 있다면 그녀는 차라리 직장에 나가고 싶었다. 복지 시스템에 누가 될 필요도 없을 테고. 쓸모없는 인간이라고 느낄 필요도 없을 테고.

그녀는 이웃들의 호기심 어린 시선도 견딜 수가 없었다. 네가 밖에 나와서 산책을 할 수 있다면 차라리 직장에 나가 일을 해야지, 그들이 말했다. 이웃들은 그녀가 산책할 힘을 비축하기 위해 며칠이나 누워 있었고 산책 후에는 다시 침대 신세가 된다는 건 알지 못했다. 그녀는 상황을 설명하는 데도 지쳤다. "어떻게 지내니? 적어도 건강해 보이긴 하는데. 살면서 누구나 피곤해지곤 하잖니. 그래도 이를 악물고 일을 해야 하지 않겠니. 요즘은 복지 시스템을 이용하기가 너무 쉬워졌다니까." 하지만 그녀는 타인이 이런 병을 이해하기엔 어려운 일이라는 걸 알고 있었다. 그녀 자신도 직접 경험해보지 않았더라면 이런 병을 이해할 수 없었을 것이다. 그래도 그녀는 누군가가 단지 게을러서 삶을 침대에서 보내기로 선택한다는 건 쉽게 상상이 되지 않았다.

끊이지 않는 두통. 사소한 노력만 해도 닥치는 극심한 피로감. 예측 불가한 고열. 항상 유행성 감기에 걸린 듯 기진맥진한 기분. 나아질 기미조차 보이지 않는 신체. 그녀는 무언가라도 하라고 몸을 다그칠 수 있었지만 이후엔 형벌을 받았다. 활동에 적당한 시간을 가늠하기 어렵게 만드는 한발 늦은 반응. 그녀는 하고 싶은 일을 하지 못하는 게 지긋지긋했다. 그녀가 할 수 없는 활동들을 할 수 있기를 고대하는 것도 지겨웠다.

〈새로운 계산 문제〉

하루당 평균 활동 능력 : 90분(쉬는 시간 없이 한 활동을 할 경우 최대 15분)

아침 식사 소요 시간 : 10분

점심 식사 소요 시간 : 15분

저녁 식사 소요 시간 : 20분 (중간 휴식 시간 포함)

옷을 입고 벗는 시간 : 5분

샤워, 양치와 화장실 용무 시간 : 30분

식사 소요 시간과 개인의 위생 관리 시간의 합 : 80분

기타 활동에 사용 가능한 시간(노르웨이 노동복지청의 활동 프로그램 신청서 작성, 청구서 요금 납부 등) : 10분

주의 : 만약 환자가 아침, 점심, 저녁을 침상에서 제공받는다면 45분을 다른 활동을 하기 위해 적립할 수 있다.

기타 계좌 이용 조건 : 총 적립 잔고는 다음 날로 이월될 수 있지만, 적립 잔고는 최대 120분 이상을 초과할 수 없다. 따라서 환자는 에너지 소모가 큰 활동인 병원 방문, 노르웨이 노동복지청 면담, 혹은 크링스타 목초지 산책 등을 위해 에너지를 적립할 수 있다.

경고 : 초과 인출을 할 경우 1시간 초과당 2주의 침상 생활이라는 초과 인출 수수료를 납부해야 한다.

라켈은 침대 머리맡 노란 꽃무늬 벽지를 손으로 쓰다듬어보았다. 마치 벽지의 꽃들에게 위로를 받는 게 가능하다는 듯이. 그녀는 침대 협탁 위의 CD플레이어를 켰다. 옌스 비에르네보의 「방문」이었다. 그녀가 아는 한 가장 위로를 주는 가사인 듯했다. 그녀는 노래를 반복적으로 틀었다. 노래는 죽음이 친구라고 느끼게 해주는 편안함을 선사했다.

그녀는 비어 있는 벽들을 쳐다보았다. 그림을 걸었어야 하는 자리였다. 그녀는 그림을 걸 자리를 마련해두었었다. 하지만 그림은 남자와도 같았다. 그녀가 방에 걸어둘 만한 작품을 발견하는 건 드문 일이었다. 그리고 발견하더라도 늘 한발 늦었다. 그림은 이미 팔렸다. 심지어 전시회가 시작되자마자 방문했음에도 그녀는 너무 오랫동안 망설였다. 그 바람에 다른 사람이 그녀가 유일하게 갖고 싶었던 작품을 낚아채버렸다. 침대 머리맡엔 그녀가 포르투갈의 약국에서 본 것과 같은 작품을 걸고 싶었다. 그녀가 미술가 이름을 알아낼 용기만 있었으면 좋았을 텐데.

야콥은 언젠가 그녀가 기운이 있을 때는 밖으로 나가는 법을 익혀야만 한다고 말한 적이 있었다. "네가 침대에만 숨어 있으면 어떻게 사람들이 네가 있다는 걸 알 수 있겠어?" 그가 말했다. "콘서트장이나 극장, 미술관에 좀 가봐. 너와 비슷한 사람을 만날 가능성도 있잖아." 그는 부분적으로 옳았다. 그녀가 미술 전시회에 간다고 해서 친구를 사귈 수 있는 것은 아니었지만 이따금 그녀와 말동무를 해줄 만한 그림을 찾을 수는 있었다.

그림은 한눈에 그녀의 눈길을 끌었다. 과하게 진한 파란색이었다. 그녀는 벽에 따뜻한 색이 필요했다. 하지만 그녀는 그림에서 벗어나지도 못했다. 길로 나오자마자 그림이 그리워졌다. 그녀 안에서 무언가가 진동하게 만드는 울림이 있었다. 파랑으로 가득참 속의 황금빛 음조. 어렴풋함과 뚜렷함, 추상과 구상 사이의 균형. 손의 움직임과 얼굴의 집중된 고요 사이의 대조.

그녀는 몸을 돌려 미술관에 다시 들어갔다.

여자 바이올리니스트였다. 바이올린이 뚜렷하게 표현되어 있지 않았기에 자신이 어떻게 바이올린이라고 확신하는지는 알 수 없었다. 희미한 선으로 표현된 바이올린의 목 부분. 악기의 나머지 부분은 마치 연주자의 몸과 함께 하나로 녹아드는 듯했다. 단지 손가락들만 섬세하게 표현되었다. 그리고 애상적인 음악도. 하지만 그녀가 집으로 돌아와서 그림을 90도 방향으로 돌렸을 때 기적이 일어났다. 바이올리니스트가 눈을 감고 누워 있었다. 오른손은 그녀를 굽어보는 얼굴로 변했다. 한 남자의 환영이었다. 그의 검은 눈이 공포와 다정함의 혼합된 감정을 담아 그녀를 보고 있었다. 바이올린의 목 부분이 방금 일어난 일을 증명하는 검으로 변했기 때문이었다. 왼손은 검으로 목을 누르고 있었다. 하지만 손은 단지 그녀만의 것이 아니었다. 그것은 또한 그의 손일 수도 있었다. 라켈이 그림을 원래대로 다시 돌리자 그림 속의 바이올리니스트가 다시 서서 연주하는 포즈로 바뀌었다. 하지만 이제 라켈은 배경에 바이올리니스트를 위협하는 환영이 존재함을 안다. 툭 끊어지는 황금빛이 존재함을. 그녀는 난생처음으로 그녀가 그림을 그릴 수 있었으면, 이런 그림을 직접 그릴 수 있었으면 하고 바랐다. 「삶을 위한 연주/마지막 다정함」. 그녀는 그림의 제목을 이렇게 붙일 것이다.

그녀는 콘서트장에도 갔다. 그녀가 기운이 있을 때면. 여전히 자신이 사람들에게 소속되어 있는 세상의 일부분임을 느끼고 싶어서. 늘상 누군가의 장애물이 되거나 누군가에게 피해를 주는 건 아님을 느끼고 싶어서. 그녀는 자신이 별생각 없이, 타인에 대한 배려심이 없다는 느낌 없이 콘서트장의 맨 앞줄에 앉을 수 있는 사람이라면 얼마나 좋을까 하고 생각했다. 바로 뒷줄의 여자가 남편에게 아무것도 보이지 않는다고 짜증스럽게 속삭일지라도 편안하게 앉아 있을 수 있는 사람이라면. 어쩌면 몸을 돌려 자신이 여기에 앉아서 미안하다고 좋은 자리를 구하려고 미리 와서 오랫동안 줄을 서 있었으며 그들 앞에 앉을 정도로 배려심이 없는 사람이 있을 거라고 상상도 하지 못한 걸 이해한다며 미안해 해야 하는지 고민하지 않는 사람이라면. 어쩌면 그녀가 비어 있는 옆자리로 이동해야 하나 고민하다가 그렇게 한다면 아직 불평을 하지 못했다는 이유만으로 뒷줄의 여자 대신 다른 사람의 시야를 막는 일은 또 얼마나 불공평한 일이 될 건지, 이미 다른 자리는 꽉 차 있으니 공연장의 맨 뒷줄로 이동한다고 한들 그것도 자신에겐 불공평한 일이 될 테고, 그녀가 앉지 않았다면 이 자리에 앉았을 다른 누군가(심지어 그녀보다 더 큰 사람)처럼 자신은 왜 이 자리에 앉아 있지 못하는 걸까 하고 생각하지 않는 사람이라면.

다른 여자들에게는 있는데 그녀에게는 없는 게 무엇일까? 왜 야콥은 레아를 더 원했을까? 레아가 아이를 낳아서일까? 레아가 너그럽기 때문일까? 라켈이 아파서일까? 하지만 그녀가 건강했다고 한들 야콥은 그녀를 원하지 않았을 것이다. 그녀의 몸만을 원했겠지. 그녀는 그를 놀라게 하는 오르가슴의 재능이 있었다. 그가 골반을 몇 번 움직이기만 하면 그녀는 혼미해졌다. "그간 남자여서 더 좋았던 적은 한 번도 없었어." 그가 속삭였다. "타인에게 줄 수 있는 게 이렇게나 많다고 느껴본 적이 없었거든. 너는 진심을 다하는 사람이야. 늘 네 전부로 느끼는 사람." 그래도 그는 레아를 택했다.

달빛으로는 *어떤 것도 자라지 못한다*.[●] 식물이 자라기 위해서는 햇빛이 필요하다. 식물은 가짜 햇빛으로도 자란다. 실내에서. 가짜 달빛도 있을까?

수정. ***진짜*** 달빛으로는 어떤 것도 자라지 못한다. 가상의 달빛으로 인간은 아름다운 공중누각을 지을 수 있다. 식물은 살아남기 위해 햇빛이 필요하다. 하지만 스트로베리 루바브는 칠흑 같은

[●] 노르웨이 소설가인 토르보르그 네드레오스의 소설 제목.

어둠 속에서 가장 빨리 자란다. 햇빛을 향해 줄기를 뻗는다. 스트로베리 루바브가 충분히 크면 햇빛을 만날 수도 있지 않을까? 몇 주 뒤엔 포기하고 만다. 비슷한 다른 루바브들보다 생존 기간이 짧다. 하지만 가장 단맛이 나고 더 따뜻한 색감이다.

모든 사람들 중에 소피야 옆에 늘 있어준 사람은 언니 아뉴타였다. 소피야는 그녀를 사랑하는 동시에 미워했다. 여덟 살 적부터 미모로 파티를 압도했던 밝고 아름다운 언니. 소피야가 늘 그림자에 갇히도록 만들었던 언니. 아버지는 한번 장난처럼 말한 적이 있었다. "우리 아뉴타는 어른이 되자마자 왕실에 시집갈 거야. 그녀는 모든 차르가 그녀를 자기 것으로 만들고 싶어서 돌아버리게 할 정도의 능력이 있거든." 자매는 그 말을 심각하게 받아들였다.

표도르 도스토옙스키는 문학적 재능이 있는 아뉴타의 첫 단편 소설들을 문학 잡지 《에포크》에 실었다. 도스토옙스키는 그녀에게 쓴 첫 번째 편지에서 이렇게 썼다.

나를 향한 친절하고 곧은 믿음으로 가득 찬 당신의 편지는 아주 흥미로웠고 저는 당신이 제게 보낸 이야기들을 곧장 읽기 시작했습니다. 사실 읽기 시작할 때는 일말의 걱정이 없지 않았다는 걸 고백해야겠군요. 보통 편집자의 슬픈 의무는 평가를 부탁하며 습작을 보낸 작가 지망생들의 환상을 깨는 일이니까요. 하지만 소설을 읽은 후 걱정은 증발해버렸고 청소년의 즉흥성과, 이야기를 관통하며 흐르는 진술한 감정들의 온기에 더더욱 매혹

되고 말았습니다. (……) 앞으로도 당신이 자신에 대해 많은 것을 쓴다면 제가 기쁠 것 같습니다. 당신 나이와 삶의 환경에 대해 제가 말해주십시오. 이걸 아는 건 당신의 재능을 제대로 평가하기 위해 필요한 일입니다.

존경을 담아

표도르 도스토옙스키 드림

도스토옙스키는 아뉴타와 서신 교환을 이어갔고 자매가 1865년 겨울 6주간 상트페테르부르크에 머물 당시 자매를 초대하기도 했다. 도스토옙스키는 아뉴타를 처음 만나자마자 완전 넋을 잃고 곧장 그녀에게 청혼했다. 그는 일시적인 승낙을 받았지만 약혼을 비밀로 한다는 조건하에서였다. 심지어 소피야도 알지 못했다. 아뉴타에 대한 마음을 숨기기 위해 도스토옙스키는 소피야에게 더 관심을 표현했다. 그는 언니보다 소피야를 더 좋아한다는 인상을 여러 차례 주었다. 그는 그녀가 집시의 눈을 가지고 있고 성인이 되면 정말 아름다운 여자가 될 거라고 말해주었다. 그는 그녀가 쓴 시들을 칭찬했고 그녀의 피아노 연주가 그가 들어본 음악 중 가장 감성이 풍부하고 재능이 있다고 말했다. 소피야는 칭찬에 빨려들어갔다. 그녀는 일기에 이렇게 썼다. "하나님, 세상 모든 사람들이 아뉴타 언니를 흠모하고 좋아하게 해주세요. 하지만 도스토옙스키의 눈에는 제가 아름다워 보이도록 해주세요." 하지만 아뉴타는 도스토옙스키에게 퇴짜를 놓았다. 그녀는 이런 결정을 내린 이유를 소피야에게 이렇게 설명했다. "그는 나 같은 아내가 필요하지 않아. 그의 아내는 완전히 그에게 헌신해야 하고 그를 위해 모든 삶을 포기하고 그만을 위하며 살아야 할 거야. 난 그럴 수 없어. 나는 나의 삶을 살고 싶어." 열다섯 살의 소피야는 일기에 이렇게 적었다. "그는 다른 자매에게 청혼을 잘못했다!"

가여운 소피야. 도스토옙스키가 사실은 아뉴 타를 원한다는 걸 알게 되었을 때 당신은 무엇을 하고 있었나요? 피아노 앞에 앉아 베토벤의 「비창」을 연주하고 있었나요? 그에게 감명을 주기 위해 죽도록 연습했던 그 곡을?

박수갈채를 받기 위해 고개를 들자마자 당신은 방 안이 텅 비었다는 걸 알았을 거예요. 도스토옙스키와 아뉴타는 당신이 연주하는 동안 슬쩍 밖으로 나가버렸죠. 당신은 그들을 찾아 나섰고 서재의 어두운 구석 깊은 곳에서 둘을 발견했어요. 소파에 서로 가까이 앉아 있는 그들을. 도스토옙스키는 감정의 요동으로 하얗게 질려 있었어요. 아뉴타의 손을 붙잡고. 어쩌면 당신은 그가 속삭이는 소리도 들었을지도 모르겠네요. "내 사랑 아뉴타, 알고 있지요? 당신을 본 처음 순간부터 나는 사랑에 빠졌고 당신의 편지를 읽을 때부터 예감했어요. 내가 당신에게 느끼는 감정은 우정이 아니라 열정이에요, 내 모든 신체의 열정."

그 순간 당신의 세상이 무너져 내렸어요. 한 번이라도 사랑받고 싶었던 꿈도.

당신이 마음을 다해 사랑한 도스토옙스키가 당신을 사랑하지 않았으니까요. 그러니 그 누구도 당신을 사랑할 수 없는 것이 아닐까요?

불필요한 관찰

1. 성경에 따르면 야콥이 사랑한 건 라헬이었다. 레아가 아니라.[•]

2. R과 K가 문제다. 그저 이 두 알파벳을 지워버린 다음 거꾸로 읽는다면 야콥은 그녀의 것이 될 수 있을 텐데.[••]

[•] 성경에서 야곱(Jacob)은 첫 번째 아내인 레아(Leah)보다 두 번째 아내인 라헬(Rachel)을 더 사랑했다. 이 글의 등장인물의 이름인 야콥(Jakob)은 야곱(Jacob)의, 라켈(Rakel)은 라헬(Rachel)의, 레아(Lea)는 레아(Leah)의 노르웨이식 표기이기도 하다.

[••] 라켈(Rakel)에서 R과 K를 지우면 'ael'이 되고 이걸 거꾸로 읽으면 '레아(Lea)'가 된다. 이것은 야콥의 아내 이름이다.

"새 우체통 설치비 영수증 받았어?" 엄마가 물었다.

"음." 아빠가 8시 뉴스에 집중하려고 노력하며 말했다.

"얼마였어?" 엄마가 말했다.

"1,000크로네." 아빠가 말했다.

"*1,000크로네*? 총액만 표시되어 있어, 아니면 항목별로 비용이 표시되어 있어?"

"항목별로." 아빠가 말했다.

"일꾼들 품값도 포함이야, 아니면 자잿값만이야?"

아빠는 TV 소리를 더 잘 들으려고 볼륨을 키웠다.

"우체통을 직접 설치한 이웃 사람들은 품값은 안 낸 거지?"

아빠는 고개를 끄덕였다.

"그 사람들도 우리랑 똑같은 금액을 냈어?"

"그 사람들은 350크로네를 낸 것 같은데." 아빠가 중얼거렸다.

엄마는 아빠가 뭐라고 답했는지 듣지 못했고 재차 물었다. 아빠의 얼굴에 짜증 난 기색이 어렸다. 라켈은 끼어들지 않는 걸 연습하고 있다는 걸 잊어버렸다. "아빠는 그 사람들이 350크로네를 냈다고 말했어요. 그리고 아마도 일을 직접 한 사람들은 품값을 지불하지 않아도 되나 봐요. 1,000크로네면 그리 비싼 것도 아니네요."

"다들 내 말이 우리가 돈을 내면 안 된다는 거라고 생각하는 거야?" 엄마가 말했다. "난 두말없이 2,000크로네도 냈을 거라고."

제발, 그냥 좀 조용히 할 수 없어요, 라켈은 생각했다. 돈을 낸 건 엄마가 아니잖아요. 하지만 엄마는 포기하지 않았다.

"영수증을 종이로 받았어, 아니면 이메일로 받았어?"

아빠는 이어폰을 귀에 거칠게 꽂았다.

엄마는 재차 물었다.

"별 차이가 있나?" 아빠가 말했다.

"자기는 만날 비밀이 있더라!" 엄마가 말했다.

"이메일로 받았어." 아빠가 말했다. 그는 귀찮다는 듯이 TV 화면으로 몸을 돌렸다.

"맙소사, 이 가족들에게는 뭐라도 물어보면 안 되겠네!" 엄마가 소리쳤다.

라켈은 불쑥 자리에서 일어나 접시를 들었다. 부엌으로 가서 남은 음식을 먹을 생각이었다.

"너는 왜 그러는 거야?" 엄마가 소리쳤다. "내가 별말 한 건 아니잖아!"

"더는 못 참겠어!" 라켈은 누군가가 소리치는 소리를 들었다. 그녀의 목소리와 닮았지만 낯선 음조를 지닌 소리였다.

"우리는 단 한 번도 싸운 적 없었잖아!" 엄마가 큰 소리를 냈다.

"그래요, 없었죠. 그래서 난 하루 종일 싸움이 일어날까 봐 조마조마했었죠." 라켈의 낯선 목소리가 소리쳤다.

엄마는 숨을 거칠게 몰아쉬며 온몸을 부들부들 떨었다. 하지만 라켈은 당장은 엄마를 위로할 수 없었다. 그녀는 부엌으로 갔고 직감적으로 엄마가 어떻게 할지 알았다. 아무도 그녀를 이해해 주지 않기에 엄마는 화장실로 가서 울고 있을 것이다. 만약 라켈마저 엄마를 좋아하지 않는다면 엄마는 차라리 죽는 게 낫다고 생각할 텐데. 하지만 라켈은 억지로 빵 한 조각을 입에 물고 천천히 씹었다. 빵이 너무 질겨서 목구멍으로 넘어가지 않았다. 그녀는 엄마가 욕조에 누워 있는 모습을 상상했고 자신이 너무 늦기 전에 엄마를 발견할지 걱정이 되었다. 그녀는 화장실 손잡이를 살며시 돌려보았다. 잠겨 있지 않았다. 엄마는 변기 뚜껑 위에 앉아서 울고 있었다.

"미안해요, 엄마. 그렇게 강하게 반응하려던 건 아니었어요. 나도 내가 왜 그랬는지 모르겠는데 갑자기 내가 감정 조절을 못 해 버렸어요."

"난 아무 말도 안 했다고." 엄마가 말했다.

"그럼 그럼 엄마. 엄마가 잘못한 건 없어요."

"네가 그렇게 하면 난 너무나 속상해." 엄마가 말했다. "네가 그렇게 하면 내가 나쁜 엄마인 것처럼 느껴져."

"미안해요, 엄마. 그렇게 반응하면 안 되는 거였는데. 엄마는 세상에서 최고로 좋은 엄마예요. 엄마가 없으면 내가 뭘 어찌해야 할지 모르겠는걸요."

라켈은 소피야가 침대에 누워서 더 나은 삶을 그려보는 순간을 상상했다. 늘 위로해주는 사람의 역할을 할 필요가 없는 삶 말이다. 스스로를 위로해본 적도 없는 그녀. 어쩌면 그녀도 벽지의 무늬를 손끝으로 쓰다듬었을까? 무늬의 반복된 패턴이 그녀의 말동무가 되어주며 감정을 편안하게 해주었을 테니까. 한결같이 그녀에게 돌아오는 친구처럼. 그녀는 스웨덴 스톡홀름으로 갓 이사한 상태였다. 그녀는 초대받은 많은 사교계 명사 모임 중 하나에 갔다가 집으로 일찍 돌아온 터였다. 왜 그녀는 수학에 심취하며 연구실에 혼자 앉아 있을 때보다 이런 다수의 사람들과 함께 있을 때 더 큰 외로움을 느끼는 걸까? 그녀는 잠을 잘 수 없었다. 다시 일어나서 맨발로 차가운 돌바닥 위를 걸었다. 그녀는 책상 앞에 앉았다. 파라핀 램프의 불을 켰다. 하지만 수학을 하기에는 너무나 피곤했다. 그 대신 그녀는 파리에서 알게 된 친구 마리 멘델손에게 편지를 썼다.

요즘 나는 위로를 잘해주는 따뜻한 여동생 역할을 수행 중이야. 나는 내가 딱히 관심도 없는 분야에 종사하는데도 내 도덕적인 지지를 필요로 하는, 크고 작은 어려움으로 힘든 사람들로 가득 찬 사회에 있어. 최악은 내가 그들에게 적합한 도움을 줄 수가 없다는 걸 내가 잘 알고 있다는 거야.

소피야는 행복하지도 않으면서 왜 스톡홀름에 정착했을까? 바이어슈트라스와의 관계가 끝난 걸까? 그와 같은 도시에 산다는 게 고통스러워서 그랬을까? 그래서 베를린에서 도망친 걸까? 아니면 베를린에서는 학문적으로 미래가 없는 걸 알아서 떠났을까? 베를린에서는 역사와 전통을 자랑하는 어떤 대학도 여교수를 고용하고 싶어 하지 않았으니까. 1874년 박사 학위를 획득한 이후 그녀가 유일하게 받은 제안은 러시아의 초등학교에서 수학을 가르치는 일이었다. "안타깝게도 저는 곱셈표를 잘 설명할 수 없는 사람입니다." 그녀는 이렇게 학교에 공지했다. 1883년 그녀는 스톡홀름 대학교에서 처음으로 교수직을 제안받았다.

스톡홀름에서 소피야가 친하게 지냈던 친구는 작가 안네 샬로테 레플레르였다. 수학자 예스타 미타그 레플레르의 여동생. 소피야의 사후 1년 뒤 소피야의 전기를 출간한 그녀는 소피야가 "타고난 시인이 가진, 삶의 갈등들(심지어 가장 사소한 것들)에 대한 깊고 인간적인 공감 능력"을 지녔기에 사회관계에서 자연스럽게 중심인물이 되었다고 적었다. 사람들은 그녀가 기꺼이 도와주고 소박한 사람이라고 생각했다. 착하고 다정하고 사회 계층이 그녀보다 낮은 사람들에게 동정심이 많은 사람이라고. 타인을 편안하게 해주려는 그녀의 소망 덕분에 그녀는 만인을 매혹하는 공감을 잘하는 성격을 가진 것처럼 보였다. 하지만 실제로는 그녀는 성격이 내향적이었고 소수의 사람들과만 가까이 지냈다. 안네 샬로테에 따르면 소피야는 깊은 감정의 소용돌이에 빠질 때, 특히 슬픔에 빠질 때 혼자만의 세계에 갇혀 지냈다.

소피야가 스톡홀름의 사교계에서 유명해졌음에도 불구하고 그녀는 그곳을 집이라고 느끼지 못했다. 그녀는 상상도 하지 못한 반전이 있는 토론이나 통통 튀는 사고를 그리워했다. 이왕이면 단둘이 만나는 모임에서. 그 대신 그녀는 사소한 일상생활에 대한 대화로 휘말려 들어갔다. 사람들은 원피스를 고르는 일부터 결혼 생활의 문제점들에 대해 그녀에게 자문을 구하기 시작했다. "유행을 선도하는 스톡홀름의 여자들은 놀랍게도 흥미롭거나 재미있는 이야기의 주제가 거의 없는 듯해. 그러니 그들에게 이야기할 거리를 주는 건 선한 행위일 거야." 그녀는 편지에 이렇게 적었다. 동시에 그녀는 신문들이 그녀의 과거를 파헤치고 그녀에게 해가 될 법한 일들을 찾아낼까 봐 두려워하는 듯한 인상을 주는 글을 쓰기도 했다.

내 이름이 여러 신문과 잡지에 등장할 때마다 기자들이 내게 피해가 될 수 있는 무언가를 찾아낼까 봐 늘 두려워하며 살게 돼. 지인에게 개인적으로 부탁을 해서 내게 허락을 받지 않고서는 나에 대한 기사를 쓰지 말아달라고 모든 신문사 편집자들에게 부탁했어. 대부분의 신문사에서는 아주 올바르게도 나의 요청을 받아들여주었지만 작고 의미 없는 신문사 2개는 예외였지.

아, 소피야. 숨기고 싶었던 과거가 뭐였나요? 바이어슈트라스와의 연애 관계에 대한 소문? 연극을 하는 듯한 느낌이 들었나요? 다른 사람이 제시한 착한 사람 이미지에 맞추어 사는 게 힘들었나요? 당신이 실제로 어떤 사람인지 알게 된다면 그 누구도 당신을 좋아하지 않게 될 거라는 두려움이 있었나요? 당신이 한때 저지른 일이 무엇인지를 알게 된다면? 항상 올곧은 사람으로 살지 않아도 되기를 갈망했나요? 정말 그릇된 일을 저질러도 여전히 사랑받을 수 있기를.

어쩌면 바이어슈트라스를 향한 그리움이 너무 컸나요? 그래서 사람들의 시선을 피해 몰래 만나기 시작했던 건가요? 1886년 노르웨이에서 보내기로 한 여름휴가를 취소한 것도 그가 이유였나요? 안네 샬로테와 함께 스타방에르에서 노르웨이 작가 알렉산데르 셸란을 방문하기로 했을 때 말이에요. 당신이 몇 달간이나 기다렸던 일이었잖아요. 당신은 이미 파리에서 노르웨이 작가 요나스 리와 작곡가 에드바르 그리그를 만난 적이 있었지요. 하지만 텔레마르크의 증기선에서 당신은 갑자기 여행을 취소하기로 했어요. 당신은 저항할 수 없는 수학의 아이디어가 떠올라서 여름 내내 연구를 해야만 한다고 변명을 했었죠. 그리고 크리스티아니아로 가는 첫 번째 증기선을 타고 돌아갔어요. 친구 혼자 여행을 가도록 하고요.

사랑에서도 생각의 삶에서처럼 완전함과 결속을 추구했었나요? 당신의 뇌가 완전한 명확성과 사실을 찾기 위해 최선을 다한 것처럼, 당신의 심장도 완전한 사랑을 찾아 헤맸나요? 당신의 흥미를 일깨우는 누군가가 있다면 타인에게는 나누어 줄 수 없는 완전한 관심으로 그에게 몰두하고 그 외의 다른 모든 것에는 관심을 잃어버렸잖아요. 안네 샬로테는 당신에 대해 이렇게 썼어요.

그녀는 끊임없이 열정을 쏟는 사람이었고 풍부한 동정심을 발휘했으며 세심하게 친절을 베풀었고 누구를 위해서라도 희생하려고 하는 사람이었다. 하지만 그녀는 같은 마음을 받기를 기대했다. 그녀가 상대방을 중요하게 여기는 만큼 상대방도 그녀를 중요하게 여기기를.

우체통에 노르웨이 노동복지청에서 온 편지
가 있었다. 면담 요청 편지였다. 편지의 내용은 그녀가 실업 급여
지급의 최대 기간에 도달했기 때문에 여름부터 지원금이 끊길 것
이며 그녀의 상태가 만성이라는 확증이 있기 전에는 장애 급여도
받을 수 없다는 통보였다. 그녀가 영원히 건강해질 수 없다는 증
거가 없다면. 담당자는 적절한 조치들을 모두 시도해보기도 전에
장애 급여를 신청하는 건 어차피 의미가 없다고 말했다. 라켈은
'주간 활동 프로그램'에 참여하지 않았고 필수 코스를 마치지 않
았다. 담당자는 라켈에게 최대한 빨리 필수 코스를 마치라고 조언
했다. 필수 코스는 고작 3일밖에 걸리지 않으며 참가자의 90퍼센트
가 건강해진다고 말했다.

코스의 참가 비용은 15,000크로네로 그녀가 직접 지불해야 했
다. 금액이 이렇게나 비싼 이유는 참가자들이 높은 금액을 지불할
때 건강해지려는 동기 부여도 높아지기 때문이었다. 하지만 수업
에 대해 회의적이지 않을 경우에만 신청하라고 했다. 다시 건강해
질 수 있다는 믿음이 있어야만 한다는 것이다. 만약 건강해지지
않는다면 그건 본인의 잘못이다. 수업을 제대로 이해하지 못했거
나 회의적이었기 때문에 그런 거니까. 외부의 사람에게 수업의 내
용을 공개하는 것은 철저히 금지되어 있다. 신청서를 보냄으로써

이 모든 조건들을 인지했고 동의하는 거라고 했다.

그녀에게는 선택권이 없었다. 회의감을 일단 접어두고 수업이 효과가 있을 거라고 믿어보기로 했다. 혹시라도 그녀가 건강해진다면 완벽한 일일 테니까. 그녀는 이미 건강해진 후 무엇을 할지 생각해두었다. 소설 쓰기. 아이 갖기. 다시 강의하기.

수업을 진행하는 영국 여자는 참가자들이 반원으로 둘러앉은 중간에 의자를 하나 두고 거기 앉았다. 그녀는 참가자들에게 30초 동안 방 안의 빨간색 물체를 찾아보라고 했다. 그러고는 눈을 감고 방금 본 걸 떠올려보라고 했다. 함께 의견을 모으니 그룹은 예상외로 많은 걸 기억할 수 있었다. 그런데 그때 여자는 눈을 뜨지 말고 방 안에 어떤 파란색 물체가 있는지 말해보라고 했다. 갑자기 참가자들이 조용해졌다. 라켈은 방을 상상해보며 쓰레기통이 파란색이라고 답했다. 그리고 선반에도 파란색이 있는데, 아마도 서류철 같다고도 말했다. 책상 위에도 파란색 볼펜이 있었고 창가 옆쪽에 앉은 여자의 스웨터도 파란색이 맞죠? 그녀는 강사가 그녀에게 짜증이 난 듯한 인상을 받았다. 사실 이번에는 누구도 정답을 말하지 못했어야 했다. 이 활동은 그들이 집중하는 것 외에 다른 건 볼 수 없다는 걸 설명하기 위한 활동이었으니까. 그들이 아프다는 사실에 집중하면 자신이 사실은 건강하다는 신호들을 다 무시하게 된다는 걸.

이후 수업은 바닥에 사각형을 그리듯 걸으면서 부정적인 생각을 긍정적인 것으로 치환하는 훈련이었다. 하지만 라켈은 피로감을 억누를 수가 없었다. 다른 사람들에겐 효과가 있는 것처럼 보였다. 그녀의 눈엔 눈물이 맺혔다. "네 그렇습니다. 제 생각에 당신은 제대로 된 장소에 와 있는 거고 수업을 통해서 나아질 수 있을 거예요." 여자가 말했다. "건강해지기 위해서 뭐든 할 의지가 있으신가요?" 라켈은 고개를 끄덕였다. 여자는 그룹의 구성원들을 향해 다시 몸을 돌렸다. "여러분이 첫 번째로 해야 할 일은 이 훈련을 이용해서 여러분의 뇌가 사실은 여러분이 건강하다는 걸 이해하도록 뇌를 재설정을 하는 것입니다. 여러분이 계속 본인의 아픈 증상만을 느낀다면 뇌는 몸이 아프다고 인식하게 됩니다. 신체가 보내는 신호들을 무시해야만 해요. 그러면 여러분이 건강해지도록 뇌의 신경들이 재설정될 거예요.

여자는 우리가 스스로 건강하다고 생각하면 건강해질 수 있다는 걸 증명하기 위해 이야기 하나를 들려주었다. 그녀는 목사님이 감옥에서 복역 중인 암 환자를 방문했을 때의 일화를 말해주었다. 수감자는 너무나 아파서 죽음을 목전에 두고 있는 상황이었다. 목사님은 그에게 마지막 성유를 주기 위해 방문해달라는 요청을 받았다. 하지만 목사님은 실수로 건강한 수감자가 있는 옆방으로 들어갔다. 목사님이 그 수감자에게 마지막 성유를 주었을 때 그는 자신이 아주 아프다고 믿게 되었고 그날 밤에 죽었다. 막상 암에 걸렸던 수감자는 마지막 성유를 받지 않았기에 건강해졌다는 것이다.

도대체 왜 노르웨이 노동복지청은 암 환자들에게 방사선 치료나 화학 요법을 받게 하는 대신 이 수업을 듣게 하지 않을까? 라켈은 생각했다. 그러자 그녀는 회의적인 생각을 해버렸다는 것에 놀라고 말았다. 그녀가 이 수업에 회의적이기 때문에 건강해지지 않으면 어쩔 것인가. 강사가 강의를 마치며 그들이 어느 부분에서 나아졌다고 느끼는지 항목을 체크할 수 있는 종이를 나누어 주었고 그녀는 회의적인 생각을 멈추려고 노력했다. 이 문서는 치료가 얼마나 효과가 있는지 연구하기 위해 사용될 것이므로 참가자 모두가 문서를 작성하는 일이 중요하다고 말했다. 만약 내가 진짜로 건강해지기를 원한다면 내가 나아졌다는 항목에 체크하는 일이 필수라고. 건강을 되찾기 위한 필수 조건은 내가 건강하다고 나 스스로에게도, 타인에게도 항상 이야기하는 것이라고. 당장 지금은 건강하다고 느끼지 않더라도 회의적인 시각을 견지하는 대신에 여러 번 내가 건강하다고 말하다 보면 언젠가 건강해질 것이라고. 뇌의 재설정은 시간이 걸릴 수 있으니까.

라켈은 최선을 다했다. 매일 몇백 번이나 사각형 훈련을 했고 신체가 보내는 신호들은 싹 무시했다. 금방이라도 기절할 것 같은 기분이 들어도 크링스타 목초지로 산책을 갔고 머리가 깨질 듯한 두통이 있어도 독서를 했다. 하지만 한 달 뒤에 그녀의 상태는 급격히 나빠져서 거실 바닥에 쓰러졌다. 먹은 음식마다 토했고 열은 40도까지 올랐으며 몇 주간이나 침대에 누워 있게 되었다. 화장실에 가야 할 때면 머리가 너무나 어지러워서 엉금엉금 바닥을 기어가야 했다. 그녀가 여전히 아픈 게 그녀의 잘못이면 어쩌지?

그녀가 최선을 다하지 않았기 때문이라고 생각해보라. 그리고 여름이 오면 노르웨이 노동복지청에서 주는 지원금이 끊긴다. 그때부터 그녀는 어떻게 살아야 할까? 엄마와 아빠가 있는 한 어떻게든 목숨을 부지할 수는 있겠지만 그들이 없다면 이 생을 감당할 수 없을 것이다.

〈또 다른 계산 문제〉

　현재 나이 : 37살

　평균 기대 수명 : 87살

　죽기까지 정상인으로 살 수 있는 추정 평균 시간 : 4퍼센트 = $\frac{1}{25}$

　추정 비율 : 침대에 누워 있는 상태의 25년당 정상인 상태의 1년

　이와 같을 경우 그녀는 여생 동안 2년은 정상인으로 살 수 있다. 식은 이러하다.

　(평균 기대 수명 – 현재 나이) × 죽기까지 정상인으로 살 수 있는 추정 평균 시간 = (87–37) × $\frac{1}{25}$ = 2년

　여생 동안 정상인으로 살 수 있는 2년.

　그리고 침대에 누워 있는 상태의 48년.

생의 고단함에 지친 사람들에게 죽음은 얼마나 자비로운가? 라켈은 침대에 누워서 라디오를 듣고 있었다. 노르웨이 국영방송국 NRK의 '항상 클래식' 채널에서는 브람스의 「Vier ernste Gesänge(피어 에른스테 게쟁어)」가 흘러나오고 있었다. 네 개의 엄숙한 노래. 성경의 내용을 가사로 한 가곡이었다. 베이스 알렉산더 키프니스가 오래전에 녹음한 것이었다. 라켈은 브람스의 첼로 소나타 G단조를 좋아하기는 했지만 브람스에게 친밀감을 느꼈던 적은 없었다. 하지만 키프니스의 깊은 저음은 마치 그녀를 요람에 누이고 살며시 흔들어주는 듯했다. 다정하고 따뜻한 위안을 건네는 곡이었다. 곡은 마치 고통이 음악 속으로 녹아들어갈 수 있다는 걸 증명하는 것 같았다.

O Tod, wie wohl tust du!
오 죽음이여, 친절한 죽음이여!

그녀는 가사를 완벽하게 이해할 수 있었다. 그녀 스스로도 생을 충분히 살아냈으니까. 사람들이 여전히 잘 살아갈 수 있는지 알아보기 위해서 딴죽을 거는 생을, 사람들이 쓰러진 다음에도 오랫동안 그들을 발로 차는 생을. 적자생존. 가장 강한 것이 옳은 것이다. 생에 관해서라면 철저히 무능한 그녀의 유전자가 아직까지도 멸종하지 않았다는 게 놀랍다.

하지만 그런 일이 또 일어났다. 마지막 구절에서. 그녀가 빛을 **들을** 수 있게 만드는 일이.

Nun aber bleibet Glaube, Hoffnung, Liebe, Diese drei；
Aber die Liebe ist die größte unter ihnen.

그러므로 이제 믿음과 희망과 사랑 이 세 가지는 계속됩니다.
그 가운데에서 으뜸은 사랑입니다.

진행자는 브람스가 자신의 일생일대의 사랑인 피아니스트 클라라 슈만이 죽은 후 얼마 지나지 않아 죽었으며, 이 곡은 그가 죽기 전에 작곡한 마지막 가곡이라고 설명했다. 라켈은 깜짝 놀랐다. 클라라는 로베르트 슈만과 결혼했다. 그런데 그녀는 브람스와도 만나는 사이였을까?

그녀는 오래전에 샀던 요하네스 브람스의 평전을 꺼내 들었다. 그 책은 손도 대지 않은 채로 책장에 꽂혀 있었다. 1853년 브람스가 클라라와 로베르트 슈만 부부를 처음으로 만났을 때 그는 고작 스무 살이었다. 바이올리니스트 요제프 요아힘의 추천 편지로 무장을 하고 약속도 없이 자기가 작곡한 곡을 들려주고 싶다며 그들의 집을 찾아갔었다. 로베르트 슈만은 브람스의 재능에 감격하며 그가 "모두가 기다려왔던 제2의 베토벤"이라고 말했다. 그는 잡지 《음악 신보》에 브람스에 대한 평론을 썼고 젊은 브람스는 독일 전역에서 유명해지게 되었다. 클라라는 일기에 브람스에 대해 이렇게 썼다.

하나님께서 직접 보낸 선물 같다. 그는 자신이 작곡한 소나타와 스케르초를 연주해주었는데 통통 튀는 상상력과 풍부한 감정, 곡의 형식을 확실하게 지키는 능수능란함을 보여주었다. (……) 그가 오케스트라 곡을 작곡하기 시작할 때 그의 천재성이 오롯이 발현될 것이기에 그의 장래는 아주 유망하다.

클라라는 브람스보다 열네 살이 많았고 로베르트 슈만과 결혼 13년 차였다. 부부의 여덟 번째 아이가 태어나려 하고 있었다.

그래도 브람스는 클라라를 꿈꾸었다. 그는 그녀 안에서 자신의 깊은 관심과 소망 들을 공유할 수 있는 영혼의 짝을 발견했다. 그는 비평과 조언을 듣기 위해 그가 작곡한 곡들을 그녀에게 보냈다. 그리고 그녀에게 다수의 곡을 헌정했다. 하지만 그는 클라라를 향한 사랑과, 자신의 후원자 로베르트 슈만에 대한 존경심 사이에서 깊은 갈등을 느꼈다. 그는 너무나 절망한 나머지 자살을 생각해보기도 했다.

브람스와 클라라가 주고받은 편지의 대부분은 불태워졌지만 남아 있는 편지 몇 통을 통해 브람스가 클라라를 향해 로맨틱한 감정을 가지고 있었다는 걸 명확히 알 수 있었다. 브람스가 보낸 편지에는 진심이 담겨 있었다. 물론 주된 내용은 음악이었지만 그가 클라라에게 솔직하게 마음을 전하는 몇몇 줄은 아름다운 시와도 같았다. 그는 그녀를 Innigst geliebte Freundin(이니히스트 겔립테 프로인딘), 즉 **진심으로 *사랑하는 여자 친구***라고 불렀다. 그녀에게 보낸 편지에서 그는 이렇게 적었다.

나의 사랑하는 클라라, 내가 당신을 사랑하는 만큼 당신에게 다정한 글들을 적을 수 있기를, 내가 할 수 있는 만큼 당신에게 최대한 사랑과 친절을 행할 수 있기를 바랍니다. 말로 표현할 수 없을 정도로 당신을 사랑합니다. 당신을 칭송하는 일은 늘 충분치 않고 사랑이란 단어가 가질 수 있는 모든 수식어를 사용해 당신을 불러보고 싶습니다. (……) 당신의 편지는 제게는 입맞춤과도 같습니다.

로베르트 슈만이 1854년 자살 시도 이후 정신 병원에 입원하게 되었을 때 브람스는 슬픔에 잠긴 클라라를 위로하고 아이들을 돌봐주기 위해 클라라의 위층으로 이사했다. 하지만 로베르트 슈만이 1856년 7월 마흔여섯 살의 나이로 죽었을 때 브람스는 다른 곳으로 이사를 갔다. 클라라는 상처 받았고 일기에 이렇게 적었다. "나의 심장은 피를 흘린다. 마치 방금 장례식에 다녀온 것처럼 마음이 아프다."

로베르트 슈만이 죽은 지 3년 후 요제프 요아힘에게 보낸 편지에서 브람스는 클라라에 대해 이렇게 썼다.

난 단순히 그녀를 존경하고 숭배할 뿐만 아니라 그녀를 사랑하고 있고 그녀에게 완전히 매료되었어. 종종 조용히 그녀를 포옹하고 싶은 마음을 다잡으려고 온 힘과 정신을 다할 뿐이야. 이유는 잘 모르겠지만 내가 포옹을 한다 해서 그녀가 기분 나빠하지는 않을 거라는 생각이 들곤 해.

브람스와 클라라는 평생 동안 우정을 나누었다. 서로에게 가까운 위치에서 여름을 보냈고 1868년에는 빈으로 콘서트 투어를 함께 떠났으며 후에는 영국과 네덜란드도 방문했다. 브람스는 평생 독신으로 살았다. 그가 만난 어떤 젊은 여자들도 클라라만큼 그에게 영감을 주지 못했다. 1896년 클라라가 죽기 몇 주 전에 브람스는 그녀에게 보낸 편지에 이렇게 적었다.

당신이 혹시라도 최악의 상황을 예상한다면, 제가 당신을 방문해서 아직 눈이 감겨 있지 않을 때 당신의 사랑스러운 눈을 바라볼 수 있도록 미리 말해주세요. 당신의 눈이 감긴다면 내 세상의 많은 부분도 끝나는 것일 테니까요.

그는 그녀의 장례식 직전에 간신히 도착했으며 고작 몇 달 뒤에

예순세 살의 나이로 생을 마감했다.

　인생에서 가장 슬픈 부분은 또한 가장 아름다운 부분이기도 하다. 라켈은 슈만과 브람스가 아름다운 음악을 탄생시킨 것은 바로 클라라를 향한 갈망이 있었기 때문이라는 생각이 들었다. 마치 그들의 음악에서 사랑과 고통을 동시에 들을 수 있는 것 같았다. 슈만이 1838년 작곡한 피아노곡집 『어린이의 정경』은 근본적으로 그의 어린 시절 기억에 관한 것이었지만, 거기에 실린 곡 중 하나이며 그의 유명한 곡인 「트로이메라이」에서 그가 꿈꾼 대상은 클라라였을 것이다.

라켈은 가장 평범한 버전인 3×3×3 루빅스 큐브 말고도 다양한 큐브가 존재한다는 걸 알게 되었다. 4×4×4 큐브나 5×5×5 큐브처럼 큰 버전만 존재하는 게 아니었다. 육면체 모양이 아니라 십이면체, 팔면체, 이십면체의 큐브도 있었다. 마치 새로운 세계가 그녀에게 열리는 기분이었다. 그녀가 몰랐던 공간들 중의 하나가. 세상에는 손으로 큐브를 개조하는 사람들도 살고 있었다. 단지 외양만 개조하는 것이 아니라 큐브가 다른 방식으로 작동하도록 내부의 기계 장치를 개조하기도 했다. 그들은 그 일을 새로운 도전 과제로 삼았다. 그녀는 루빅스 큐브와 비슷한 수학 퍼즐에 관심이 많은 사람들이 모여 있는 인터넷 포럼에 가입했다.

그녀는 순식간에 그를 알아보았다. 그의 언어에 흐르는 음악을 발견했다. 그의 이름이 다비드라니! 그녀가 항상 상상해오던 소년의 실제 버전 같았다. 하지만 그녀는 다비드에게 먼저 말을 걸지는 않았다. 그녀가 포럼에 첫 번째 글을 쓴 후 그녀에게 먼저 말을 걸어온 건 다비드였다. 이메일을 주고받기 시작한 뒤로는 오히려 그녀가 더 열성적이었다. 물론 편지를 더 길게 보내는 건 다비드였지만. 짧은 이메일을 작성하는 데도 그녀에겐 며칠이 걸렸지만 그녀는 시간이 충분한 사람이었다. 다비드는 자신의 취미에 대해 말해주었다. 어떻게 그가 작은 예술 작품을 만들 수 있는 특별한 형식의 수학 퍼즐을 만드는지에 대해서. 그가 지금 작업하고 있는 건 체스 판이다. 체스 판은 보석함의 뚜껑이다. 체스 말들을 일정한 배열로 움직이면 보석함의 걸쇠 기계 장치가 풀리면서 뚜껑이 열리게 되는 구조이다. 뚜껑이 열리면 보석함은 뮤지컬 「체스」의 멜로디를 연주하는 뮤직 박스로 변할 것이다.

문제는 최대 12개의 체스 말들이 체스 판에 있을 때만 걸쇠의 기계 장치가 작동한다는 거였다. 그런데 체스 게임에는 32개의 말이 있다. 라켈은 그가 더 간단한 버전으로 만들 생각은 없는지 물어보았다. 예를 들어 1972년 스파스키와 피셔의 세계 체스 챔피언십의 열세 번째 대국에서 55수를 둔 이후의 포지션을 체스 판의 시작 포지션으로 잡은 다음, g라인에서 패스드 폰●을 이루어낸 스파스키의 우아한 h5로 시작된 엔드 게임●●의 나머지 부분을 체스 판에 반영하는 것이다.

다비드는 그 아이디어에 달려들었다. 그는 곧장 작업을 시작해서 중간중간 개선된 사항을 그녀에게 알려주었다. 뮤직 박스의 태엽 장치의 조립. 두 부분으로 나누어진 철빗은 다양한 길이의 72개의 이빨을 가지고 있어서 음계의 조 개수와 일치했다. 철이빨 부분을 진동하게 하는 스파이크가 있는 놋쇠원통, 용수

● 패스트폰(passed pawn) : 앞을 가로막는 적의 폰이 없는 곳에 있는 폰.
●● 엔드 게임(end game) : 체스 경기 후반부에 소수의 말만이 남겨진 상태. 경기 중 말을 많이 잃어서 적은 수의 말만이 살아남은 상태이다.

철, 바람 제동 장치, 조절 장치 등. 하지만 그는 여전히 뚜껑의 걸쇠 기계 장치 문제를 해결하지 못하고 있었다. 체스 말들의 움직임과 기계 장치의 조화를 이루는 문제를. 기계 장치는 엉망이 되곤 했는데 상황은 수를 더할 때마다 악화되었다. 현재까지 그는 10수까지만 해결책을 제한해야만 했다. 즉, 그는 시작 포지션에서 피셔가 64수에 폰을 h1 위치까지 보내 퀸으로 바꾼 포지션까지 해결했다. 그러나 그는 기계 장치를 개선하기 위한 여러 아이디어가 있었다.

그녀는 그가 전하는 자세한 제작 과정과, 그가 원하는 결과를 얻기 위해 다양한 기술로 행하는 실험 내용을 즐겼다. 비록 그녀가 침대에 누워만 있는 상황이지만 그녀가 탐구의 여정을 함께하는 듯한 느낌을 주었다. 그녀는 그의 언어에 흐르는 음악에 좀 더 가까이 귀를 기울였다. 그것은 야콥의 목소리에 빠졌던 것과 유사했다. 만약 그녀가 자신에게 허락하기만 한다면 그녀는 다비드를 사랑할 수도 있을 것이다. 그녀에게 야콥 말고 다른 사람이 있다면 그 사람은 틀림없이 다비드일 것이다. 야콥 외에 다른 사람을 사랑하는 일이 가능한지 아는 것은 도움이 될 것이다. 혹시 이 세상에 그녀가 이런 감정을 느낄 법한 사람이 한 사람이라도 더 존재한다면 앞으로도 여러 사람이 존재할 수 있다고 믿기 쉬워질 테니까. 야콥이 유일한 사람이 아니라고. 마음의 셈법에서는 한 사람과 두 사람의 차이는 하나와 무한의 차이와 같다.

게다가 다비드는 지구의 건너편에 산다. 그를 사랑하는 일은 위험한 일이 아니다. 물론 포럼의 프로필에 그가 기혼이라고 써 있긴 하지만. 어차피 그들은 만나게 될 일도 없다. 그러기엔 그녀가 너무 아프다.

차츰 그녀의 편지는 길어졌다. 다비드에게 편지를 쓰는 일은 마치 자신에게 편지를 쓰는 일 같았다. 그는 그녀처럼 세밀함을 보는 사람이었으니까. 그녀가 하는 말을 그는 알아들었으니까. 그녀는 그와 함께 사물을 볼 때 더욱 선명하게 관찰할 수 있었다.

친애하는 다비드에게!

문제를 찾아내는 감각이 탁월하군요! 당신의 수학 퍼즐들은 제가 본 문제 중 가장 독창적인 것이었어요. 전에는 수학 퍼즐이란 일단 문제를 풀고 나면 소진되는 것이라고 생각했었어요. 하지만 당신의 수학 퍼즐들은 오랫동안 즐길 수 있는 작은 예술 작품이더군요. 단순함, 우아함, 창조성과 예상치 못한 방식으로 사물을 결합시키는 당신의 능력이 그것들에 특별한 아름다움을 부여하니까요. 아름다운 수학적 증명에서 찾을 수 있는 것과 같은 종류의 아름다움을요.

때로는 제 삶 전체가 아름다움을 향한 탐구가 아니었을지 궁금해지곤 해요. 수학, 문학, 음악의 아름다움을 향한 탐구. 저는 수학을 창조하는 일과 문학을 쓰는 일이 서로 유사하다고 느껴요. 작가가 언어의 세계에 사는 시인이라면 수학자들은 세계의 언어에서 시를 찾죠. 독일의 수학자 카를 바이어슈트라스는 말했어요. 모든 위대한 수학자는 또한 시인임에 틀림없다고. 제가 어렸을 때 제가 크면 시인이 될 거라고 말해준 사람이 여럿 있었지요. 그래서 어느 정도는 역(逆)* 암시에 대한 연구를 줄곧 해왔다고 느껴요. 모든 시인은 또한 위대한 수학자임에 틀림없는지에 대해서요. 여전히 답을 찾진 못했지만 과연 그게 사실인지에 대해서는 의구심이 들어요.

최근 몇 년간 소설을 쓰고 싶다는 꿈을 꾸고 있어요. 저는 음악의 경우 어떤 곡을 들으면 들을수록 그 곡을 들을 때의 감상이 더욱 강해지는데 소설은 세 번째 읽을 때 왜 같은 효과가 나타나지 않는지에 대해 궁금해해왔어요. 음악은 인식을 기반으로 하고 글쓰기의 예술은 예측 불가능성을 기반으로 하기 때문일까요? 아니면 새로운 공통점을 지속적으로 발견할 수 있도록 테마들이 서로를 거울로 비추어주듯 반복되는 음악의 구조적 특성 때문일까요? 그림이 계속 변하도록 빛의 조건에 따라 그림의 색조 효과가 달라지죠. 적어도 같은 방식으로 소설을 쓰는 일 또한 가능하지 않을까요? 전에는 보이지 않았던 새로운 공통점을 발견하기에 읽으면 읽을수록 풍성해지는 소설, 음악과 수

● 역(逆): 어떤 명제의 전건과 후건을 바꾸어 얻은 명제. 원래의 명제가 참이라도 역은 반드시 참은 아니다. 예를 들어 "사람은 동물이다."에 대한 역은 "동물은 사람이다."이다.

학이 가진 무한한 아름다움을 지니고 있는 소설을요.

수학이 가진 최고의 매력은 불변의 진실을 발견할 수 있다는 느낌일지도 몰라요. 그리고 수학자들은 무엇이 유효한 증거이고 무엇이 미학적으로 아름다운지에 대한 공통의 이해를 가지고 있기 때문에 진실과 아름다움이라는 개념은 일종의 객관성을 확보한다는 것일지도 몰라요. 단점이라면 수학적 진실이란 수학 분야 외의 세계에서 무엇이 진실인지에 대해서 말해주지 않는 거죠.

라켈

다비드는 수학자가 아닌 사람들이 수학의 아름다움을 살짝이라도 볼 수 있는지를 물었다. 그녀는 그에게 그녀가 가장 좋아하는 프랙털의 사진을 보냈다. 몇 주 후 그녀는 소포를 하나 받았다. 다비드가 심혈을 기울여 만든, 프랙털 모양의 수학 퍼즐이었다. 그는 그녀와 함께 더 많은 수학 퍼즐을 만들고 싶어 했다. 그녀는 그가 만들 수 있는 여러 아이디어를 주었다. 그는 아이디어가 생명을 얻을 수 있는 방법을 강구했고 완벽주의자의 인내심으로 심혈을 기울여 작업을 해나갔다. 수학 퍼즐 중 하나는 바이올린에 고정된 음자리표 모양이었다. 목표는 음자리표를 풀어서 바이올린의 뚜껑을 여는 것이었다. 그러면 바이올린 케이스가 세자르 프랑크의 바이올린 소나타를 연주하는 뮤직 박스로 바뀌었다. 또 다른 퍼즐은 소년이 어린 소녀에게 자신의 풍선을 건네는 형상이었다. 목표는 소년의 손에 있는 풍선의 줄을 소녀의 손으로 보내는 것이었다. 때때로 우리는 하트 형상의 길이 만들어지도록 길을 막고 있는 퍼즐의 말들을 밀어내야만 한다.

다비드의 생일은 9월 초였다. 그녀는 오래전 여름휴가 때 그녀가 느슨한 줄 위에서 균형을 잡고 서서 손을 등 뒤로 보내 보이지 않는 루브릭 큐브를 풀고 있는 모습의 영상 인사를 그에게 보냈다. 그녀는 그가 이런 예술 작품을 좋아하고 작품 뒤에 담긴 노력을 높게 평가한다는 걸 알았다. "믿을 수 없네요, 굉장히 편안한 자세로 해내시네요. 균형 감각이 굉장히 좋으신가 봐요." 다비드는 영어로 이렇게 적었다. 그녀는 균형을 잃지 않고 줄 위에서 첫발을 내디뎠을 때의 몸의 느낌에 대해 말해주었다. 온전히 순수한 움직임을 행하는 느낌. 순수하게 중력을 앞으로 이동시키는 느낌. 그녀가 살면서 해온 그 어떤 움직임보다도 순수한 움직임을 행하는 느낌. 그리고 느슨한 줄 위를 걷는 일은 명상의 형식이라고도 말해주었다. 마치 공 다섯 개로 저글링을 하는 방법을 터득하게 되면 개별적 공의 움직임에 집중하기보다는 흐르는 패턴을 유지하는 일에 집중할 수 있는 저글링처럼.

다비드는 자신이 한 손으로는 공 두 개로 저글링을 하면서 다른 손으로는 루빅스 큐브를 푸는 영상을 그녀에게 보내주었다. 그녀는 비디오를 반복 재생했다. 기술을 더 자세히 연구하기 위해서. 하지만 주로 다비드를 연구하기 위해서. 그의 입을. 손을. 다비드는 사람들의 시선을 끌고 그를 알고 싶게 만드는 특별한 무언가가 있는 사람이었다. 검은 곱슬머리, 동그란 얼굴형, 실제 나이보다 더 어려 보이게 하는 아이 같은 특징들. 몸을 움직이는 방식이나 말하면서 제스처를 취하는 방식에 담긴 재빠르고 소년 같은 특별한 무엇.

그녀는 몇 해 전 그녀가 고안한 저글링 패턴에 대해 그에게 말해주었다. 밀스 메스 기술의 변형작이었는데 루벤스타인스 리벤지 기술에서 영감을 받은 패턴이었다. 하지만 공은 S자 형태로 움직였다. 글로는 설명하기가 어려워서 그녀가 저글링하는 방법을 시범으로 보여주는 영상을 보냈다. 전에 야콥이 찍어준 거였다. 그녀는 반동으로 튀어 오르는 공을 바닥으로 돌리는 방식으로, 보통과는 반대 방향으로 저글링을 하는 것이 편안한 방법이라고 설명했다. 공 다섯 개를 바닥 방향으로 던지듯이 돌리며 저글링을 하는 것이 공중으로 올리며 저글링하는 것보다 쉽다. 사람은 단지 올바른 방향으로 가볍게 공을 밀어주고 나머지는 중력에 맡기는 것이 힘이 덜 드는 일이다. 하지만 적어도 반동으로 튀어 오르는 공이 80퍼센트의 반동을 가져야 한다. 실리콘공이 최고다. 실리콘공은 마치 비단 벨벳 같아서 손에 이 공을 쥔 후로는 절대로 다른 공으로는 저글링을 하고 싶지 않아진다.

"당신의 왼쪽 팔꿈치에 상처가 있다는 걸 어쩔 수 없이 보게 되었네요." 다비드가 적었다. "무슨 안 좋은 일이라도 있었나요?" "네, 바이올린을 켰었거든요." 그녀가 대답했다. "아, 바이올린과 싸움을 하셨구나!" 그가 적었다. 그녀는 중학교 시절 한 주에 콘서트를 다섯 개나 해야 했기에 너무나 차가운 공기의 교실에서 격렬하게 연습을 하다가 힘줄에 염증이 생겼던 일을 말해주었다. 염증은 가라앉지 않아서 2년 후 수술을 할 수밖에 없었다. 그녀는 이게 그녀의 생애 첫 이별의 상처라고 생각했다. 바이올리니스트는 그녀가 늘 꿈꿔왔던 일이었으니까. 난생처음 세자르 프랑크의 바이올린 소나타를 들은 이후로 줄곧.

"당신이 전에 머리카락이 갈색이라고 말한 걸로 기억하는데 사실은 완전 검은색이네요." 다비드가 장난쳤다. "제 어릴 적 여권에는 어두운 금발이라고 적혀 있어요." 그녀가 대답했다. 그녀는 아빠가 그녀의 여권을 만들려고 그녀를 경찰서에 데려갔을 때의 이야기를 해주었다. 부스의 남자는 그녀의 머리색을 흘긋 보더니 말했다. "머리색은 검은색이라고 적으면 될 듯싶군요." 그러자 아빠가 엄중한 목소리로 남자에게 대답했다. "아니요, 거의 어두운 금발에 가깝지요." "그리고 경찰관은 그냥 그걸 인정해줬고요?" 다비드가 물었다. "저희 아빠는 아주 설득력 있게 말하는 분이거든요." 그녀가 답했다. "저는 정말로 다른 노르웨이 아이들이랑 조화를 이루고 싶었어요. 제 머리색이 검은색으로 표현되지 않는 건 제가 집착하던 일이었거든요."

"예상컨대 아버지께서는 당신이 파란 눈을 가졌다고도 주장하셨겠네요?" 다비드가 장난을 쳤다. 그녀는 여권에 그녀의 눈동자 색이 갈색으로 기술되어 있다고 말해주었다. "하지만 당신 눈동자 색은 헤이즐(녹갈색)인데요." 다비드가 적었다. 그녀는 내면에 따뜻함이 차오름을 느꼈다. 그는 그녀의 눈동자 색까지 알고 있었다. 그녀는 헤이즐이 무슨 뜻인지는 몰랐지만 마침내 눈동자 색의 이름을 알게 된 건 기쁜 일이었다. 그녀의 눈동자는 녹색도 갈색도 아니고, 동공에 가까운 가운데는 갈색빛을 띠고 가장자리는 녹색빛을 띠며 줄무늬는 노란빛을 띤다고 야콥이 그녀에게 설명해준 적이 있었다. 하지만 노르웨이어에는 이런 눈동자 색을 의미하는 단어가 없다. 그래서 야콥은 그녀를 "황금빛 눈의 소녀"라고 불렀다. "세상에서 가장 어여쁜 눈, 네가 바라보는 모든 걸 황금으로 바꾸어버리는."

소피야는 일에 완전히 몰두하고 있을 때 가장 행복한 사람이었다. 이럴 때면 그녀는 활기가 넘쳤고 재치가 반짝였고 기발한 생각과 의욕이 충만했다. 스톡홀름에서 그녀는 바이어슈트라스, 에르미트, 푸앵카레 등 유럽의 대수학자들이 그랬듯이 그녀에게 수학적 불꽃을 타오르게 하는 사람을 그리워했다. 하지만 그녀는 안네 샬로테 레플레르라는 문학적 동지를 만나게 되었다. 둘은 함께 「행복을 위한 투쟁」이라는 연극을 썼다. 소피야는 인물들의 성격과 줄거리에 대한 아이디어를 제안했다. 안네 샬로테는 종이에 대사들을 꼼꼼히 기록하는 수고를 아끼지 않았다. 안네 샬로테는 친구에게 보낸 편지에 그들이 협업을 하면서 함께 느낀 열정에 대해 기술했다.

소피야는 삶의 새로운 전환에 대해 과도할 정도로 행복감을 느꼈어. 그녀는 처음으로 어떻게 한 남자가 자기 자녀의 엄마인 여자를 매번 새롭게 사랑할 수 있는지 이해하게 되었다고 말했지. 여기서 말하는 엄마는 나야. 글이라는 아이를 세상에 내놓는 건 나이니까. 그녀가 내게 어찌나 큰 애정을 드러내는지 나는 그녀가 내게 보내는 빛나는 시선을 보는 것만으로도 즐거워져. (……) 난 전에는 한 번도 이 정도로 크게 새로운 생각에 대한 열정을 느껴본 적이 없었는데, 소피야가 나와 열정을 나누자마자 번개가 피뢰침에 떨어지듯 열정이 나를 내려쳤어. 그래, 그건 진정한 폭발이었지. (……) 넌 아마도 우리가 큰 아이들이라고 생각할 거야. 맞아, 고맙게도 우리는 아이들이야. 다행히도 우리가 사는 지구에 있는 모든 왕국들보다 더 나은 왕국이 있고, 우리는 그 왕국으로 가는 열쇠를 가지고 있는 사람들이야. 공상의 왕국이지. 지배자가 되고 싶은 사람은 지배자가 되고 모든 일이 우리가 원하는 그대로 이루어지는 공상의 왕국.

소피야의 아이디어는 등장인물과 환경이 같은 두 개의 평행한 이야기였는데, 첫 번째 이야기는 실제의 이야기이고 다른 이야기는 **그랬을 법한** 이야기였다. 만약 연극의 등장인물들이 결정적인 순간에 다른 선택을 했더라면 생겼을 일들. 주인공 중 하나인 알리스는 소피야의 가장 내밀한 갈망을 보여준다.

나는 사람들이 나보다는 타인을 더 편애하는 것에 익숙해진 사람이다. 학교에서 어른들은 내가 가장 재능 있는 학생이라고 말했지만, 난 내게 이런 재능을 선물해준 운명의 아이러니를 항상 알고 있었다. 누구도 나를 원하지 않을 때 내가 타인에게 어떤 존재인지에 대해 더욱 강하게 느낄 수 있었던 건 이런 재능 때문이었으니까. 난 많은 걸 바란 게 아니었다. 단지 조금만을 바랐다. 그저 우리 사이에 아무도 끼어들지 않고 그에게 나보다 더 친밀한 사람이 없는 것 정도만. 누군가에게 우선순위가 되는 것. 단지 이것만이 내 평생 갈망한 일이었다. (……) 누군가가 진심으로 날 사랑한다면 내가 어떤 사람으로 변할 수 있는지 당신에게 증명할 기회를 단 한 번이라도 주시기를. (……) 나를 제대로 봐주세요. 내가 예쁜가요? 그럼요, 당신이 날 사랑한다면 나는 예쁘지요. 사랑하지 않는다면 예쁘지 않겠지만. 내가 좋은 사람이냐고요? 그럼요, 당신이 나를 좋아한다면 나는 선함 그 자체이지요. 제가 배려심이 많냐고요? 아이고 그럼요, 저는 배려심이 깊어서 제 생각 하나하나를 타인에게로 향하게 할 수 있는 사람이에요.

안네 샬로테는 그때처럼 즐거워하고 행복으로 빛나던 소피야를 본 기억이 없다고 적었다.

그날의 일을 마치면 우리는 마을 근처에 있는 숲으로 긴 산책을 떠났다. 그녀는 돌과 풀 무더기 위로 뛰어다녔고 내 팔을 잡고 춤을 추며 인생은 아름답고 미래는 약속으로 가득 차 기쁠 것이라며 크게 소리를 질렀다.

안네 샬로테는 점차 차분하게 글쓰기에만 집중하고 싶은 필요를 느꼈다.

*

내가 두 번째 장을 탈고하기 전까지는 소피야가 내 작업실에 들어오지 못하도록 작업 방식에 변화를 주었다. 그러자 소피야는 속상해했다. 사실 첫 번째 장을 쓸 때엔 너무 산만했고 끊임없는 협업 방식으로 힘들었다. 개요는 물론이고 등장인물들과의 내적이고 강렬한 공생 관계도 놓쳐버렸다. (……) 나의 영적 행복은 영혼의 외로운 노동에서 왔으며, 이런 성향은 소피야처럼 나와 비슷한 성격의 사람과의 협업에도 어두운 그림자를 드리웠다. 그녀는 이런 면에서는 나의 정반대 성향이었다. 그녀는 「행복을 위한 투쟁」의 알리스처럼 누군가와 나누지 않는다면 새로운 걸 창조할 수도, 자신의 영혼을 온전히 이해할 수도 없었다.

소피야는 문학적 협업을 지속하기를 꿈꿨다. 하지만 안네 샬로테는 자신을 찾고 싶다는, 다시 한 번 자신의 생각과 감정의 단독자가 되고 싶다는 욕구가 커져갔고, 결국 이탈리아로 떠났다. 거기에서 그녀는 일생일대의 사랑인, 수학자이자 카이아넬로 지역의 공작인 파스콸레 델 페초를 만났다.

친구가 사랑을 시작했다는 소식을 접한 소피야는 이런 편지를 썼다.

네가 얼마나 행복한 태양의 아이인지! 그렇게 크고 깊고 쌍방향의 사랑을 네 나이에 만난다는 건 참으로 너 같은 행운의 아이에게 어울리는 운명이지. 하지만 우리 둘 중 행복한 건 너이고, 나는 항상 힘겨운 삶을 살아가리라는 것은 이미 오래전에 정해진 일일 거야.

다비드는 매년 여름 개최되는 국제 퍼즐 파티가 있다는 걸 알려주었다. 특별히 초대받은 손님만 참가할 수 있는 비공개 행사였다. 저명한 수학 퍼즐 전문가들이 다 온다고 했다. 도널드 크누스나 마틴 가드너 같은 사람들이. 하지만 초대받지 않은 사람이 몰래 들어올 수 없도록 모임은 비밀에 부쳤고, 참가자들은 행사가 끝나기 전에는 모임 장소를 타인들에게 발설하면 안 되었다. 공공연하게 알려진 유일한 것은 유럽, 미국, 일본에서 번갈아가며 개최된다는 것뿐이었다. 내년은 유럽에서 개최될 차례였다. 베를린에서. 다비드는 참가자들을 많이 알고 있어서 그녀가 관심이 있다면 초대권 하나를 구해줄 수 있을 것 같다고 말했다.

그를 현실에서 만나게 된다면 어떨까. 그녀는 물론 관심이 있었다. 하지만 여행을 감당할 수 있을 만큼의 체력이 있는지는 미지수였다. 다비드는 베를린에서 그녀에게 선사하고 싶은 수학 퍼즐의 초안을 보내주었다. 잿빛 참새 모양의 퍼즐이었다. 부리에는 3개의 수학 기호가 있었다. 부정 기호(¬), 존재 기호(∃), 전칭 기호(∀). 목표는 기호들이 미로 모양의 내장 기관을 따라 이리저리 돌아다니다가 다른 쪽으로 나오도록 하는 것이다. 기호들이 다른 쪽으로 나오면 기호가 뒤집히며 세 개의 글자로 바뀐다. L. E. A. 마치 작은 참새가 수학을 문학으로 바꾸는 듯했다. 레아와 라켈의 이야기로.

　작은 참새, 그녀의 삶을 따라 이리저리 돌아다니는. 흡사 다비드는 단지 그녀의 현재만을 보는 것이 아니라, 그녀가 전생에 누구누구였을지 어떤 삶들을 살았을지도 볼 수 있는 듯했다. 소피야 코발렙스카야도 베를린에 있었다. 그녀가 바이어슈트라스를 만난 곳이 바로 거기였다.

그녀는 베를린에서 보낼 날들을 꿈꿔보기 시작했다. 첫날 호텔 로비로 어떻게 들어갈지부터. 어쩌면 다비드는 이미 도착해서 누군가와 이야기를 나누고 있을지도 모른다. 그는 그녀를 바로 알아챈다. "실례합니다, 만나야 할 사람이 있어서요." 그가 이야기 나누던 사람들에게 이렇게 말하고는 그녀에게로 다가온다. 그녀가 상상했던 그대로 그는 반갑고 기쁜 표정을 짓고 있다. "라켈!" 그가 말하며 환영의 인사로 두 팔을 벌린다. 그녀는 그의 목을 얼싸안고 싶은 마음을 꾹 누른다. "이리 와요." 그가 말하며 그녀를 향해 팔을 뻗는다. 그녀가 몇 걸음만 가까이 걸어가면 포옹할 수 있도록. "모든 사람이 이미 다 알고 있어요." 뭘 다 안다는 거지, 라켈은 생각하지만 그가 뭘 의미하는지 알게 되고, 굳이 이해하지 못한 척할 필요는 없기에 조용히 그와 포옹하고 머리끝부터 발끝까지 연결되어 있는 채로 그의 쇄골의 부드러운 피부에 얼굴을 파묻고 입술을 그의 목에 지그시 눌러서 그가 쇄골에서 느끼는 게 작은 입맞춤인지 궁금해한다는 걸 그녀가 느끼기 전에는 그녀 자신도 작은 입맞춤이라는 걸 몰랐을 정도이며 그의 피부에 가만히 입술을 대고 조금씩 움직여서 그가 방금 느낀 감촉은 그저 평범한 움직임이고 라켈의 입술은 보통 이렇게 움직인다고 느끼도록 한다.

그의 숨이 차분해진다. 길고 깊은 숨으로. 그리고 그녀의 숨은 그의 숨이 가진 리듬 속으로 빨려 들어간다. 마치 그들이 하나의 유기체인 것처럼. 들숨 날숨. 들숨 날숨. 들숨 날숨. 숨을 천천히 쉼으로써 그는 시간이 느리게 가도록 만들고 포옹이 오래 지속될 수 있도록 한다. 그녀는 전에는 이렇게나 숨을 천천히 쉬어본 적이 없다. 그리고 들숨 세 번과 날숨 세 번이 이렇게나 공간을 가득 채운 걸 본 적이 없다.

다비드. 그녀는 그의 입술을 상상해보았다. 보자마자 그녀가 감촉을 맛보고 싶다고 느낀 첫 번째 입술. 야콥의 입술과는 달랐다. 그녀에게 입맞춤의 허락을 구한 건 그였고 그녀는 한 번도 그의 입술을 관찰하거나 그의 입술에 특별함이 있다는 생각은 해보지 않았었다. 그녀는 다비드의 손도 상상해보았다. 생기가 넘치지만 안심하고 믿을 수 있는 손. 그가 미소를 지을 때면 눈동자 색이 바뀌는 진지한 눈도 상상해보았다. 그녀가 참 좋아하는, 깊이와 소박함의 융합. 진지함과 장난스러움의 융합. 완전히 무언가에 몰두할 수 있는 능력. 그의 목소리에 담긴 차분함. 그녀가 휴식을 취할 수 있는 목소리. 그리고 그녀가 맨 처음 눈치챈, 그의 언어에 흐르는 음악과 글을 쓰는 방식. 지혜와 유머 감각의 융합은 그녀가 사랑에 빠진 사람들의 공통점처럼 보였다. 그녀가 아이처럼 그들의 발치에 누워 그들의 목소리를 지속적으로 듣고 싶게 만드는 그들의 공통점처럼.

라켈은 자신이 이 세상 사람 중 가장 감성적이라고 생각해왔지만 자신을 뛰어넘는 사람을 만나고야 말았다. 다비드는 그녀가 예전에 구매했는데 배송 과정에서 부서진 한정판 루빅스 큐브를 수리해주겠다고 제안했다. 그도 비슷한 큐브가 있었는데 그녀의 고장 난 큐브를 고치고 난 후에는 그녀의 큐브를 자신이 갖고 그녀에게는 고장이 안 났던 자신의 큐브를 보내주겠다고 했다. 그녀는 그가 친절을 베풀고자 한 제안이라는 생각이 들어서 그토록 친절한 제안은 받아들일 수 없다고 답했다. 그의 큐브는 그녀의 큐브보다 훨씬 값어치가 나가는 거였다. 그러자 그는 자신이 고친 그녀의 큐브를 더 갖고 싶다고 설명했다. 그 큐브는 역사가 있기 때문에. 그녀에게서 소포로 받은 물건이니까. 그가 큐브 조각들을 해체해서 내부를 들여다보았으니까. 조각들을 정성 들여 재조립을 했으니까. 그리고 어차피 자신의 큐브를 팔 계획도 없기에 그에겐 역사적 가치가 실제 판매 가격보다 더욱 의미 있다고 말했다.

그녀는 그의 감성적인 면에 전염성이 있다는 걸 알아차렸다. 그날 이후로 그녀 역시도 사물의 금전적 가치보다 역사적 가치가 더 중요하다고 여기게 되었기 때문이었다. 그리고 자신이 한때 궁금해했던 질문의 답을 알게 되었다. 자신이 다비드를 사랑한다는 걸. 그러니 이제 그녀는 그에게 편지 쓰는 일을 멈추어야만 한다.

그녀는 다비드에게 편지 쓰는 일을 멈추지 못했다. 그녀는 매주 그에게 장문의 이메일을 썼다. 유일한 차이라고는 이메일을 그에게 보내기를 멈추었다는 것뿐이다. 조금씩 다비드에게서 오는 연락이 뜸해지기 시작했다. 마치 그가 잊기 시작한 것처럼 보였다. 다비드는 라켈을 필요로 하지 않는다. 그는 자신을 사랑하는 아내와 아이들이 있는 바쁜 삶을 영위하고 있다. 왜 라켈은 아무도 필요로 하지 않는 이토록 큰 사랑을 갖춘 걸까?

타인들은 저마다 그들의 삶이 있다. 그들은 잊어버린다. 그들은 그녀처럼 이불 밑에 가만히 누워서 순간순간을 저축하지 않는다. 아무리 노력해도 그녀는 여전히 타인의 삶에서 아주 미미한 조각에 불과하다. 그가 거의 그녀의 전 우주나 다름없는 상황에서도. 도대체 왜 그녀는 그들이 실제로 그녀를 사랑하는 것보다 더 그녀를 사랑한다고 착각할까? 그녀 자신이 그들을 너무나 사랑하기 때문일까? 사랑은 모든 걸 믿고 모든 걸 소망하는 것이기 때문일까?

그녀는 줄곧 속아온 걸까? 야콥은 그녀를 한 번이라도 사랑한 적이 없었던 걸까? 남자는 한 여자를 향한 사랑이 다른 여자를 향한 사랑을 더 돈독하게 하는 방식으로 두 여자를 동시에 사랑할 수 있을까? 그 여자들을 사랑하게 된 건 그 둘이 같은 특성을 가졌기 때문일까, 아니면 그 둘이 대조적인 특성을 가졌기 때문일까? 어쩌면 언젠가 사랑한다는 게 뭔지도 잘 모르겠다고 한 그의 말이 옳았을지도 모른다. 가장 중요한 점은 그녀가 그를 사랑했다는 것이다. 그녀는 진짜 사랑을 해보기 전까지는 죽지 않아도 된다. If equal affection cannot be, let the more loving one be me. **동등하게 사랑할 수 없다면 더 많이 사랑하는 사람은 내가 되게 해줘.**●

그래서 그녀는 사랑이란 모든 걸 믿고 모든 걸 소망하는 것이라는 걸 뼈저리게 경험했다. 하지만 사랑은 모든 걸 용서하는 것이기도 할까? 뉘우칠 수 없는 죄를 저지른 걸 용서받을 수 있을까? 행여나 시간을 되돌리더라도 똑같은 죄를 저지르고 말 거라는 걸 알고 있다면 말이다. 만약 한 생에서 한 가지의 죄를 저지르는 것이 허락된다면 주저 없이 선택했을 죄가 그것이었다면.

그녀가 언젠가 용서를 바랄 수 있을까? 언젠가 스스로를 용서할 수 있으려나? 그녀는 자신이 그릇된 일을 한다는 걸 **알고 있었다.** 옳지 못한 일을 할 수 없었기 때문에 어릴 때 사과 서리도 한 번 안 해본 그녀였다. 언제나 타인의 상황을 이해하고 타인의 고통을 자신의 고통처럼 느끼는 능력을 갖추었던 그녀는 유혹에 저항할 수 있는 능력을 갖추었어야 했다. 이제 그녀는 자신이 우주

● 미국 시인 W. H. 오든의 시 「더 많이 사랑하는 사람(The More Loving one)」의 한 구절.

의 악보 속 잘못된 음정처럼 느껴졌다.

핵심은 모든 음을 완벽하게 연주해내는 게 아니야, 라켈. 핵심은 우주의 교향곡을 전달하는 거야. 우주가 팽창하는 것처럼 너는 팽창하기 위해 태어났어. 네가 태어난 이래로 너는 성장해왔어. 초기엔 모든 이가 너의 성장을 볼 수 있었지. 이후엔 좀 더 미묘하게 성장을 했고. 너는 너를 팽창시키는 걸 찾아야만 해. 색깔들. 책들. 사람들. 우주의 모든 것은 팽창하고 외부의 힘으로 인해 팽창된단다.

너는 발전하기 위해 태어났어. 그리고 너는 타인들과의 만남을 통해 특히 발전하지. 사랑은 네가 진정으로 타인들과 얽히고 풀어질 수 있는 유일한 방법이야. 사랑은 프랙털의 촉수란다. 사랑은 모든 걸 소망하고 모든 걸 믿는 것이고. 하지만 사랑은 또한 용서하는 법을 배우는 것이기도 해.

야콥의 눈빛이 없이는 그녀는 자신이 누구인지 더는 알지 못했다.

그녀는 하나님을 생각했다. 말이 늘어날수록 하나님은 더 멀어져갔다. 만약 그녀가 하나님을 찾으려면 작은 것에서부터 찾아야 할 것이다. 그녀는 이걸 확신했다. 시작으로는 한 단어면 되었다. **태초에 말씀이 계시니라. 이 말씀은 곧 하나님이시니라.** 그 시절엔 하나님을 발견하기 더 쉬웠을 것이다.

그녀가 하나님을 찾지 못한 이유는 사람들의 말들이 그녀로 하여금 하나님의 의미를 축소하게 만들었기 때문일까? 혹시라도 신이 존재한다면 이것보다는 더 큰 존재여야 한다고 늘 느끼게 만들었으니까. 더 널따란 분. 다른 종교적 배경에서 자랐다는 이유로 인간을 끝나지 않는 상실로 보내지는 않는 분. 분리하기보다는 통합을 이루시는 분. 어쩌면 신은 고차원에 존재할지도 모른다. 그럴 경우, 우리의 차원에서 보이는 신은 보는 이의 차원에 따라 다르게 보일 것이다. 그리고 화자는 자신의 관점에 따라 신에 대해 다양하게 이야기할 것이며, 그 이야기는 때론 모순되기도 한다. 어쩌면 인간은 커다란 전체를 이해하기 위해서 모든 작은 조각들을 모아야만 할지도 모른다.

3차원 공간의 피라미드가 2차원 평면에 반영될 때처럼. 바닥에 사는 2차원의 존재는 피라미드가 정사각형이라고 주장할 것이다. 측면과 평행한 2차원에 사는 비슷한 존재는 피라미드가 삼각형이라고 주장할 것이다. 어떤 위치에서는 피라미드가 정사각형, 평행사변형 혹은 사다리꼴처럼 보일 것이다. 이 2차원의 존재들은 한 물체가 동시에 정사각형, 삼각형, 직사각형, 평행사변형, 사다리꼴일 리 없다며 논쟁을 벌일 것이다. 자신이 진실이라고 믿는 바를 위해 전쟁을 감수할 의지가 있을 것이다. 위의 설명이 동시에 진실일 수 있는 고차원의 세계가 존재한다는 걸 알지 못하기 때문이다. 그들의 세계와 다른 많은 세계를 수용할 수 있는 더 큰 세계가 존재한다는 걸.

우리는 금단의 사과를 따 먹을 수밖에 없는 욕구를 가지고 창조된 존재들이 아닐까? 우리가 신을 찾도록 신이 우리 안에 몰래 원죄를 심어놓은 건 아닐까? 우리가 신을 찾기 전에는 신은 존재하지 않는다. 그리고 우리는 신이, 신의 용서가 필요하기 전에는 신을 찾지 않는다. 위대한 작곡가는 교향곡이 장조가 아니라 단조이길 원했을지도 모른다. 불협화음과 잘못된 음조가 큰 무언가로, 더 큰 하모니로 이어지길.

어쩌면 프랙털을 닮은 건 사랑뿐만이 아닐지도 모른다. 우주 자체가 프랙털 구조일지도 모른다. 인간은 약간의 변형만을 지닌 새로운 자기 복사본으로 계속 환생하는 것일지도 모른다. 우리가 사실은 어떤 존재인지 알아낼 때까지, 또 자신이 어떤 조로 가는지 찾을 때까지 다시 또 다시 시도할 기회를 가질 수 있는 것일지도 모른다. 그때가 되면 우리는 우리가 쉴 수 있는 으뜸음인 열반에 이를 수 있다. 자신만의 진짜 천국에. 우리가 지속적으로 도전할 수 있게 해주는 건 위대한 작곡가의 관용이다. 우리가 올바른 결정을 찾기 전에 잘못된 선택을 하도록 허락해주는 건. 세계의 가장 작은 먼지 한 줌도 전 우주의 복사본을 포함하고 있는 건. *하지만 인류의 심장은 세월이 지나도 전혀 변하지 않는다.*●

그녀는 세계에서 공통점을 찾아 나서기 시작했다. 난생처음 중국 점성학에 대해 읽었다. 12지로 구성된 원의 세계에 대해. 중국 점성학에 따르면 그녀는 호랑이해에 태어났고 개띠나 말띠와 가장 잘 어울린다. 그녀는 그녀가 만난 사람들 중 가장 좋아했던 사람들에 대해 생각했다. 그녀는 다비드를 생각했다. 야콥을 생각했다. 다비드는 1970년 가을에 태어났고 개띠이다. 지금까지는 이론이 맞아떨어진다. 하지만 야콥은 1955년에 태어났고 양띠이다. 두 명을 예시로 고른 그녀의 작은 선택에도 불구하고 이론이 항상 맞지는 않았다.

하지만 그러다 그녀는 깨달았다. 서양 달력과 중국 음력 달력 사이의 공간에 대해서. 중국 달력의 1월은 서양 달력의 2월 전에는 시작되지 않는다. 그리고 야콥의 생일은 서양 달력의 1월이다. 그는 이 사이 공간에서 태어났다. 그는 말띠인 것이다. 그녀는 옛

● 노벨 문학상을 수상한 노르웨이 작가 시그리드 운세트의 소설 「란브란스가(家)의 딸 크리스틴」에 나오는 구절.

날의 노르웨이어 선생님에 대해서 생각했다. 그도 말띠이지만 야콥보다 12년이 앞서는 말띠이다. 라켈은 자신이 레아보다 더 야콥과 잘 어울리는 한 쌍인지 명확하게 확인해보기 위해 레아의 탄생 연도를 찾아보았다. 하지만 레아는 개띠이다. 레아도 그녀와 마찬가지로 야콥과 잘 어울리는 띠이다.

그녀는 이론을 여러 사람에게 적용해보았다. 소피야는 1850년에 태어났고 개띠이다. 바이어슈트라스는 1815년에 태어났고 돼지띠이다. 개띠와 돼지띠는 서로 잘 맞지 않는다. 소피야가 불행했던 건 당연한 일이었다. 중국 점성학에 따르면 그녀는 차라리 말띠인 예스타 미타그 레플레르와 더 잘 맞았을 것이다.

클라라는 1819년에 태어났고 토끼띠이다. 토끼띠는 양띠나 돼지띠와 잘 맞는다. 하지만 슈만은 말띠이고 브람스는 뱀띠이다. 이 셋 모두 불행했을 것이 틀림없다. 클라라는 토끼해에 태어난 바이올리니스트 친구 요제프 요아힘과 함께해야 했을지도 모른다.

혹시 행복은 황금의 순간들을 영속화하는 것에 달린 게 아닐까? 그 순간들을 반복적으로 재차 끄집어내고 붙잡아서 그 순간들의 온기가 오래 유지되도록 하는 것에. 그러면 그 순간들은 영원히 죽지 않고 영원한 삶을 얻을 것이다. 또한 그 순간들은, 영원으로 가는 문턱에 서서 궁극의 관점에서 자기 자신에게 마지막 시선을 던지기 위해 몸을 돌리는 날, 이것이 나의 인생이구나 하고 회고하게 되는 바로 그것이 될 것이다. 그때서야 비로소 우리가 어떤 조로 가는지에 대한 질문에 대해 위대한 작곡가에게 답할 수 있을지도 모른다. 작곡가는 우리가 단조처럼 들릴지라도 A장조로 갈 수 있도록 결정할 수 있는 자유를 우리에게 주셨다고 말이다. 자신을 빛나는 순간으로 채울 수 있는 능력이 행복이라면, 그녀는 언젠가 행복해질 수 있을지도 모른다.

소피야가 외국에서 공부할 기회를 얻기 위해 고생물학자 블라디미르 코발렙스키와 위장 결혼을 했을 때 그녀의 나이는 열여덟 살이었다. 처음 계획은 사실 블라디미르가 아뉴타와 결혼을 해서 부부가 소피야를 외국으로 데리고 가는 것이었다. 하지만 두 자매를 만난 이후 블라디미르는 계획의 이행을 거부했다. 그는 언니보다 소피야를 더 좋아했고 언니 대신 소피야와 결혼을 하게 해달라고 간청했다. 그는 형에게 쓴 편지에 이렇게 적었다.

나의 작은 참새는 황홀한 창조물 같아. 내가 그녀에게 홀딱 반했다고 형이 생각할지도 모르니까 그녀에 대해 묘사하지는 않을게. (……) 나는 그녀가 나보다 천 배는 더 멋지고 똑똑하고 재능이 있다는 걸 감출 수 없어. 그녀는 경이로운 현상 그 자체이고 어떻게 운명이 나의 길에 그녀를 보내줄 수 있었는지 이해하지 못하겠어.

청소년기부터 소피야는 사랑의 가장 고귀한 형태는 플라토닉 사랑이라는 생각을 했다. 미래에 대한 그녀의 꿈은 사랑하는 연인이 나란히 앉아 과학적 탐구에 몰두하는 고요한 연대였다. "이제부터 당신을 오빠라고 부를게요." 그녀가 블라디미르에게 보낸 첫 번째 편지에서 그녀가 쓴 말이다. 그리고 결혼식 후 몇 달 뒤 그녀는 언니에게 이렇게 편지를 썼다.

오빠는 정말 사랑할 만한 사람이고 매력적이며 나는 그에게 진정 연결되어 있다고 느껴. 비록 우리의 우정이 행복한 예상을 빗나가기는 했지만 말이야. 그가 내게 얼마나 관심을 집중하는지, 내게 잘해주고 친절을 베푸는지, 자신의 욕구를 절제하고 내가 원하는 걸 해주려고 하는지 언니는 믿지 못할 거야. 그에게 너무나 큰 빚을 지고 있다는 생각으로 너무 많이 부끄러워. 나는 그를 내 영혼을 다해 사랑하지만, 그건 단지 어린 남동생에 대한 사랑 같은 것일 뿐이거든. 만약 우리의 관계에서 내가 만족하지 못하는 부분이 있다는 걸 알게 되면 그는 너무나 속상할 거야. 그래서 나는 아뉴타 언니에게 완전히 의지하게 돼. 그를 만날 일이 있거든 절대로 그에게 너무 많은 힌트를 주지 말아줘. 나는 그냥 스스로에게 혼자 불만족한 상황이고 딱히 논리적 이유도 없는 불만이니까. 그리고 플라토닉 사랑에 관해서라면 내게도 적합한 사랑이거든. 하지만 아뉴타 언니, 언니가 없다면 나는 살아가지 못할 거야.

친구 율리아 레르몬토바는 결혼 초기에 소피야와 남편의 관계를 이렇게 평가했다.

*

그녀는 남편과 손에 손을 잡고 살았다. 그녀의 남편은 절제된 열정으로 그녀를 사랑했으며, 그녀 역시도 동등한 다정함으로 그를 대하는 것 같았다. 겉으로 보기에 그 둘은 보통 사랑이라고 불리는 고통스럽고도 돌이킬 수 없는 열정에 대해 인지하지 못한 채 사는 것처럼 보였다.

1년 후 상황은 달라졌다. 부부는 더는 같은 집에 살지 않게 되었다. 블라디미르는 형에게 쓴 편지에서 그가 그녀를 무한히 좋아하지만 그녀와 더는 함께 살 수는 없다고 적었다.

내 성격과 직업에서 깊이 따져보면 나는 노마드[●]이고 방랑자야. 나는 내가 정해진 장소에 매어 있다고 느끼게 되면 굉장히 불행해져. (……) 그녀는 아이처럼 항상 돌봐줘야 하는 사람이야. 그녀는 단지 하루 저녁이라도 혼자 보낼 수가 없는 사람이고, 계속 그녀 옆에 머물지 못하는 사람이라면 누구든 사랑하지 않으려고 하고, 절대로 그녀를 떠나지 않을 거라고 생각하는 사람만 믿으려고 해. (……) 결론적으로 나는 그녀가 나를 사랑하는 것보다 훨씬 더 많이 그녀를 사랑하지만, 늘 옆에 있는 남성 돌보미의 역할은 수행할 수 없어. (그렇게 했다면 그녀가

[●] 노마드(nomade) : 특정한 가치와 삶의 방식에 얽매이지 않고 끊임없이 자기 자신을 바꾸어나가며 창조적으로 사는 인간형을 이르는 말.

나를 완전히 사랑해주었겠지.) 그 대가로 나는 그녀의 남편으로 지낼 수 있었지만 안타깝게도 맡은 역할을 지속해서 충실히 해낼 수 없을 것 같아. 그렇다면 이 불쌍한 창조물 소피야는 무엇을 할 수 있을까.

소피야의 입장에서는 남편이 항상 책에만 파묻혀 사는 게 불만이었고 이렇게 말했다. "그는 완전한 만족감을 느끼기 위해 책 한 권과 차 한 잔만 있으면 되는 사람이었다."

소피야 코발렙스카야. 블라디미르의 관심을 앗아간 책들을 질투했나요? 그의 열정 중 맨 뒷줄로 밀려났다고 느꼈나요?

당신이 그의 작업을 방해하기 시작했을지도 모르죠. 그가 당신을 우선순위에 둘 수 있도록 과도한 과제들을 자꾸 주면서요.

당신이 혼자 갈 용기가 없어서 학회에 같이 가달라고 고집을 피웠나요? 스스로를 믿지 못해서요? 혹시나 길을 잃을까 봐 두려워서요?

당신이 해내지 못하는 실용적인 일상의 일들을 그가 도와줘야만 했나요? 특별한 날에 입을 예쁜 의상을 사는 일을요? 신발을 고르는 일도요?

당신은 심지어 그가 사랑했던 여자들 이름의 첫 글자를 알고 싶다고 요구했을지도 모르죠.

343

1978년 부부가 결혼한 지 10년 만에 딸을 얻은 걸 보면 소피야와 블라디미르의 관계가 언제까지나 플라토닉이었던 것은 아니다. 블라디미르가 몇 년 전에 육체적 친밀감이 없는 이유 중 하나가 아이를 가질까 봐 두려워서였다는 인상을 남겼음에도 불구하고.

내 생각에 소피야는 절대로 엄마가 될 수 없는 사람이야. 아이는 단지 그녀를 망칠 거고 그녀도 그걸 두려워해. 아이는 그녀의 일을 산산조각 내버릴 거고 그녀를 불행하게 만들 거야.

딸이 네 살 때 블라디미르는 러시아 사기꾼 집단 때문에 일이 꼬여버린 이후 자살을 했다. 그 당시 그들이 더는 함께 살지는 않았지만 소피야는 너무나 슬펐고 방에 틀어박힌 채 나오지 않았다. 그녀는 자기 탓이라고 생각했다. 음식도 먹지 않았다. 5일 후 그녀는 정신을 잃었다. 의사는 강제로 그녀에게 영양소를 주입해야 했다. 결국 그녀가 침대에서 일어나 앉아 있을 수 있게 되었을 때 그녀는 종이와 펜을 달라고 부탁했다. "전 그저 수학을 해야만 해요. 그래야 지상의 다른 모든 걸 잊을 수가 있으니까요." 그녀가 말했다. 1888년 파리의 과학아카데미에서 보르댕상을 받게 된 연구를 시작했을 때가 이 무렵이었다. 심사위원들이 상금을 3,000프랑에서 5,000프랑으로 올렸을 정도로 그녀의 연구는 너무나 훌륭했다.

블라디미르가 죽은 지 몇 년이 지나 언니 아뉴타가 죽었을 때 소피야는 다시 일 속으로 도피했다. 하지만 이번에 그녀를 구출한 것은 수학이 아니라 문학이었다. 그녀가 쓴 소설은 라예프스키가(家)의 자매에 대한 이야기였다.

예스타 미타그 레플레르에게 보낸 편지에서 소피야는 그녀가 괴로워하고 있는 무거운 생각들에 대해 이렇게 표현했다.

삶은 얼마나 혐오스러운가요. 또 삶을 지속하는 건 얼마나 바보 같은 일인가요. (……) 우리는 자연선택과 적자생존을 통해 조금씩 진화해온 생명의 완전성에 대해 많은 이야기를 나누죠. 기본적으로 내가 생각하기에 가장 바람직한 완전성은 빠르게 쉽게 죽을 수 있는 능력이에요.

당신은 저만큼이나 불행했군요. 당신은 결혼을 했었지만. 당신에게는 딸이 있었지만.

야콥이 다른 선택을 해서 블라디미르만큼 불행해졌다고 생각해보라. 그가 아이들을 떠나서는 살 수 없었기 때문에 자살로 생을 마감했다고. 그렇다면 그가 여전히 이 세계에 있다는 게 낫다. 내가 다시는 그를 볼 수 없을지라도.

어쩌면 야콥이 옳았을 수도 있다. 소피야는 바이어슈트라스와 연인 관계가 아니었을 수도 있다.

역시 나는 모든 걸 사랑으로 해석한다.

그리고 힐데가 그녀의 삶에 찾아왔다. 1월 말 힐데는 자신이 이제 막 출간한 소설을 낭독하기 위해 파랑의 도시에 왔다. 타인에게서 자신을 만나는 일은 우주의 마법 같은 순간이다. 만약 이름의 글자들이 다른 순서로 조립되었다면 내가 되었을 법한 자신의 다른 버전을 마주하는 것 같았다.

힐데와 라켈. 그들의 삶은 서로를 거울처럼 비추어주는 것 같았다. 문학에서 수학으로. 수학에서 문학으로. 두 분야의 극한으로. 너무 많이 사랑을 하는 것. 너무 깊이 빠져드는 것. 너무 큰 꿈을 꾼 나머지 거듭 실망하게 되는 것. 라켈이 힐데에게서 자신을 느낀 건 목소리와 언어가 아니었다. 이번엔 우주 전체였다. 블랙홀, 시간을 천천히 흘러가게 만드는 중력, 서로 겹겹이 쌓인 층, 문학의 구절들, 그녀가 영어로 쓴 편지들, 나 자신을 포용해주고 싶은 욕구 같은 것. 프루스트가 어떻게 시간을 천천히 흘러가도록 만들었는지 알아내려고 「잃어버린 시간을 찾아서」를 읽었던 힐데. 그녀가 삶에서 두 번째로 만난, 엡실론을 의인화하는 힐데. 자신의 소설책에 라켈이 상상할 수 있는 최고의 헌사를 써서 선물한 힐데.

라켈에게. 우리는 연결되어 있어. 너와 나는.

비슷하다고 느끼는 것. 누군가를 닮은 것. 연결되는 것.

힐데는 수치심을 느끼는 일, 그 누구에게도 말할 용기가 없었던 일에 대해 글을 쓰는 것이 도움이 될 수도 있다는 믿음을 주었다. 그녀는 그 소설을 아무도 읽지 않기를 원하며, 그래서 그 소설은 그녀의 사후에나 출간될 수 있을 것이다. 하지만 이런 이유 때문에 소설을 자유롭게 쓸 수 있을 것 같은 생각이 들었다.

어쩌면 글을 쓰는 일은 삶의 중요한 순간들을 다시 찾아내서 손에 꽉 쥐는 일이 아닐까? 그리고 정확한 실들을 끄집어내서 연결되도록 직조하는 일. 거미줄처럼. 사실 이건 꽤 간단한 일이다. 그녀는 한 번에 한 올씩을 엮어내면 된다. 색상을 먼저. 그리고 인간을.

힐데는 비에른손 문학의 집에서 열린 두 명의 여성 작가와의 대담의 사회자였다. 그녀는 작가들 중 한 명에게 물었다. "이 소설을 쓰기 시작할 때 어디에 계셨나요, 또 어디에 있고 싶으셨나요?" 라켈이 발견한 것도 이것이었다. 글을 쓰는 건 변하길 원한다는 것이고 자신의 삶 속 무언가를 바꾸고 싶다는 것이다. 지금 이 순간 있는 장소가 아닌 다른 장소에 있기를 원하는 것이다. 그래서 인간이 **반드시** 글을 써야만 하는 동력을 갖기 전에는 글을 잘 쓸 수 없는 것일까?

너는 반드시 글을 쓰게 될 것이다. 하지만 그래야만 할 때

가 올 때까지 그냥 두거라. 그 전에는 이왕이면 다른 걸 해보
도록 하렴.

우주 공간의 블랙홀, 죽은 별들의 자취. 중력이 너무나 강력해서 한번 붙잡히면 절대로 빠져나갈 수 없는 공간, 나선형의 움직임으로 블랙홀 안으로 빨려 들어가버리고 만다. 중력이 너무나 강력할 때는 시간마저 빨아들이며 그래서 블랙홀의 주변에서는 시간이 천천히 흐르게 된다.

하지만 구멍은 완전히 블랙이 아닐지도 모른다. 라켈은 호킹 복사에 대한 논문을 찾아보았다. 스티븐 호킹이 그녀가 태어난 해에 발표한, 어떤 입자는 블랙홀에 빨려 들어가지 않는다는 이론이다. 블랙홀에서도 빛이 복사*될 수 있다. 그리고 빛이 복사될 때 블랙홀의 온도는 사실 올라간다. 이런 방식으로 블랙홀은 결국 감마 광선의 분출에 의해 폭발하게 되고 소멸하게 된다.

● 복사(輻射) : 물체로부터 열이나 전자기파가 사방으로 방출됨.

라켈은 침대에 누워 소피야 코발렙스카야와 바이어슈트라스에 대한 영화의 끝 장면을 상상했다. 언젠가 그녀가 야콥과 함께 연기하려고 했던 그 영화.

카메라는 베를린에 있는 바이어슈트라스의 집 문패를 비추고 있다. 포츠담 광장 40. 한 여자의 손이 문을 두드린다. 가정부가 문을 연다. 그녀의 얼굴은 소피야가 처음 문을 두드렸을 때보다 스무 살은 더 나이 들어 보인다. 이번에 그녀는 웃으며 소피야에게 즉각 집 안으로 들어오라고 한다. 카메라는 어두운 복도를 걷는 소피야의 신발을 따라간다. 하지만 신발은 바이어슈트라스의 서재 문 앞에서 멈추지 않는다. 신발은 계단으로 올라가고 침실 문 앞에서 멈춘다. "많이 아프세요." 가정부가 속삭인다. "그래도 당신을 무척 기다리셨어요."

바이어슈트라스는 소피야가 들어오자마자 베개에서 고개를 든다. 카메라는 그의 얼굴을 클로즈업한다. 창백하지만 우리는 그가 그녀를 보아서 기쁘다는 걸 알 수 있다. 소피야는 무릎을 꿇고 침대 옆에 앉는다. 얼굴을 그의 이불에 파묻는다. 그녀의 어깨가 흔들린다. 그녀가 그를 좀 더 일찍 방문하지 않았기에 우는 것일까? 그녀가 너무나 오랜 세월 동안 내버려두어서일까? 그녀가 그의 편지에 답장을 하지 않아서일까? 바이어슈트라스는 그녀의 머리에 손을 얹는다. 그녀는 얼굴을 옆으로 돌려 그의 눈을 바라본다.

"왜 우리 사이엔 아무 일도 없었을까요?" 그녀가 말한다.

"우리 사이엔 항상 무언가가 있었어." 그가 말한다.

"왜 볼차노에 오지 않으셨어요?" 그녀가 말한다.

"네가 나보다는 더 젊은 남자를 만나길 바랐었거든." 그가 말한다. "너를 행복하게 해줄 누군가를 만나길."

그는 기침을 하기 시작한다. 그녀는 몸을 일으켜서 침대 헤드에 걸려 있는 수건을 가져온다. 그에게로 몸을 숙인다. 그의 이마에 맺힌 땀방울을 닦는다.

"우리가 다음 생에 만날 거라고 생각하세요?" 그녀가 말한다.

"나는 영혼의 유랑을 믿지 않아." 그가 말한다.

"하지만 만약 당신이 틀렸다면요?" 그녀가 말한다. "만약 우리가 우리의 새로운 복사본으로 다시 태어날 거라면요?"

"그럼 내가 너를 찾을 거라고 약속하지." 그가 말했다.

"저를 알아보실 거라고 생각하세요?"

"당연히 너를 알아볼 거야." 그가 말한다. "황금빛 눈의 소녀. 네가 바라보는 모든 걸 황금으로 바꾸어버리는."

그녀는 한숨을 쉬었다. "우리는 아름다운 연애소설이 될 수도 있었어요, 그렇게 생각하지 않으세요?"

그의 시선이 그녀에게 머물렀다. 오랫동안. 총명한 세인트버나드의 눈처럼.

"우리는 외로움 소설에 더 어울릴 것 같은데, 너와 나는." 그가 마지막으로 말한다.

　카메라가 서서히 흐려진다. 마치 빛이 꺼지는 것처럼. 마치 영화가 여기서 끝나는 것처럼. 하지만 아직 끝은 아니다. 나지막하게 끽끽거리는 소리가 들린다. 누군가가 울고 있는 소리가. 카메라는 소리를 따라가고 우리는 바이어슈트라스가 잠옷 차림으로 편지 한 뭉치를 손에 든 채 벽난로 앞에 앉아 있는 걸 본다. 그는 소피야가 죽었다는 소식을 방금 들은 터였다. 그녀가 스톡홀름으로 돌아간 후 며칠이 지나지 않아 죽었다는 소식을. 이제 그는 그녀가 그에게 보낸 편지들을 태운다. 하나씩 하나씩. 하지만 그는 마지막으로 편지를 다시 읽어본다. 카메라는 벽난로의 불꽃을 줌 인 한다. 불꽃이 마치 그의 눈빛처럼 느껴진다. 불꽃에서는 소피야의 삶이 주마등처럼 깜박거린다. 우리 영화에서 이미 본 적 있는 그녀의 조각들이.

　엔딩 크레딧에서 우리는 바이어슈트라스가 6년을 더 살았다는 걸 알게 된다. 휠체어에 몸을 의지한 채로. 그리고 그가 소피야의 상실을 극복하지 못했다는 것도.

소피야는 수학에서 뛰어난 업적을 이루어 극히 소수의 여자들만이 받았던 상과 명성을 누렸다. 그녀는 바이어슈트라스와 푸앵카레 같은 현대의 위대한 수학자들 중 한 명으로 추앙받은 동시에 입센, 도스토옙스키, 투르게네프, 톨스토이 같은 현대 작가들 중 한 명으로도 인정받았다. 그녀는 프리드쇼프 난센을 첫 만남에서부터 매혹했고 이후 난센은 만약 그가 이미 다른 사람과 약혼한 상태가 아니었다면 그들의 관계는 달라졌을 것이고 소피야는 그의 삶에서 결정적인 역할을 했을 거라고 친구에게 털어놓았다. 난센이 친구에게 보낸 편지에 적은 그녀에 대한 묘사를 보면 그는 이미 그녀에게 관심이 있었다. "그녀는 아이처럼 깔깔 웃었고 현명한 여자처럼 미소 지었어. 그녀가 생각하는 일부분만을 말하고 나머지는 침묵이 전달하게 하는 예술의 달인이었지. 나는 그녀와 비슷한 부류의 사람을 한 번도 만나본 적이 없었어."

도스토옙스키는 소설 「백치」의 알렉산드라의 모델로 그녀를 쓴 듯하다. 투르게네프는 그녀를 「처녀지」 속 마리안나의 물리적인 모델로 삼았다. 조지 엘리엇은 그녀를 "수줍은 목소리와 말투가 매력적이며 수학을 연구하는 우아한 창조물"로 묘사했다. 입센은 그녀에 대해 이렇게 말했다. "그녀의 삶은 단지 시로만 구현될 수 있다."

하지만 소피야에 따르면 그녀를 진실로 이해한 유일한 사람은 요나스 리였다. 그는 그녀를 위대한 수학자라고 말하지도 않았고 그녀를 성공한 작가라고 말하지도 않았다. 그는 그녀와 대화할 때 그가 진심으로 좋아하는 어린 소녀인 듯 대했고 그녀의 어린 시절 기억들에 대해 읽은 후에는 강한 공감을 느꼈다. 이 작고 경시된 아이를 너무 안타까워했다. 다정함을 강하게 원했지만 그 누구에게도 이해받지 못했던 그녀를. 삶은 그녀에게 아무런 의미도 없는 명성, 특출함, 성공 등의 엄청난 선물을 퍼부었다. 하지만 인생은 그녀가 가장 원했던 걸 허락하지 않았다. 그래서 그녀는 한 순간이라도 다정함을 받기를 갈망하며, 눈을 크게 뜬 채 아이처럼 거기에 서 있었다. 그녀는 빈손을 앞으로 쭉 내민 채 거기에 서 있었다.

비록 위대한 남자들이 그녀를 존경했지만 실제로 그녀를 갖길 원한 남자는 아무도 없었다. 그들은 그녀가 원하는 방식으로는 그녀를 필요로 하지 않았다. "그는 오직 나랑 있을 때만 나를 사랑한다. 그러나 나와 멀리 떨어져 살더라도 훌륭히 잘 살 사람이다." 그녀가 한 남자에 대해서 언젠가 한 말이다. 소피야의 불행은 어쩌면 그녀가 그녀를 사랑하는 사람들에게 너무 많은 걸 기대했기 때문일지도 모른다. 그녀가 너무나 강렬했기 때문일지도. 그녀가 그들의 온 세상이 되고 싶어 했기 때문일지도.

삶의 후반부에 소피야는 사회학자 막심 코발렙스키와 폭풍 같은 관계를 시작했다. 그는 모스크바에서 교수직을 뺏긴 이후 강의를 하러 스톡홀름에 왔다. 소피야의 따르면 막심은 완벽한 소설의 영웅이었다. "막심이 가까이 있을 때처럼 연애소설을 쓰고 싶은 강렬한 유혹을 느껴본 적이 없었다."라고 그녀가 썼다. "그는 너무나 거대해서 소파에서든 생각의 세계에서든 너무 큰 자리를 차지해버린다. 그가 곁에 있으면 난 다른 어떤 것도 생각할 수 없다."

그녀의 성을 가진 한 남자가 그녀의 운명의 짝이었다는 걸 스스로 납득시키기는 쉬운 일이었을 것이다. 운명이 드디어 그녀의 것일 수 있는 한 남자를 선사했다는 신호였다. 막심은 청혼을 했지만 그녀에게 일을 포기하기를 요구했다. 소피야는 그럴 수 없었지만 그에게서 벗어나지도 못했다. 그녀는 영원히 벗어날 수 없는 원 같은 불가능한 상황에 처하게 되었다. 그들은 제노바에 있는 그의 별장에서 말다툼을 벌였고 그녀는 비바람이 거친 밖에서 추운 날을 보내게 되었다. 스톡홀름으로 돌아오는 길에 그녀는 폐렴이 걸렸고 도착한 지 며칠이 되지 않아 죽었다.

안네 샬로테 레플레르는 소피야의 부고를 듣자마자 그녀가 자살을 했다고 생각했다. 소피야는 영혼의 불멸과 환생을 믿었으며 안네 샬로테에게 다음 생에서 벌을 받을까 봐 두려워서 자발적으로 이 세상을 떠날 수 없다고 말한 적이 있었다.

소피야는 죽기 며칠 전 스톡홀름으로 돌아오는 길에 수학자 친구인 레오 쾨니히스베르거를 방문했다. 그때 그녀가 그에게 마지막으로 한 말은 이것이었다. "여자는 남자가 그녀의 발밑에 누워 있을 때만 행복해요. 내가 작가가 되었더라면 더 행복했을지도 모르겠네요!"

자신의 심장에 사랑의 창살을 꽂아버리는 일은 자살의 한 형태이다, 라켈은 생각했다.

그녀는 자신이 소피야 코발렙스카야에 대해 알아낸 사실들을 야콥에게 말하지 못했다. 그는 절대로 소설을 끝내지 못할지도 모른다. 하지만 그녀는 소피야가 내면에 블랙홀을 지녔었다는 것과, 이 구멍은 단지 수학만으로는 채울 수 없었다는 것도 이해하게 되었다. 구멍은 문학으로도 채워야 했다. 그리고 그녀의 심장을 부풀어 터지게 만든 사랑으로도 채워야 했다.

사랑을 향한 끝없는 희망. 삶을 주기도 하는 동시에 죽이기도 하는. 사람들로 하여금 어둠 속에서 빛나는 중심 같은 희망 주변을 영원히 빙글빙글 원 모양으로 돌게 만드는. 원 대신 감소하는 나선형의 모양이었다면 좋았을 텐데. 그렇다면 적어도 우리는 미로에서 벗어나 블랙홀에서 멀리 떨어지기 위해서는 반대 방향으로 몸을 돌려 움직이면 된다는 것을 발견할 기회가 있었을 텐데. 사막에서 길을 잃은 사람들은 그들이 직진해서 걷고 있다고 생각할 때 빙글빙글 원 모양으로 돌게 된다. 상실은 인간 본성의 바닥에 위치한다. 당신은 그저 올바른 순간에 당신을 밀쳐줄 무언가가 필요하고 그러면 원에서 벗어나게 해주는 접선을 만나게 될 것이다. 그렇지 않으면 빛을 잃은 별의 궤도에서 길을 잃은 인공위성처럼 희망 주변을 영원히 빙글빙글 원 모양으로 돌게 될 것이다.

시간이 곧은 직선이 아니라 똬리를 틀고 있는 나선형이라고 상상할 수 있는가? 세기들이 서로 가까이 누워 있고 얇은 막으로 분리되어 있다고. 막에 귀를 대면 다른 편의 진동을 느낄 수 있을 것이다. 이전에 이곳에 있었던 사람과 이후에 오게 될 사람들의 진동을. 소피야가 이런 식으로 생각했다면 외로움을 덜 느꼈을까? 만약 라켈이 막의 다른 편에 누워 소피야의 숨소리에 귀를 기울인다는 걸 소피야가 알았더라면.

폐렴에 걸려 침대에 누운 채로 삶이 끝나가고 있음을 알아차린 소피야. 혹시 그녀는 라켈로 환생하기를 꿈꾼 게 아닐까? 자신의 죽음을 생각하기보다는 라켈의 장면을 꾸며내면서. 소피야가 상상한 라켈 이야기의 결말은 무엇이었을까? 열린 결말이었을까? 밝은 동시에 어둡기도 한?

올림바와 내림사 사이의 공간. 글을 쓰기 위해 그녀가 열쇠를 찾아야 하는 공간. 혹시 올림바와 내림사 사이의 공간은 그녀의 내면에 있는 게 아닐까? 미세한 관점의 변화가 아닐까? 단조에서 장조로의 변화가 아닐까? 힐데와의 만남은 그녀 안에 있는 무언가를 열어주었다. 마치 내면의 무언가가 헐거워진 느낌이었다. 연극 무대의 커튼이 걷힌 듯했다. 그리고 그녀는 어떻게 모든 것이 프랙털 구조를 지니고 있는지 명백히 보게 되었다. 마침내 패턴을 인식하게 되고 분명하게 알게 될 때까지 같은 테마가 반복적으로 등장하는 글쓰기의 과정. 사랑하는 사람에게서 약간의 변형만 있는 공통된 성격을 발견하는 사랑. 그리고 변함없이 언제나 똑같은 갈망을 가지고 새로운 사람들 안에서 반복되고 반복되는 놀라운 삶.

어쩌면 그녀가 글쓰기에 수학을 사용할 수도 있지 않을까? 프랙털 구조를 가진 소설을 쓸 수 있지 않을까? 길어진 순간들을 모은 소설. 파편으로 이루어져 있고 구멍이 가득한 소설. 약간의 변형만 있을 뿐 이야기의 부분들이 반복되는 소설. 다른 각도에서 보는 것 같은 소설. 서로를 거울처럼 비추어주는 복사본들. 세부 요소는 차이가 있는 다른 시대의 시간표에서. 확대와 축소. 서로 겹겹이 쌓인 층. 갈마드는 황금빛과 잿빛. 이야기를 취하고 세 등

분으로 나눈 후 가운데 부분을 지워낸 칸토어 집합 같은 소설. 그렇다면 두 부분이 남아 있게 된다. 황금이 앞부분에, 잿빛 돌멩이가 끝부분에 위치한다. 그리고 우리는 각 부분들을 같은 방식으로 반복한다. 더 많은 황금과 잿빛 돌멩이로. 결국 황금과 잿빛 돌멩이의 조각들이 너무 작아져서 서로를 구별하는 일도 불가능하게 된다. 그러면 이야기는 황금빛을 띨 것이다. 잿빛 돌멩이가 거의 대부분일 때에도 황금이 더욱 강렬하게 빛나니까.

만약 그녀가 여생에 남은 모든 힘들을 한데 모아 사용할 수만 있다면. 만약 그녀가 거의 건강하다고 느끼는 한 달을 가질 수만 있다면. 그렇다면 그녀는 더는 아무것도 바라지 않을 것이다. 그렇다면 그녀는 준비가 될 것이다.

그녀는 3월 초부터 글을 쓰기 시작했다. 빛과 원동력의 달. 낮의 길이가 급격히 길어지고 시간이 1시간 앞당겨지는 시기*. 마치 활자들은 그녀 안에 조용히 누워 있으면서 몇 해에 걸쳐서 성숙해진 것 같았고, 그녀가 첫 번째 줄을 켜고 으뜸음을 찾았을 때 활자들은 그녀로부터 물결처럼 쏟아져 나오는 듯했다. 그녀는 이 이상 글을 빨리 쓸 수 없을 정도였고 밤에 몇 차례나 깨서 그녀가 생각한 키워드들을 잊지 않도록 노트에 적었다. 자기 자신을 흘러가는 대로 내버려두고, 일단 떠오르는 단어들을 무비판적으로 적어 내려간 다음, 나중에 다시 들여다보며 고치기로 했다. 바로 이것이 그녀 삶의 의미이다. 그녀가 해야 하는 일이 바로 이것이다. *너는 반드시 글을 쓰게 될 것이다. 하지만 그래야만 할 때가 올 때까지 그냥 두거라. 그 전에는 이왕이면 다른 걸 해보도록 하렴.* "내가 쓴 모든 글들은 내가 몸과 영혼 모두로 겪어야만 했던 일들이다."라고 노르웨이 작가 미셸 쾬후스는 말했다. 그대들에게 사랑을 보여주기 위해서 내가 이 고통을 겪고 있어요, 라켈은 생각했다.

---

* 노르웨이에서는 3월 마지막 주 일요일 오전 2시에, 시간을 1시간 앞당기는 서머 타임을 시작한다.

그녀는 야콥에게 문제를 찾아내는 감각이 탁월하다는 첫 편지를 받은 이후로 정확히 19년째가 되는 날에 소설의 마침표를 찍었다. 맨 처음 구내 식당에서 그와 대화를 나눈 다음 날. 그리고 19는 그녀에게 행운의 수이다.

날마다 오후가 되면 그녀는 아빠와 함께 크링스타 목초지로 산책을 갔다. 성금요일*이었다. 그녀가 언젠가 하늘에게 크리스마스 카드를 쓰고 답장을 받았던 크링스타 농장의 들판으로 그들이 내려갈 때에 그녀는 피오르의 수면 위에서 무언가 움직이는 걸 보았다. 호수는 고요히 잠잠했다. 그러나 무언가가 계속 움직이고 있었다. "저게 뭐예요?" 그녀가 물었다. 아빠도 몰랐다. 그녀는 가까이 가보았다. "그냥 오리 세 마리네요." 그녀가 말했다. "쇠돌고래이길 바랐는데."

"난 네가 호수의 패턴을 말한 줄 알았어." 아빠가 말했다. 그러자 그녀는 보았다. 호수의 십자가를. 물결이 각기 다른 방향과 길이를 갖고 있기에 물결이 만드는 간섭 패턴이었다. 크고 명징한 십자가. 가운데 교차하는 부분엔 오리 세 마리가 세 개의 작은 점처럼 위치해 있었다. "저건 십자가예요." 그녀가 소리쳤다. "심지어 성금요일에." 이건 계시가 틀림없다. 아빠는 의아해했지만 피오르

---

* 성금요일 : 가톨릭에서 예수가 십자가에 못 박혀 죽은 일을 기념하는 날. 성주간의 금요일로 부활절의 이틀 전날이다.

의 물결이 왜 바로 저기에서 저런 패턴을 만드는지 설명할 수 있는 다른 방법이 없었다.

성금요일의 십자가. 그것은 마치 고통이 시간을 천천히 흐르게 할 수 있다는 걸 그녀에게 상기시켜주기 위한 것 같았다. 고통이 삶을 더욱 길어 보이게 만들 수 있다는 걸. 고통이 금요일을 참을 수 없도록 길게 만들 수 있다는 걸.● *그대들에게 사랑을 보여주기 위해서 내가 이 고통을 겪고 있노라.* 예수님도 어쩌면 십자가에 매달리며 이렇게 생각했을지도 모른다.

● '성금요일'은 노르웨이어로 'langfredag(랑프레다그)'이다. 'lang'은 '길다'라는 뜻이다. 예수님이 십자가에 매달려 고통스러워하던 하루가 슬픔으로 길었다는 걸 기리기 위해 'lang'을 붙였다.

피오르에서 서로 스쳐 지나가는 페리들. 각자의 방향에서 서로를 향해 다가오다가, 하나가 되고, 다시 서로에게서 천천히 미끄러져 빠져나가는 페리들. 아빠는 이걸 **페리 크로스**라고 불렀고 페리들이 서로 맞닿아 있다가 멀어지는 시간을 쟀다. "19.8초." 만족스러운 목소리로 아빠가 말했다. 라켈은 이 시간을 **페리 키스**라 불렀다. 입맞춤 시간이 길게, 길게 지속되기를 바라며.

그녀는 시간을 쟀다. 19년과 8시간, 그녀는 생각했다. 이제 충분하다.

사랑하는 사람으로부터 돌아설 때 모든 신체의 장기들에게도 연락을 해줘야 한다. 뇌가 결심하는 것만으로는 충분하지 않다. 심장이 몸을 돌아서게 할 수 있기 때문이다. 그리고 입술, 자궁, 배, 쇄골, 귓불, 눈꺼풀, 오금, 발가락, 엉덩뼈능선, 참 그렇지 배꼽 안 구멍까지 몸을 돌아서게 할 수 있다. 그리고 사랑하는 사람의 자취가 숨어 있을지도 모르는 위험한 공간들. 이름조차 없는 발가락 사이의 공간들. 턱과 쇄골 사이의 오목한 골. 음순 사이의 공간. 이리로 와, 친구들. 이제는 나랑 같이 가자. 난 너희 모두가 다 필요해.

그리고 너희는 다시는 뒤돌아보지 말렴.

길을 떠나는 두 개의 폐. 심장의 네 개의 방. 12쌍의 갈비뼈, 34개의 등골뼈 그리고 1개의 꼬리뼈. 허리 밑에 있는 2개의 보조개. 10개의 예민한 손끝. 8미터의 창자. 4리터의 피. 2제곱미터의 피부. 모두 길을 떠난다.

알고 있어. 그가 없다면 내겐 아무도 없어. 그가 없다면 나는 아무것도 아니야. 왜냐하면 그가 없다면 나는 내가 누구인지 모르니까. 그러나 그래도 더 멀리 가야만 해. 척수, 소뇌, 참 그렇지 모든 중앙 신경 체계. 이거 하나만 따르렴. 우리는 앞으로 나아갈 거야. 그리고 너희는 다시는 뒤돌아보지 말렴.

후
기

이 책을 집필하는 동안 저는 소피야 코발렙스카야(1850-1891)
의 삶에서 큰 영감을 받았습니다. 그녀에 대한 내용들은 그녀
의 어린 시절 회상록(*Ur ryska lifvet; Systrarna Rajevski,* Hæggström,
1889)과, 그녀의 사후에 출간된 안네 샬로테 레플레르가 쓴 그
녀의 전기(*Sonja Kovalevsky hvad jag upplefvat tillsammans med henne
och vad hon berättat mig om sig själf,* Albert Bonniers Förlag, 1892)
를 참고했습니다. 제가 인용한 소피야 코발렙스카야와 카를 바
이어슈트라스가 교환한 편지들은 스웨덴의 유스홀름에 위치한
미타그-레플레르 연구소의 기록보관소에 보관되어 있는 독일어
로 출간된 책(Reinhard Bölling (edt.): *Briefwechsel zwischen Karl
Weierstrass und Sofja Kowalewskaja,* Wiley-VCH, 1993)을 참고한 것
입니다. 소피야의 그 외 편지 교환 내용은 (예스타 미타그 레플레

르를 포함하여) 역시 미타그-레플레르 연구소의 기록보관소에 소장되어 있습니다. 블라디미르 코발렙스키와 형 알렉산드르의 편지 내용(Shtraikh, S: *Sestry Korvin-Krukovskie*, Moskva, 1933), 요세프 말레비치의 전기 (*Sofia Vasilevna Kovalevskaia, doktor filosofii i professor vysshei matematiki*, v 'Vospominiiakh pervogo, po vremeni, ee uchitelia I.I. Malevicha, 1858–1869.' Russkaia Starina, No. 12, 1890, s. 615–654), 율리아 레르몬토바의 회고록(안네 샬로테 레플레르가 쓴 소피야의 전기, 1892, 러시아어로 재인용, Shtraikh, S: *Vospominanija o Sof'e Kovalevskoj*, 1951, s. 375–387)을 참고했습니다. 원본(Rossiiskii Gosudarstvennyi Arkhiv Literatury i Iskusstva (RGALI), Moskva, Russia.)은 Russian State Archive of Literature and Art에서 구할 수 있습니다. 자료들의 일부는 영어로 번역된 책들(Don H. Kennedy: *Little Sparrow: A portrait of Sophia Kovalevsky*, Ohio University Press, 1983, 그리고 Ann H. Koblitz: *A convergence of lives. Sofia Kovalevskaia: Scientist, writer, revolutionary*, Birkhäuser, Boston, 1983)을 참고했습니다. 그 외에 사용한 짧은 인용문들은 소피 아델룽의 회고록(*Jugenderinnerungen an Sophie Kowalewsky*, Deutsche Rundschau 89, 1896, s. 394–425, elektronisk tilgjengelig på http://archiv.ub.uni-heidelberg. de/volltextserver/13162/1/ Kowalewsky_adelung.pdf), 레오 쾨니히스베르거의 회고록(*Mein Leben*, Heidelberg 1919, Carl Winters Universitätsbuchhandlung, s. 117, elektronisk tilgjengelig på http://histmath-heidelberg.de/txt/

koenigsberger/leben.htm), 마리 멘델손의 회고록(*Briefe von Sophie Kowalewska*, Neue Deutsche Rundschau, No 6 (1897), s. 589‒614)을 참고한 것들입니다.

그래도 이 책은 기본적으로 자유로운 형식이 허용되는 소설입니다. 그리하여 다양한 인용문들을 노르웨이어로 번역하고 각색하는 일은 작가인 저와, 소설의 주인공인 라켈의 시선에서 행해졌습니다.

이 책을 집필하는 과정 내내 저를 지지해준 좋은 조력자들이 없었다면 이 책은 절대로 완성되지 못했을 겁니다. 가장 큰 감사는 현명하고 열정적이며 사려 깊은 제 편집자 힐데 뢰드 라르센과 노라 캄프벨에게 전하고 싶습니다. 힐데는 제가 가장 필요로 하는 순간에 이 프로젝트에 대한 믿음을 갖게 해주었고 집필 과정 내내 셀 수 없을 정도로 다양한 개선점의 아이디어를 주었으며 주인공 라켈의 장점들을 발전시켰습니다. 노라는 제가 더 앞으로 나아갈 수 있도록 영감을 주었고 소설의 방향성에 대한 조언을 해주었으며 특히 결말 부분을 쓸 때 많은 조언을 해주었습니다. 아스케하우 출판사의 다른 열정적인 관계자분들에게도 감사의 인사를 드립니다.

미타그-레플레르 연구소의 기록보관소에서 편지들의 원본을 찾을 수 있도록 도와준 아릴 스투브헤우에게 특별한 감사 인사를 드립니다.

이 책을 집필하는 동안 다방면으로 동기를 부여해주고 지원해주고 위로해주고 채찍질을 해준 다그, 에이린, 에미, 에바, 게오르그, 하이디, 헨닝, 얀, 요스테인, 셰르스티, 망힐, 라스무스, 톰, 바니아, 빅토르, 비비에게도 따뜻한 감사를 전합니다. 마지막으로 가장 중요한 두 분. 늘 제 곁에 계셔주신 어머니와 아버지. 이 책을 당신들께 바칩니다.

2018년 9월

몰데에서

클라라 베베르그

This translation has been published with the finacial support of NORLA, Norwegian
Literature Abroad.
이 책의 번역은 노르웨이 문학협회(NORLA, Norwegian Literature Abroad)의 지원을
받았습니다.

너의 외로움을 천천히 나의 외로움에 기대봐

초판 1쇄 발행 2020년 10월 23일
원작 LENE DIN ENSOMHET LANGSOMT MOT MIN
지은이 클라라 베베르그 **옮긴이** 심진하 **발행인** 도영 **편집** 하서린, 김미숙
수학감수 남호영 **음악감수** 김미좌 **표지 디자인** onmypaper **내지 디자인** 손은실
발행처 그러나 **등록** 2016-000257 **주소** 서울시 마포구 동교로 142, 5층(서교동)
전화 02) 909-5517 **Fax** 0505) 300-9348 **이메일** anemone70@hanmail.net
ISBN 978-89-98120-68-9 03850